HEYNE <

DAS BUCH

Dies ist die Geschichte von einem kleinen Hobbnix, der in einer gemütlichen Höhle in der Erde lebt und eines Tages mit einer Gruppe Zwerge und einem Zauberer zu einem großen Abenteuer aufbricht … NEIN, HALT! Dies ist eine andere Geschichte. Es ist die Geschichte, was geschieht, als der Hobbnix von seinem Abenteuer *zurückkehrt*. Und es ist eine wirklich unglaubliche Geschichte, das können Sie uns glauben.[*] Unser Held, der Hobbnix Bingo Beutlgrabscher, schreibt nämlich ein Buch über sein sagenhaftes Abenteuer. Und das Buch wird ein großer Erfolg. Und jetzt soll das Buch auch noch verfilmt werden. Also ist Bingo auf dem besten Weg, der berühmteste Hobbnix aller Zeiten zu werden – wäre da nicht ein klitzekleines Problem: Eines Tages liegt sein Gärtner tot vor seiner Höhle. Offenbar war es Mord. Aber wer könnte ihn begangen haben? Womöglich eine dunkle Macht, die es nicht gut mit unserem Hobbnix und dem ganzen Aualand meint? Ehe er sich versieht, muss Bingo Beutlgrabscher ein neues, NOCH VIEL VIEL GRÖSSERES[**] Abenteuer bestehen. Na dann Prost.

DER AUTOR

A.R.R.R. Roberts hat mit *Der Hobbnix* einen internationalen Fantasie-Bestseller geschrieben, der von einem neuseeländischen Regisseur in sechzehneinhalb Teilen verfilmt wurde (nicht zu vergessen: das vierzehnstündige Bonusmaterial und das siebenundzwanzigtägige Bonusmaterial zum Bonusmaterial). Roberts ist Professor für Irgendwas auf dieser Insel da im Norden und hat noch etliche andere Bücher veröffentlicht, an deren Titel wir uns gerade nicht erinnern. Aber macht nix – man könnte ja auch mal wieder *Krieg und Frieden* lesen.

---

* Achtung, Wortspiel!

** Klar, deshalb auch die Großbuchstaben.

A.R.R.R. Roberts

Der Hobbnix 2

Die absolut unvermeidliche Fortsetzung des
Multimillionenmegasuperduperbestsellers *Der Hobbnix*

Oder:

Was danach geschah

Nachdem der kleine Hobbnix Bingo Beutlgrabscher mit einer krassen Truppe Zwerge und dem legendären Magier Ganzalt ein echt unglaubliches Abenteuer im Osten von Obermittelerde erlebt hat und fix und fertig ins Aualand zurückgekehrt ist – da war die Geschichte noch nicht zu Ende. Was dachtet ihr denn?

Oder:

Ich, Hobbnix

Mein Leben und der ganze Rest
Die autorisierte Bingografie von Bingo Beutlgrabscher

Wortwörtlich und unter reichlich Konsum von Pfeifenkraut aus dem Oberniederangelsächsischen übertragen von Alexander Lang

WILHELM HEINI VERLAG
MÜNCHEN

Titel der Originalausgabe
I, SODDIT

MIX
Papier aus verantwortungsvollen Quellen
FSC® C014496

Verlagsgruppe Random House FSC® N001967
Das für dieses Buch verwendete FSC®-zertifizierte
Papier *Holmen Book Cream* liefert
Holmen Paper, Hallstavik, Schweden.

Deutsche Erstausgabe 1/2014

Umschlagillustration und Karte: Dirk Schulz
Umschlaggestaltung: Animagic, Bielefeld
Satz: KompetenzCenter, Mönchengladbach
Druck und Bindung: GGP Media GmbH, Pößneck

ISBN: 978-3-453-31525-9

www.heyne-fantastisch.de

KURZ MAL AUFGEPASST!

Dies ist ein lustiges Buch. Ja, es ist so lustig, dass wir uns einige Male vor Lachen gar nicht mehr eingekriegt haben (es geht uns schon wieder besser, danke der Nachfrage). Aber das Buch ist ein NOCH größerer Spaß, wenn Sie vorher dieses andere unglaublich lustige Buch lesen:

Ja, genau: Wenn Sie *Der Hobbnix* lesen, kennen Sie die einzig wahre Vorgeschichte der Geschichte, die Sie gerade in der Hand halten (und die ziemlich lustig ist – sagten wir das schon?). Alle anderen Vor-, Nach-, Unter-, Ober-, Hinter- und Vordergeschichten können Sie getrost vergessen, vor allem die, die bei anderen Verlagen erschienen sind. Alles klar?

Und jetzt geht's endlich los mit dem …

Inhaltsverzeichnis

Dramatis Personae 8
Karte von Obermittelerde 10
Vorbemerkung (kein Prolog!!) 13

1. Kapitel: Mein Gärtner ist tot und ich besuche meinen Verleger 17
2. Kapitel: Ich erzähle der Welt die Wahrheit über mich 33
3. Kapitel: Ich treffe einen bedeutenden Filmregisseur 47
4. Kapitel: Ich habe für einen Zwerg eine gute Nachricht, worauf ein Nicht-Zwerg eine schlechte Nachricht für mich hat – was, wenn man es genau betrachtet, eine gewisse Symmetrie in sich birgt 57
5. Kapitel: Nach dem Interview mit der Polizei gebe ich der Presse ein Interview . . . 75
6. Kapitel: Kein Geschäft ist wie das Showgeschäft 83
7. Kapitel: Ich beginne endlich mit meiner Autobiografie 93
8. Kapitel: Ich treffe einen weiteren bedeutenden Filmregisseur 103

9. Kapitel: Traurige Nachrichten, einen Zwerg betreffend 113
10. Kapitel: Von Tunten und Tanten 129

DIE MITTE DES BUCHES: DAS GROSSE HOBBNIX-PREISAUSSCHREIBEN!

11. Kapitel: Ich besuche einen Psychiater....... 149
12. Kapitel: Es läuft wirklich nicht gut für mich . . 161
13. Kapitel: Von Tanten und Toten 175
14. Kapitel: Das lange, viel zu lange Käfig-Kapitel (zu lang für mich, wohlgemerkt) 189
15. Kapitel: Wer hat gesagt, eine Beziehung mit einem Geist sei leicht? 209
16. Kapitel: Der Unt und ich 219
17. Kapitel: Einiges mehr geschieht 235
18. Kapitel: Kurz bevor ich den Geist aufgebe, rettet mich – na, wer wohl? 241
19. Kapitel: Stellt euch vor, es ist Krieg und alle gehen hin 259
20. Kapitel: Das Ende 275
21. Kapitel: Das Ende vom Ende 285
22. Kapitel: Das Ende vom Ende vom Ende 293

Dramatis Personae, oder: Dramatische Personen, oder: Hätt ich doch nur im Lateinunterricht besser aufgepasst

Bingo Beutlgrabscher – ein Hobbnix
Til Schweigerbräu – ein Zwerg und Schauspieler
Orson Wels – ein Fisch und Regisseur
Dieter Wischwedel – noch ein Regisseur (aber kein Fisch)
Samuel Grünspan – ein ermordeter Gärtner (der Gärtner kann's also schon mal nicht gewesen sein – oder etwa doch?)
Heinrich von Geist – ein Geist und Ghostwriter
Inspektor Barnabas – ein Hobbnix und Inspektor der Aualand-Polizei (deshalb der Vorname Inspektor)
Mo Lat – ein Hobbnix und Nachbar
Ein Postbote – niemand kennt seinen Namen
Graham – der Grüne
Schorsch Ratzinga – ein Exorkist
Azhgnha Khzazzdz – ein Zwerg
Azgnzha Khzazzdzaz – ein anderer Zwerg
Ahzgnza Khazazdzaz – ein anderer anderer Zwerg
Ahzznza Khezazdzaz – ein anderer anderer anderer Zwerg
Uff! – Uff?

Anward – der beste Anwalt westlich des Anwalds (hihihi)

Marlen – eine garstige Tante

Lobehold – noch eine garstige Tante

Fangmichdoch – ein Unt

Der Mann, der für all das verantwortlich ist – der Mann, der für all das verantwortlich ist (kommt nicht vor, ist aber für all das verantwortlich)

N
O
S
W
HOLUNDEABADBERG
WO DENN?
HIER
BERGEBERGEN
RAUFUNDRUNTER
NINZLINGEN
GRAFSCHAFT DER KLEINEN
BRIE
AUALAND
CAIPI
AN CAIPI
OBEN OHNE
WIENER WALD
TIGER WOODS
HOLLY WOOD
NOBELGEBIRGE
WEIHER
VER-DANN
SCHWEMME
MÜHLE
BSÖRN
WALD DER HÖLZERNEN BÄUME
SALVA TOR
UNTEN OHNE
SCHLAIMFLUSS
SCHRAGSCHRIFT
BRECHTAL
ERIKAVOR
DAS HÖLLENTOR VON RHODIN
BERGIGE BERGE
M****FLUSS
BALLERMANN
EINE STADT
HÜGELIGE HÜGEL
NOCH EINE STADT
EIN EINZELNER BAUM
BLÖDLAND
ALTE STEINBRÜCKE
MOUNT DUMMA
BLUBBER BUCHT
WELLE
ECK MEER
MOUNT DUMM
NOCH ZWEI BÄUME

RHEUMABADBERG
MAUSGRAUES GEBIRGE
X HIER WAR NOCH PLATZ X
KATZEN
STREBOR DER EINZIGE BERG
SPRUNG
BRAUEREI
SCHMAUCHS HÖHLE
ESSMABROT AM LANGWEILIGEN SEE
HÜHN
GROSSE FELSEN
KLEINER FELSEN
GUTER PLATZ ZUM PICKNICKEN
BRUNNEN VOR DEM TORE
N***FLUSS
AUSTRALIENSEE
NEUSEELAND SEE
BLECHBERGE
PULLISEE
HÜHNER SUPPE
OASIS
BLUR
IMDUNKELNISTGUTMUNKELNWALD
KURZ: DUNKELWALD
VERWÜNSCHENES BÄCHLE
DICKE HEIDE
HORST BUCHHOLZ GEHÖLZ
TROLL AM SEE
ÄHM
TJA
ALSO
KÜSTENLINIE
GANZ VIELE WELLEN
BUCHT VON GLÜCKS
GOLF VON GURGEL

*Gestattet mir eine Vorbemerkung, liebe Leserinnen und Leser**

Unsere Welt ist voller Wunder. Längst verschwundene Götter haben die Sterne ans Himmelszelt geheftet. Die Berge glitzern hell im Frühlingslicht. Die Wellen der großen Ozeane nagen zahnlos und unaufhörlich an langen weißen Sandstränden. Wälder erstrecken sich über Hunderte von Meilen. Flüsse fressen Schluchten in den Fels und stürzen in prächtigen Wasserfällen von den Bergen herab. Dort: eine Zitadelle aus weißem Stein vor dem prächtigen blauen Himmel. Und da: ein Ritter, der sein Pferd über die Ebene jagt. Ja, dieses Land ist voller Wunder – und es ist von wundersamen Wesen bevölkert. Albtraumhafte Kreaturen, die tief unten in der Erde hausen. Elben, die die Lichtungen der Wälder mit ihrem Gesang erfüllen. Zwerge, die sich über den korrekten Plural des Wortes »Zwerg« streiten. Drachen, die durch die Lüfte fliegen. Bäume, die majestätisch über Wiesen und Flure schreiten.

Ja, wirklich: Wandelnde Bäume. Sie ziehen ihre Wurzeln aus dem Boden und schlendern einfach so herum. Unglaublich, was?

---

* Wohlgemerkt, eine VORBEMERKUNG! Kein PROLOG. Ich *hasse* Prologe. Wer hat das eigentlich erfunden, dass Fantasy-Romane immer Prologe haben müssen, in denen irgendein völlig unnützes Zeug erzählt wird, nur um Seiten zu schinden? Ja, wer? Du etwa, J.R.R.? Was hast du damit nur angerichtet!

Dieses unser Land also ist voller Magie und magischer Wesen. Ich selbst jedoch bin kein magisches Wesen. Ich bin ein etwas rundlicher, klein gewachsener Schriftsteller und verrichte mein Tagwerk weit weg von allen Drachen und Elben und herumschlendernden Bäumen. Es stimmt, dass ich einmal, vor längerer Zeit, ein großes Abenteuer erlebte* – aber das war ganz und gar untypisch für mich. Seit meiner Rückkehr habe ich nämlich, mit geradezu heroischer Anstrengung, jegliches Abenteuer gemieden. Nichts von Bedeutung ist seither in meinem Leben geschehen. Tatsächlich, wenn ich so über mein Leben in den vergangenen Jahren nachdenke, dann ist das Interessanteste, was ich berichten kann, dass das Feuer in meinem Kamin nie erlischt.

Ernsthaft! Ein Zauberer hat dieses Feuer einst für mich entfacht. Nun, er war vielleicht etwas *mehr* als ein Zauberer, als er es entzündete; und ich glaube auch nicht, dass er wirklich beabsichtigte, durch das Fenster zu niesen. Aber das Ergebnis ist nun mal, dass der Kamin in meinem Wohnzimmer nie ausgeht, ob Winter oder Sommer, ob Nacht oder Tag. Ich muss nie Kohle oder Holz nachlegen. Ja, selbst wenn ich aus Versehen Tee hineinschütte – das Feuer erlischt nicht.

Na schön, das ist jetzt nicht sooo interessant, aber immerhin.

Nun könntet ihr natürlich einwenden, dieser »In meinem Leben geschieht nichts, aber auch *gar* nichts Interessantes«-Aspekt macht es schwer, eine Autobiografie zu

---

* Und was für ein Abenteuer das war! Das verdammt größte, verdammt coolste Abenteuer, das Obermittelerde je gesehen hat. Wie bitte? Ihr kennt es nicht?! Dann aber schnurstracks in den Buchladen oder in der Intersphäre bestellen: *Der Hobbnix* ist erhältlich als Heini-Taschenbuch und natürlich auch als Iihh-Book.

schreiben. Aber das stimmt nicht! Das macht es überhaupt nicht schwer, eine Autobiografie zu schreiben. Das macht es nur schwer, eine *interessante* Autobiografie zu schreiben. Aber das ist ja wirklich ein ganz anderes Thema, oder?*

Übrigens: Die Sache mit dem Feuer solltet ihr euch merken, die könnte noch wichtig werden.

Ich weiß, was ihr gerade denkt. Warum habe ich mich entschieden, meine Autobiografie zu schreiben, wenn mein Leben doch von gähnender Langeweile erfüllt ist?

Gute Frage.

Erlaubt mir, sie zu beantworten …

---

* Überhaupt ist dieses Buch, geschätzte Leserinnen und Leser, kein 08/15-Fantasy-Roman (deshalb hat es auch keinen Prolog, sagte ich das schon?), sondern viel, viel mehr: Es ist eine Prosaskizze, die das Skandalon des Authentischen mit Metaaspekten des Kriminalromans verbindet und unter Einbeziehung der Wehmeyer'schen Theorie der Paraphantastik zu einer Epiphanie der poststrukturellen Moderne gerinnt. (Lieber FAZ-Rezensent: Zitieren Sie diesen Satz einfach in Ihrer Besprechung – da sparen Sie sich viel Arbeit.)

Erstes Kapitel

Mein Gärtner ist tot und ich besuche meinen Verleger

Eines Dienstagmorgens entdeckte ich die Leiche meines Gärtners ausgestreckt auf dem Rasen vor meinem Haus. Am darauffolgenden Mittwoch besuchte ich meinen Verleger.

Damit keine Missverständnisse aufkommen: Ich ging nicht zu meinem Verleger, um ihm eine Story über den Mord an meinem Gärtner zu verkaufen. Zu diesem Zeitpunkt wusste ich noch gar nicht, dass mein Gärtner *ermordet* worden war; ich nahm an, dass er eines natürlichen Todes gestorben war (und das war er ja auch: eines *sehr* natürlichen Todes – aber ich will den Ereignissen nicht vorgreifen). Außerdem sind Verlage ohnehin nicht sonderlich an Geschichten über erdrosselte Gärtner interessiert. Ich meine: ein Gärtner und ein Mord – geht es noch klischeehafter? Jedenfalls, erst *danach* wurde mir bewusst, dass der Tod des armen Samuel Grünspan eine entscheidende Rolle in meinem Leben spielen sollte.

Mein Name ist Bingo Beutlgrabscher. Es ist ziemlich wahrscheinlich, dass ihr das eine oder andere über mich wisst. Zum Beispiel, dass ich in einer Höhle lebe. Nicht in einem schmutzigen, nassen Loch (wie eine offene Wunde) und auch nicht in einer trockenen Kieshöhle (wie eine ekzembefallene Körperöffnung), sondern in einer Hobbnixhöhle – liebevoll Grabsch-End genannt. Es ist eine gemütliche Höhle mit der im Aualand üblichen kreisrunden Tür. Nur der Boden ist eben der Boden einer Höhle (erwähnte ich schon, dass ich in einer Höhle lebe?), und das bedeutet Hühneraugen und Fußpilz an den Füßen. Deshalb tragen wir Hobbnixe auch keine Schuhe.

Wo war ich? Ach ja, vor einiger Zeit erlebte ich ein aufregendes Abenteuer mit zwölf tapferen Zwergen. Bedauerlicherweise sind sie inzwischen alle tot, aber lasst uns die Sache positiv sehen: *Ich* lebe noch. Auf unserem Abenteuer begleitete uns auch ein berühmter Zauberer: Ganzalt der Taube – ein bei Freund und Feind gefürchteter Meister der Magie (Freunde fürchteten ihn vor allem deshalb, weil er, schwerhörig wie er war, im Eifer des Gefechts auch schon mal die eigenen Leute in eklige Kellerasseln verwandelte). Ganzalt ist nicht tot, obwohl er es einmal war – na ja, das ist alles etwas kompliziert.* Auf jeden Fall erlebten wir ein Abenteuer mit allen Schikanen: Wir zogen zum Einzigen Berg, weit im Osten, jenseits des Nobelgebirges, das so weiß glitzerte wie nach einer professionellen Zahnreinigung.** Wir wanderten durch dunkle Wälder, an großen Flüssen entlang und an Schnapsbrennereien vorbei, bis wir die Höhle von Schmauch, dem schrecklichen Drachen, erreichten. Unterwegs kämpften wir gegen strapstragende Trolle, kommunistische Spinnen und gackernde Gobblins. Der Höhepunkt aber war die Schlacht der fünf Heere, in der wir (also die, die von uns noch am Leben waren, ich zum

* Das letzte Mal, als ich Ganzalt sah, war er ein Drache – und wie das genau kam, steht im bereits erwähnten Buch *Der Hobbnix*. Also kauft es euch endlich, bitte, bitte, bitte!

** Okay, ich könnte auch sagen, es war schneebedeckt, aber hey, ich bin *Schriftsteller*. Übrigens kenne ich einen Zahnarzt, der wirklich günstige Zahnreinigungen anbietet. Wenn ihr wollt, gebe ich euch seine Nummer.

Beispiel) jeder Menge Trolle und Orks und dem ganzen Geschmeiß kräftig in den Hintern traten. Mit Mut und Geschick überlebte ich (sagte ich das schon?) und kehrte mit einer kleinen Menge Drachengold (echt, es war wirklich nicht sehr viel) nach Hause zurück. Doch die größte Schlacht war die Schlacht, die wir in uns selbst ausfochten, die Schlacht gegen unsere Vorurteile ... Nur ein Scherz. Wie auch immer, nach meiner Rückkehr habe ich die Abenteuerei endgültig an den Nagel gehängt und mich dem Schreiben gewidmet. Ja, warum auch nicht? Senken die Leute etwa nicht ehrfürchtig ihre Köpfe, wenn sie einem Schriftsteller begegnen? Sind wir nicht ebenfalls Helden? Auch wenn ich keine Monster töte oder stürmische Meere befahre – mein Kampf ist härter, meine Gegner mächtiger, meine Herausforderung epischer: das Schreiben von Büchern! Okay, ich *schreibe* sie nicht selbst – das macht mein Ghostwriter. Aber *mein* Name steht auf dem Cover, *ich* unterzeichne die Verträge, *ich* muss die Häme der Kritiker ertragen. Ja, es ist hart.

In meinem ersten Buch *Der Hobbnix** (die einfachsten Titel sind doch immer noch die besten) habe ich die Geschichte meines großen Abenteuers erzählt. Leider war das Buch nur ein bescheidener Erfolg – die Sorte Erfolg, die ein Kopftuch trägt, wenn sie das Haus verlässt, und dir nicht in die Augen schaut, wenn du mit ihr redest. Danach habe ich die Fisch-Fantasy *Herr der Heringe*, das mir selbst leider völlig unverständliche *Stiehlnemillion* und ganz aktuell eine Biografie meines Zaubererfreundes Ganzalt geschrieben, die mein Verlag unter dem Titel *Graue Gelüste – Die fünfzig geheimen Stellungen von Ganzalt dem Geilen* veröffentlichte. Um ehrlich zu sein: Vom Erfolg

* Kaufen, kaufen, kaufen!

dieser Biografie war ich etwas überrascht. Aber mein Verleger sagte mir, dass akribisch recherchierte und wissenschaftlich fundierte Zaubererbiografien bei Bartfetischisten und einsamen Hausfrauen sehr populär sind – immerhin die beiden wichtigsten Zielgruppen heutzutage. Er versicherte mir auch, dass der Verlag mein Manuskript *in keinster Weise* umgeschrieben und dabei die ganzen persönlichen Erinnerungen herausgenommen und durch Softporno-Klischees ersetzt hat. Natürlich war ich froh, das zu hören, schließlich bin ich ein seriöser Schriftsteller, aber um ganz sicherzugehen, habe ich das fertige Buch mit meinem Manuskript verglichen; das heißt, ich habe die feste Absicht, es zu vergleichen, wenn ich endlich meine Autorenexemplare zugeschickt bekomme. Mein Verleger sagte, sie müssten jeden Tag eintreffen – er sagte das jedes Mal, wenn ich das Thema in den letzten fünfzehn Monaten oder so ansprach.

Sei es, wie es sei, nach all diesen Büchern, all den Misserfolgen und Erfolgen ist nun die Zeit reif für *meine* Geschichte: meine Autobiografie. Diese Idee ist in mir gewachsen wie Moos auf einer Mauer. Intellektuelles Moos. Metaphorisches Moos. Metamoos. Genau. Und ich gestehe, dass der Tod meines Gärtners der perfekte Katalysator war, um dieses Vorhaben endlich in die Tat umzusetzen – oder zumindest ließ er den Katalysator aus dem Sack (da bewahre ich nämlich sowohl Katzen wie Katalysatoren auf). *Sterblichkeit!* Versteht ihr? Sterblichkeit. Der Tod. Er kommt zu uns allen, er ist das, was uns alle verbindet: das endgültige Ende, der alles nihilisierende Nihilismus. Und so.

Es war der Postbote, der mich darauf aufmerksam machte, dass mit Samuel etwas nicht in Ordnung war. Er klopfte an die Tür, und als ich öffnete, sah er mich mit geheimnistuerisch zusammengekniffenen Augen an. (Das macht er immer – ehrlich, das geht mir sowas von auf die Nerven.)

»Ein Paket für Sie«, sagte er mit gesenkter Stimme. »Könnte etwas Wichtiges sein. Hier unterschreiben, bitte.« Er reichte mir einen kleinen schweren Gegenstand, der in braunes Papier eingewickelt war.

Etwas Wichtiges? Ja, sicher. Ich brauchte das Paket gar nicht zu öffnen, ich wusste schon, was es war: eine Reihe verrosteter Kettenglieder, vermutlich einmal Teil einer ausgemusterten Ritterrüstung (jetzt sagt bloß, ihr bekommt nie Kettenbriefe?). Ich setzte meine Unterschrift auf das Formular, und der Postbote wandte sich zum Gehen um. Doch dann hielt er plötzlich inne und sah mich wieder mit seinem verschwörerischen Blick an.

»Eigentlich Hunde«, murmelte er.

»Was meinen Sie?«, fragte ich. Seit der Schlacht der fünf Heere, der größten und *lautesten* Schlacht seit Hobbnixgedenken, höre ich nicht mehr so gut.

»Hunde«, sagte der Postbote. »Sonst sind es immer Hunde und nicht ... na ja, Sie wissen schon.«

»Nein, weiß ich nicht. Was?«

»Leichen.«

Er sah mich an. Ich sah ihn an. Dann sagte ich: »Ich habe keine Ahnung, wovon Sie da reden, guter Mann.«

»Wachhunde«, sagte er. »Besser als Leichen. Leichen werden Ihr Haus nicht vor Einbrechern schützen. Außer vielleicht die, die sich bewegen – Sie wissen schon.«

»NEIN! Weiß ich nicht.«

Der Postbote machte einige Schritte zurück, als befürchtete er, ich würde ihm gleich an die Gurgel gehen. »Schon gut, schon gut. Lebende Leichen, meine ich. Zombixe.«

Ich bin ja selbst nicht mehr der Jüngste (tatsächlich habe ich die einhundertelf schon vor geraumer Zeit überschritten), aber der Postbote war so alt, dass er mein Großvater hätte sein können, und gewöhnlich ließ ich ihm den Respekt zukommen, der einem älteren Mitbürger gebührt. Allerdings bin ich auch ein älterer Mitbürger, weshalb man mich ebenfalls mit Respekt behandeln sollte, und an Respekt schien es mir hier doch sichtlich zu mangeln.

»Was faseln Sie da für seltsames Zeug?«, sagte ich entnervt. »Ich habe wirklich keine Zeit für …«

Der Postbote hob seinen Arm und deutete mit düsterer Miene in Richtung meines Vorgartens. Und tatsächlich: Zwei oder drei Meter rechts des Gartenweges – einer Reihe etwas willkürlich auf dem Rasen platzierter Trittsteine – lag der arme alte Grünspan, das Gesicht im Gras, reglos. Sofort lief ich zu ihm, doch noch bevor ich bei ihm ankam, wurde mir klar, dass er tot war. Zum einen war sein gesunder gelb-brauner Teint einem fahlem unappetitlichem Blau gewichen. Zum anderen atmete er nicht mehr. Außerdem steckte in seiner leichenstarren Hand eine leere Flasche Saubua-Schnaps.

»O mein Gott!«, rief ich fassungslos.* »Er ist tot.«

Der Postbote kniff die Augen zusammen. »Auf dem Postamt gibt es einen Kollegen – ich sage Ihnen, *der* hat Angst vor Leichen. Ja, er ist geradezu nekrophob. Bei ihm würde das funktionieren. Das Haus von einer Leiche im Garten bewachen zu lassen, meine ich.«

»Sie alter Narr!« Sein fehlendes Mitgefühl machte mich richtiggehend wütend. »Ich habe diese Leiche doch

---

* Wollten Sie das nicht auch schon immer mal rufen? So wie hunderttausend andere Idioten in den Trollywood-Filmen? Ach, ich liebe diese Metamoos-Bücher!

nicht hier hingelegt, um Postboten von meinem Haus abzuhalten. Was für eine groteske Vorstellung!«

Wieder sah er mich für einige Sekunden mit seinem verschwörerischen Blick an. Dann sagte er: »Hm?«

»Ach, vergessen Sie's.« Ich kniete mich neben die Leiche. »Es sieht aus, als hätte Samuel im Garten gearbeitet – was ja schließlich auch seine Aufgabe war –, als er umgekippt ist. Vermutlich eine Herzattacke. Oder ein Schlaganfall.«

Der Postbote ging zu mir und tätschelte mir den Kopf. Offenbar wollte er mich trösten.

»Lassen Sie das!« Ich schlug seine Hand weg und erhob mich mit einiger Mühe. »Der arme Bursche! Gut, diese ganze Trinkerei war wohl nicht gerade gesund. Er hat sehr viel getrunken. Und er war schon ziemlich alt, über hundertfünfzig, glaube ich. Trotzdem ist es traurig.« Ich wandte mich dem Postboten zu. »Könnten Sie bitte schnell in den Ort gehen und die Polizei informieren?«

Der Postbote saugte eine Weile an seinen Lippen. Dann sagte er langsam: »Ich glaube schon.«

»Na, dann gehen Sie, Mann! Worauf warten Sie noch?«

Der Postbote drehte sich um und ging.

In der folgenden Stunde herrschte auf meinem Grundstück eine ungewöhnliche Betriebsamkeit. Zwei Hilfstrolle der örtlichen Polizei kamen aus Hoppler-Ahoi! und inspizierten den Tatort. Dann holten sie den Amtsarzt, der bestätigte, was keiner Bestätigung mehr bedurfte: Der arme Grünspan war tot. Der Arzt ließ zwei junge Hobbnixe kommen, gab ihnen jeweils einen Groschen und wies sie an, die Leiche in ein Laken zu wickeln und in den Ort zu tragen. Erst dann hatte ich wieder Ruhe und Frieden. Nun, auf jeden Fall Ruhe.

Ich ging ins Haus, schloss die Tür, bereitete mir eine Tasse Tee und machte es mir in meinem Lieblingssessel gemütlich. Nachdenklich starrte ich in das Kaminfeuer (Sie wissen schon: das Feuer, das nie ausgeht, seit es ein bekannter Zauberer-Schrägstrich-Drache angeniest hat). Das endlose Flackern der Flammen hatte etwas Beruhigendes, und Beruhigung hatte ich wirklich nötig. Es war immer deprimierend, wenn man vom Ableben eines Mithobbnixes erfuhr, und in meinem Alter liegt die Schwelle zur Depression deutlich niedriger als früher. Ich nippte an dem Tee und dachte über mein Leben nach. Wie viele Jahre hatte ich noch vor mir? Ganz bestimmt weniger, als ich hinter mir hatte. Und diese Jahre hinter mir – was trieben die da eigentlich? Zogen Grimassen, streckten die Zunge heraus, spreizten hinter meinem Kopf Zeige- und Mittelfinger, während sie die anderen Finger zur Faust ballten, was den Eindruck erweckte, ich hätte kleine Teufelshörnchen oder Hasenohren – kurz: sie machten sich *hinter mir* über mich lustig.

Ja, es war wirklich Zeit, sich einmal mit ihnen zu befassen, diesen Jahren hinter mir. Es war Zeit, *meine* Geschichte aufzuschreiben, nicht die von irgendjemand anderem. Auch wenn es in den letzten Jahren etwas ruhiger geworden war, hatte ich doch ein ereignisreiches Leben. Nicht unbedingt in dem Sinne, dass mein Leben voll aufregender Ereignisse gewesen war – sondern dass ich *fast* einer Menge Leute begegnet war, *deren* Leben einigermaßen aufregend gewesen ist. Das ist doch schon mal was, oder?

Hinter mir flatterten die Vorhänge am Fenster. Dann begannen die Teller auf der Anrichte zu klappern – einer fiel sogar zu Boden –, und ein unheimliches »Huhu-huhu« erfüllte den Raum. Die Haare auf meinen Füßen richteten sich auf. Wie kalt es plötzlich im Zimmer war …

»Hör zu, Geist«, sagte ich mit fester Stimme. »Ich werde meine Autobiografie schreiben.«

Die Teller hörten auf zu klappern. Die Luft erwärmte sich wieder auf Sommertemperatur.

»Hm«, murmelte ich eingeschnappt. »Du könntest *etwas* mehr Begeisterung zeigen.«

Meine Biografie von Ganzalt hatte sich außerordentlich gut verkauft. Vielleicht lag mein Talent als Schriftsteller also tatsächlich im Erzählen wahrer Geschichten. »Es ist entschieden«, sagte ich in die Stille des Wohnzimmers. »Ich schreibe meine Autobiografie!«

Der Geist – wenn er überhaupt da gewesen war – erwiderte nichts.

Und so nahm ich am darauffolgenden Tag den Transaualandrapid in die Große Stadt*, um meinen Verleger zu besuchen. Ich war bereits mit der Lerche wach, denn der Rapid fährt sehr früh vom Stoiba-Bahnhof in Hoppler-Ahoi! los – nur um dann gemütlich durch das Land zu zuckeln.** Jedenfalls bedeutete meine frühe Abfahrt, dass ich, in der Stadt angekommen, noch etwas Zeit hatte. Ich schlenderte die Tollkühn-Straße hinunter, machte gebührend lange Halt vor dem Denkmal des MANNES, DER FÜR ALL DAS VERANTWORTLICH IST und erklomm schließlich die steilen Stufen zu den Räumen des Heini-Verlags.

---

* Also, sooo groß ist sie gar nicht – wir Hobbnixe haben es gern überschaubar. Wenn zehn von uns zusammenkommen, ist das schon eine Faschingsveranstaltung. Bei zwanzig ein Heavy-Metal-Festival und bei dreißig eine kriegerische Auseinandersetzung – auch wenn wir eigentlich gar nicht gegeneinander kämpfen.

** Mehr als dreißig Meilen pro Stunde sind aufgrund eines uralten Vertrages mit dem Elbenvolk nicht erlaubt; es ging damals wohl um Lärmschutz oder so.

»Hallo«, sagte ich und steckte den Kopf in das Büro meines Verlegers Wilhelm III.

»Oh«, erwiderte er einigermaßen überrascht. Seit ich zu schreiben begonnen hatte, war Wilhelm der treue Verleger an meiner Seite. Er war der Enkel des Verlagsgründers Wilhelm I., und auch wenn Heini vor einiger Zeit von dem übermächtigen Multimedia-Giganten Romsdoms gekauft worden war, hatte er es doch geschafft, dem Verlag ein eigenständiges Profil zu erhalten.* »Du bist es. Was für eine … äh … Überraschung.«

»Ich dache, ich schau mal vorbei«, sagte ich gut gelaunt und betrat das Büro. »War gerade in der Gegend.«

»Schön.« Er sah sich sichtlich nervös um. »Wie geht es dir?«

»Sehr gut.«

»Schön.« Er kaute auf seiner unangezündeten Pfeife herum.

»Natürlich bin ich alt, und mein Körper lässt mich immer mehr im Stich.«

»Schön.«

»Und mein Gärtner ist gestern gestorben.«

»Schön, schön.«

Irgendwie hatte ich den Eindruck, dass er mir nicht seine volle Aufmerksamkeit schenkte.

Wilhelms Büro war wie immer voller Bücher. Tatsächlich waren es so viele Bücher, dass kaum mehr Platz für

---

* Wilhelm I. hatte sein Verlagsimperium auf einem simplen Grundsatz aufgebaut: »Was ein Hobbnix nicht lesen will, ist es nicht wert, gedruckt zu werden.« Sein Sohn Wilhelm II. setzte das Lebenswerk des Vaters fort und machte aus Heini den größten Verlag westlich des Nobelgebirges. Aber ach, die Zeiten ändern sich, und das Lesen kommt nun auch im Aualand immer mehr aus der Mode. Stattdessen sitzen die Leute in Cafés herum und machen komische Wischbewegungen in der Luft, als würden sie ständig Fliegen vertreiben.

die Möbel war. Und bei näherem Hinsehen bemerkte ich, dass es sich bei all den Büchern um ein und dasselbe Buch handelte. *Mein* Buch. Ich würde lügen, wenn ich behaupte, dass ich mich nicht geschmeichelt fühlte. »Die Ganzalt-Biografie scheint wirklich gut zu laufen«, sagte ich.

Wilhelm gab ein leises »Hm-hm« von sich, das ich als Zustimmung interpretierte.

»Darf ich mich setzen?«, fragte ich.

»Ah … Ich habe leider keinen freien Stuhl«, erwiderte er. »Du siehst ja, die ganzen Bücher. Warum kommst Du nicht nächste Woche wieder?«

»Ich kann mich doch einfach auf diesen Bücherstapel hier setzen.«

»Oh! Bist du sicher, dass er nicht umfällt, wenn du dich draufsetzt?«

»Aber du sitzt doch auch auf einem Bücherstapel.«

Wilhelm blickte nach unten. »Tatsächlich? Ja, stimmt, du hast recht. Du siehst, es sind einfach viel zu viele Bücher hier.« Die Pfeife in seinem Mund wippte auf und ab. Krampfhaft – es sah aus, als würden sich seine Daumen einen Ringkampf liefern – nestelte er an einer Schachtel Streichhölzer herum. Mit dem Ergebnis, dass er schließlich den Inhalt auf seinem Schreibtisch verschüttete.

Ich setzte mich auf einen Bücherstapel, der einigermaßen stabil aussah. Er schwankte leicht unter meinem Gewicht, aber er hielt. »Ich wollte etwas mit dir besprechen«, sagte ich. »Mein nächstes Projekt. Ich habe beschlossen, meine Autobiografie zu schreiben.«

»Schön«, murmelte Wilhelm, während er versuchte, die Streichhölzer in die Schachtel zurück zu schaufeln. Nach einer Weile wischte er sie einfach genervt vom Tisch. »Ganz hervorragend. Ach, verdammt!«

Ich nahm an, diese letzte Bemerkung bezog sich auf

sein Malheur mit den Streichhölzern, also sagte ich: »Übrigens: Gut, dass ich vorbeigekommen bin.«

»Ha, hab ich dich, meine einbeinige Holzschönheit!«, rief er unvermittelt und hob ein Streichholz in die Höhe. Dann sah er mich leicht verwirrt an. »Was hast du gerade gesagt?«

»Ich sagte: Gut, dass ich vorbeigekommen bin. Ich habe nämlich meine Autorenexemplare noch immer nicht bekommen. Du weißt schon, die Ganzalt-Biografie. Offenbar gab es da ein Problem mit der Post.«

Wilhelm zündete die Pfeife an, wippte auf seinem Bücherstapel und paffte kleine Wolken in die Luft. »Offenbar«, murmelte er.

»Aber ist ja nicht so tragisch. Jetzt bin ich ja hier und kann mir ein paar mitnehmen.« Ich streckte die Hand nach einem Stapel neben mir aus.

»NEIN!«, rief Wilhelm. Die Pfeife fiel ihm aus dem Mund, knallte auf den Tisch und verteilte ihre Glut über die dort ausgebreiteten Unterlagen. Wilhelm sprang auf und schlug hektisch auf die Papiere, um zu verhindern, dass sie Feuer fingen. »Nein … nicht diese Bücher. Die sind … äh … alt. Ja, genau. Das sind Exemplare für die Presse. Genau, Presseexemplare.«

»Oh. Die alle hier? Aber das sind doch bestimmt an die tausend Bücher.«

»Ja, alle.« Er nahm wieder Platz, steckte die Pfeife in den Mund und sah sich erneut nach einem Streichholz um. »Sie werden an Zeitungen und Magazine geschickt. Heute noch.«

»Nun, es freut mich, dass mein Buch so große Aufmerksamkeit in der Presse findet. Wunderbar! Aber kann ich nicht einfach eines aus dem Stapel nehmen, auf dem du sitzt?«

Ich streckte meine Hand danach aus; er schlug sie weg. »Nein, nein«, sagte er. »Du willst doch nicht, dass ich umfalle, oder?«

»Nur ein einziges?«

»Der Stapel ist sorgfältig ausbalanciert. Er würde einstürzen, wenn man auch nur ein Buch wegzieht.«

»Na schön. Und was ist mit dem Stapel, auf dem *ich* sitze? Kann ich davon eines nehmen?«

»Damit *du* umfällst? Denk an deine Gesundheit! Hör zu, ich werde mich sofort persönlich darum kümmern, dass du Exemplare von der neuesten Auflage zugeschickt bekommst. In Ordnung?«

»Na gut«, sagte ich. »Obwohl …« Ich griff nach einem der Exemplare, die auf seinem Schreibtisch lagen. »Es ist ja sicher kein Problem, wenn ich mal einen kurzen Blick hineinwerfe, um …«

Er riss mir das Buch aus der Hand. »Auf keinen Fall! Äh … keine Zeit. Ich habe keine Zeit. Ich muss in eine wichtige Besprechung. Ja, eine Iihh-Book-Besprechung.* Es hat mich wirklich sehr gefreut, dich zu sehen, Bingo. Lass uns bald mal Mittagessen gehen.« Er stand auf und schob mich aus dem Büro, noch bevor ich Protest einlegen konnte.

---

* Auch im Aualand setzt sich immer mehr der Trend durch, Bücher nicht mehr wie seit jeher üblich zu drucken und zu binden, sondern mittels einer magischen Formel, die sich wie ein langgezogenes »Iiiihhhh« anhört, in die Intersphäre zu transferieren, von wo man sie sich, wann immer man will, herunterzaubern kann. Jeder kann das – da sehen selbst professionelle Magier wie Ganzalt ganz alt aus. Was aber bedeutet diese Entwicklung für das althergebrachte Druckhandwerk? Und wer will sich schon einen Haufen Luft ins Regal stellen? Oder in die Badewanne mitnehmen? Ungeachtet dessen sieht Romsdoms im Iihh-Book das Geschäft der Zukunft. The times they are a-changing – lalala. Yeah.

»Aber was ist mit meinem nächsten Projekt?«, sagte ich, als ich mich auf dem Gang wiederfand. »Meine Autobiografie?«

»Großartige Idee«, sagte Wilhelm und huschte in sein Büro zurück. »Schreib dir die Seele aus dem Leib. Also – natürlich bildlich gesprochen.«

»Wunderbar«, erwiderte ich erfreut. »Nun, ich sehe, dass du ...« Mit einem lauten Knall fiel die holzgetäfelte Bürotür zu. »... beschäftigt bist.«

Hinter der Tür hörte ich nun eine Reihe von Geräuschen: das Ratschen eines Streichholzes, das angezündet wurde; das Saugen an einer Hobbnixpfeife; dann ein lauter, zufriedener Seufzer. Ich wandte mich ab und ging langsam den Gang hinunter, als sich die Tür plötzlich wieder öffnete und Wilhelm herauskam. Das Büro hinter ihm sah aus wie ein elbisches Dampfbad, so dicht waren die Rauchschwaden.

»Warte, Bingo!«, rief er. »Ich habe ganz vergessen, dir zu sagen, dass wir die Filmrechte an *Der Hobbnix* verkauft haben.«

»Wirklich?«

»Ja. Ist das nicht großartig? Du musst nur noch die Verträge unterschreiben – sie sind vorne bei Lady Siggi in der Vertragsabteilung. Der Regisseur wird sich bestimmt mit dir treffen wollen. Und wäre es möglich, Interviewtermine zu vereinbaren?«

»Natürlich. Wieso nicht?«, murmelte ich, ganz überwältigt von der Neuigkeit.

»Nun, jedes Mal, wenn wir Journalisten zu deiner Höhle schicken, kommen sie ganz bleich und zitternd wieder zurück. Du kennst ja das Gerücht.«

»Welches Gerücht?«

»Dass es in deiner Höhle ...« Wilhelm machte große

Augen und wedelte mit den Fingern seiner linken Hand in der Luft herum. »… spukt.«

»Hm«, erwiderte ich. »Um ehrlich zu sein – das stimmt ja auch.«

»Wirklich?«

Ich holte tief Luft. »Ja, ich teile meine Hobbnixhöhle mit einem Geist. Ich dachte, das wäre allgemein bekannt.«

»Nein.« Wilhelm schüttelte den Kopf. »Nein, das ist nicht bekannt. Ein echter Geist? Ein Poltergeist?«

»Eher ein holder Geist.« Ich schmunzelte. »Er heißt Heinrich. Aber keine Sorge, wir kommen … sehr gut miteinander aus.«

»Oh.« Wilhelms Gesicht drückte weniger Schock als Verwirrung aus. »Nun, könntest du diesen Herrn Geist …«

»Von.«

»Wie bitte?«

»Von Geist. Heinrich von Geist. Er ist von Adel.«

»Wie auch immer, könntest du ihn bitten, sich etwas zurückzuhalten, wenn Journalisten zu Besuch sind? Es ist immer das Gleiche: Sie fangen gerade an, dich zu interviewen, und plötzlich sind da diese unheimlichen Geräusche …«

»Gesänge«, korrigierte ich. »Heinrich ist Künstler.«

»Äh, ja. Auf jeden Fall suchen die Journalisten das Weite. Und das können wir jetzt wirklich nicht brauchen. Unsere Presseabteilung hat gerade ein Interview mit der *Voger* arrangiert, die *Vogue* der Oger. Die sind ganz begeistert von dem Filmprojekt. Du weißt ja: Keine Publicity ist gute Publicity. Nein, falsch. Gute Publicity ist keine Publicity. Nein, was rede ich da? Jede Publicity ist gute Publicity – genau! Servus, Bingo.« Wilhelm stürzte zurück in sein Büro und knallte erneut die Tür zu.

Ich ging also zu Lady Siggi in die Vertragsabteilung,

und es war genau so, wie Wilhelm gesagt hatte: Eine große Produktionsfirma hatte die Absicht, aus *Der Hobbnix* einen Kinofilm zu machen. Einen Film! Bewegte, sprechende Bilder! Trollywood! Natürlich unterschrieb ich sofort. Und auf der Fahrt zurück nach Hause schwirrte mir der Kopf angesichts all dieser Begebenheiten.

Was für Zufälle es doch gab! Hatte ich nicht in just demselben Moment, als die Filmrechte an meinem legendären Abenteuer verkauft worden waren, beschlossen, dass ich diese Lüge nicht länger leben wollte? Ich war, wer ich war – und nicht der, den die sensationslüsterne Öffentlichkeit in mir sah (vor allem die zahllosen Tollkühn-Clubs). Und es gab keinen besseren Weg, der Öffentlichkeit mein wahres Ich zu zeigen, als meine Autobiografie zu schreiben.

Ja, es ging nicht darum, der Welt ein weiteres belangloses Promi-Buch zu bescheren – es ging darum, ein Zeichen zu setzen. Es ging darum, der Welt ein für alle Mal die Wahrheit über mich zu erzählen.

Zweites Kapitel

Ich erzähle der Welt die Wahrheit über mich

Nun denn, wie schrieb einst ein bekannter Minnesänger (und machte damit ein Vermögen): Nichts als die Wahrheit.

Ganz Obermittelerde kennt mich als den mutigen Hobbnix, der mit einem Zauberer und einer Gruppe dem Tod geweihter Zwerge zu einem großen Abenteuer aufbrach. Und das bin ich auch. Oder war ich. Denn seit jenen nun sehr fernen und, wie DER MANN, DER FÜR ALL DAS VERANTWORTLICH IST ganz richtig bemerkte, zur Legende gewordenen Tagen führe ich ein ruhiges, zurückgezogenes Leben. Ich habe nie geheiratet. Mir ist klar, dass diese Tatsache hier und da zu Gerede geführt hat. »Keine Frau für Bingo?«, fragten sie hinter vorgehaltener Hand. »Kein Trippeln kleiner Hobbnixfüße im Haus?« Als offensichtlich wurde, dass ich mich zum weiblichen Geschlecht nicht hingezogen fühlte, änderten sie einfach die Frage: »Kein Mann für Bingo? Kein Fitnessstudio? Keine geschmackvolle Wohnungseinrichtung?« Und als schließlich ebenso offensichtlich wurde, dass ich mich auch zum männlichen Geschlecht nicht hingezogen fühlte, waren sie reichlich verwirrt. »Es scheint, Bingo ist ein kalter Fisch«, sagten sie. Ach, wenn ich doch nur mit Fischen etwas anfangen könnte! Das wäre weniger schockierend als die Wahrheit.

Zwei Tage nach Grünspans Ableben kam mich am

Vormittag meine Tante Marlen besuchen, um mir, wie sie sagte, ihr Beileid auszudrücken. Tatsächlich aber wollte sie nur ihre Nase in meine Angelegenheiten stecken. Sie missbilligte nämlich meinen Lebensstil. Nicht dass sie über meinen Lebensstil irgendetwas Genaueres wusste, aber sie hatte da eine Vermutung – und die missbilligte sie. »Lebens*stil*?«, sagte sie einmal zu mir. »Wohl eher *Stall*.« Ich glaube, damals hatte sie mich im Verdacht, mit Schweinen zusammenzuleben. Später erfuhr sie die wahre Natur meiner, nun, Vorliebe; und zwar ganz einfach deshalb, weil ich beschlossen hatte, reinen Tisch zu machen. »Du lässt sie auf den Tisch?«, sagte sie. »Was für eine Sauerei!« Offenbar gingen ihr immer noch die Schweine im Kopf herum. Ich erklärte ihr, dass mir weiß Gott keine Schweine im Kopf herumgingen, sondern etwas ganz anderes. Es dauerte eine Weile, bis sie die Tragweite der Situation verstanden hatte, und als es soweit war, wurde sie ziemlich wütend. »Wie ... abartig!«, sagte sie und warf mir einen Blick zu, der selbst Ganzalt eingeschüchtert hätte, und das will was heißen.

An diesem Donnerstagmorgen also klopfte sie mit dem schnabelförmigen Knauf ihres originellen »Was für ein schönes Wetter für Enten«-Regenschirms an meine Tür und watschelte, nachdem ich ihr geöffnet hatte, den Flur hinunter. Und sie drückte mir wirklich ihr Beileid aus. »Dein Gärtner ist tot?«, sagte sie. »Dann brauchst du einen neuen.«

Ich seufzte leise. »Guten Morgen, Tante Marlen. Möchtest du einen Tee?«

Sie nickte und rauschte ins Wohnzimmer. Ihr rostfarbener Regenmantel gab bei jeder Bewegung ein seltsam knarzendes Geräusch von sich (er war schon sehr alt, dieser Mantel, älter, so sagten manche, als das Dritte

Zeitalter), aber sie machte keine Anstalten, ihn abzulegen; ja, sie knöpfte ihn nicht einmal auf, als sie sich auf das Sofa setzte. Tante Marlen war eine ziemlich schlagfertige Frau – in dem Sinne, dass sie nicht zögerte, jeden, der ihr dumm kam, mit Entenregenschirmschlägen zu traktieren. Sie war zweihundertsiebenundzwanzig Jahre alt, und ihr Gesicht war in dieser langen Zeit zu einer mürrischen Maske der Missgunst* versteinert. Ihre Nase tropfte beständig, und durch die Kombination aus mondsichelförmigem Kinn und buschigen Augenbrauen ähnelte ihr Profil einem großen C.

Mit äußerster Sorgfalt bereitete ich den Tee zu, denn Tante Marlen war, was das betraf, ziemlich anspruchsvoll. Ich spülte den Topf aus, wog die Teeblätter, wog sie zur Sicherheit noch einmal, ließ das Wasser aufkochen, gab die Teeblätter in den Topf, ließ sie exakt drei Minuten lang ziehen und seihte den Tee schließlich durch ein Platinsieb ab. Dann stellte ich die Teekanne und die Tassen auf ein Tablett und trug sie ins Wohnzimmer – zusammen mit einer Schüssel Kristallzucker, einer Schüssel Honig (ich legte einen dieser lustigen Honiglöffel dazu, die wie riesige Ohrenstäbchen mit Löchern am Ende aussehen), einer Schüssel Puderzucker, einer Schüssel braunem Zucker und einer Schüssel braunem Puderzucker; außerdem einem Kännchen Magermilch, einem Kännchen dreifach pasteurisierter Milch und einem Kännchen entmilchter Milch. (Meine Tante war SEHR anspruchsvoll, wenn es um Tee ging.)

Ich stellte das Ganze scheppernd auf den Beistelltisch neben dem Sofa ab, während Tante Marlen missbilligend dreinblickte (sie hatte zwei Arten, dreinzublicken: miss-

---

* Nehmt das, Goethe und Schiller! Ihr kocht doch auch nur mit Wasser!

billigend und … die zweite fällt mir grad nicht ein) und wiederholte, was sie zuvor bereits gesagt hatte: »Du brauchst einen neuen Gärtner.«

»Ja, Tante.«

»Und dann musst du diesen Stall ausmisten, den du dein Zuhause nennst.« Ihre Stimme war auf eine einzigartige Weise schrill. »Führe endlich ein anständiges Leben, Junge! Lass ab von deinen Perspirationen.«

Verstohlen roch ich unter meinen Achseln. Aber sie hatte da wohl etwas durcheinander gebracht.*

Missmutig (ja, genau, »missmutig« war die zweite Art!) beäugte sie das Tablett. »Welcher anständige Hobbnix will schon in einem solchen Pfründensuhl leben?«

»Sündenpfuhl«, wagte ich zu korrigieren.

Sie schnellte knarzend hoch. »Guten Morgen, Neffe«, sagte sie mit eisiger Miene. »Ich finde von mir selbst hinaus.« Damit wollte sie mir wohl mitteilen, dass sie nun wieder gehen würde – und genau das tat sie auch. Den Tee hatte sie nicht angerührt.

Ich seufzte erneut. Aber letztlich war Tante Marlens Missbilligung meines Lebensstils nur die Spitze eines riesigen Eisbergs aus Vorurteilen und Anfeindungen, die mir in ganz Aualand entgegenschlugen.

Es ist so: Manche Männer lieben Frauen. Manche Männer lieben Männer. Manche Männer lieben Frauen *und* Männer, nacheinander oder gleichzeitig. Das alles ist offensichtlich völlig in Ordnung. Aber meine Liebe ist etwas, sagen wir, *unkonventioneller*. Ja, sie ist eines der weni-

---

* Auf ihre alten Tage brachte Tante Marlen recht viel durcheinander, ja, die Worte schienen in ihrem Kopf nur so herum zu purzeln; und manchmal liefen sie auch einfach davon und wurden zur Fahndung ausgeschrieben. Ehrlich, ein Wort ist einmal bis zu den Blechbergen gerannt – es muss *wirklich* verzweifelt gewesen sein.

gen gesellschaftlichen Tabus, die es im Dritten Zeitalter noch gibt. Es ist die Liebe, von der niemand zu sprechen wagt.

Ich lebe in einer glücklichen, erfüllten Beziehung mit einem Gespenst.

Ich lernte Heinrich vor zwei Jahren kennen. Unsere erste Begegnung war rein geschäftlicher Natur, und um sie zu schildern, muss ich Licht in einen bewusst im Dunkeln gehaltenen Aspekt der Verlagswelt bringen. Sehen Sie, wenn Sie ein Buch schreiben wollen und *fähig* sind, ein Buch zu schreiben – dann ist alles wunderbar. Aber nehmen wir an, Sie wollen unbedingt ein Buch veröffentlichen und sind aus irgendwelchen Gründen nicht in der Lage, es selbst zu schreiben, dann *beauftragen* Sie jemanden, dies für Sie zu tun. Diese Leute heißen Ghostwriter. Keine Ahnung, warum das so ist – ich meine, warum gerade Geister so viel besser schreiben sollten als Lebende. Aber so ist es eben. Es kommt ganz selten vor, dass der grinsende Kerl auf dem Umschlag eines Buches, der behauptet, der Autor zu sein, das Buch auch wirklich geschrieben hat; in fast allen Fällen hat das die wabernde Wesenheit, die Spektralerscheinung getan, die kaum erkennbar hinter dem Grinsekasper schwebt. Wirklich, sie ist dort mit auf dem Bild – schauen Sie mal genau hin!

Natürlich könnte man behaupten, dass tote Schriftsteller den lebenden gegenüber etwas im Vorteil sind. Immerhin ermöglicht es der Tod, das *ganze* Leben zu überblicken anstatt nur jene unvollständigen Bruchstücke, die uns zur Verfügung stehen. Genau über diesen Punkt habe ich mit Heinrich bei einem unserer ersten Treffen intensiv gesprochen; es schien ihn aber nicht weiter zu beschäftigen, ob Ghostwriter lebenden Schriftstellern gegenüber im Vorteil waren oder nicht, er war einfach nur erstaunt darüber, dass die Lebenden (oder »Entgeisterten«, wie die Toten uns nennen) *überhaupt* Romane schrieben. »Das ist so«, sagte er, »als würde man jemanden bitten, ein Stillleben von einer Schale Früchte zu malen, und zuvor die Schale fast gänzlich mit einem Tuch bedecken.«

»Was meinst du damit?«, fragte ich ihn (bei Geistern, das lernte ich schnell, musste man immer genau nachfragen; nicht nur ihre Erscheinung war flüchtig, auch ihre Argumentation).

»Ich *meine,* dass man nicht über etwas schreiben kann, das man nicht sieht. Die Lebenden sehen nur die Hälfte ihres Lebens, wenn nicht noch weniger.«

»Aber man könnte doch ein schönes Bild von dem Tuch malen.«

»Erlaubst du dir etwa einen Spaß mit mir?«, erwiderte Heinrich mit leichtem Zorn in der Stimme.

Wenn er zornig wurde, wirbelte Heinrich in der Luft herum und machte »Huhu-huhu«. Das hatte mich von Anfang an zu ihm hingezogen; Heinrich gab eines der wunderbarsten »Huhus« von sich, die ich je vernommen habe.

Wie dem auch sei, die Tatsache, dass die meisten Bücher, die heutzutage auf den Markt kommen, von Geistern geschrieben werden, ist eines der bestgehüteten Geheimnisse der Verlagswelt. Das liegt vor allem daran, dass Geistern gegenüber gewisse Vorurteile herrschen, und – es fällt mir nicht leicht, das zu sagen – nirgendwo sind diese Vorurteile größer und hartnäckiger als bei uns im Aualand. Folglich waren Heinrich und ich am Anfang sehr zögerlich, eine Beziehung miteinander einzugehen, aber letzten Endes waren unsere Gefühle einfach zu stark.* Natürlich bin ich mir über das Risiko im Klaren, mich in meiner Autobiografie als spukosexuell zu offenbaren. Doch wie ich schon sagte: Ich will nicht länger mit einer Lüge leben. Und Heinrich will nicht länger mit einer Lüge tot sein.

Vielleicht sollte ich kurz auf einen der vielen Aspekte eingehen, die gänzlich neu für mich waren, als meine Liebesaffäre mit Heinrich begann. Zuvor war ich mir nur allzu schmerzlich bewusst, dass die meisten Lebenden Geistern gegenüber tiefe Gefühle von Angst und Hass hegen; mir wurde jedoch erst bewusst, dass Geister ebensolche Gefühle gegenüber den Lebenden hegen, als Heinrich in mein Leben trat. »In unserer Literatur ist das ein zentrales Motiv«, erklärte er mir.

»Ihr habt eure eigene Literatur?«, fragte ich überrascht.

»Aber ja. Sonst wären wir wohl kaum so gut darin, Bücher für euch Entgeisterte zu schreiben. Wir üben fleißig in unseren Lieblingsgenres.«

»Und welche Genres sind das?«

»Du wirst es nicht glauben, aber wir lesen furchtbar gerne romantische Bücher über Untote. *Stolz und Vorurteil und Zombies*** beispielsweise – zum Dahinschmelzen. Auch Séance Fiction ist ziemlich populär.«

Heinrich und ich verstanden uns auf Anhieb. Wir hatten auch kein Problem damit, Berufliches und Persönliches miteinander zu verbinden. Mein Verlag hatte mich

* Ich meine, wenn schon zwei so kernige Cowboys wie Heath Ledger und Jake Gyllenhaal ihre Gefühle nicht voreinander verbergen können! Übrigens habe ich gehört, dass eine Fortsetzung dieses Films geplant ist: *Letztes Jahr am Schicksalsberg* – über die dramatische Liebe zwischen einem Ork und einem Olifanten.

** Bitte beachten Sie auch die Anzeigen am Ende dieses Buches.

damals gebeten, alle Mythen und Legenden Obermittelerdes, die ich in Erfahrung bringen konnte, nachzuerzählen und unter dem Titel *Das Stiehlnemillion* zu veröffentlichen. Nach einem Jahr harter Arbeit hatte ich an die tausend Seiten geschrieben, alle ungefähr in diesem Stil:

> Mit Trommeln und Trüffeln bestückt versammelte sich das Heer von Saus an der großen Stallmauer im Norden, und Frikandeau von Ringel rief: »Pflanzt unsre Hauer auf die Koben, es heißt: Sie kommen. Aber wir spucken der Belagerung ins feiste Gesicht. Mögen sie hier versauern, bis die Tröge aufgezehrt und die Hufe gepaart sind. Verstärkten die nicht sie, die einst mit uns stritten, wir hätten sie lebendigen Leibes Wurf um Wurf paniert …« Und wieder spänte er Asche auf seine Borsten, und ein Wehklagen ging durch die Bachen.

Und so weiter. Nennt es Genie oder göttliche Eingebung, jedenfalls floss es mir einfach so aus der Feder. Glücklicherweise erfuhr ich von Seiten des Verlags wie immer bedingungslose Unterstützung, wobei die Unterstützung in diesem Fall bedeutete, dass man mir mitteilte, das Buch müsse komplett umgeschrieben werden. Damit war ich natürlich nicht einverstanden. Ich schlug mit der Faust auf den Tisch. Dann wischte ich den Tisch ab. Dann schlug ich nochmal auf den Tisch. So drückt ein Hobbnix gemeinhin Missbilligung aus.

Um ganz ehrlich zu sein: Wenn es irgendein anderer Ghostwriter gewesen wäre und nicht Heinrich, dann würde ich noch heute mit der Faust auf den Tisch schlagen und ihn danach abwischen. Doch als mein Verleger ein Treffen arrangierte, war ich von Heinrich sofort eingenommen. Er war so herrlich gruselig! Schwer zu sagen, was er in mir sah – ich bin ja froh, dass er *überhaupt* etwas in mir sah. Jedenfalls machte Heinrich bei *Das Stiehlnemillion* einen hervorragenden Job. Behutsam ging er den Text durch, feilte sensibel und mit weiser Zurückhaltung an einigen wenigen Sätzen, glättete ausgewählte Stellen und modernisierte auf dezente Weise den Ton. So änderte er etwa die oben zitierte Stelle in

> Und dann

Und er fügte einige großartige Szenen hinzu wie diese:

> Lieutenant Warzenschwein biss die Kartusche auf, die eine frische Ladung Armbrustbolzen enthielt. Sein verdrecktes Gesicht wurde nur von den Blitzen des gegnerischen Feuers beleuchtet. »Hört zu, ihr Frischlinge«, knurrte er den verbliebenen Frontschweinen der Einsatzgruppe Balrog Two Zero zu. »Die haben uns ganz schön bei den Zitzen. Da draußen sind zehntausend Gobblins und wollen uns mit ihren Schnäbeln zu Tode picken. Und nur sechs von uns sind noch übrig. Jetzt heißt es: Friss und stirb! Werden wir sie alle töten? Ja, werden wir! Und werden sie sterben?« Als wären sie ein Eber, riefen die kampferprobten Soldaten: »Sir, ja, Sir!« Warzenschwein verteilte die Munition und gab den Befehl zum Laden. »Wir sehen uns auf der anderen Seite, Männer«, rief er dann, und mit wildem Gebrüll stürmten die Kämpfer von Balrog Two Zero den Hügel hinauf.

Toll, nicht wahr? Na ja, ich hätte das natürlich auch so schreiben können, aber immer die Verlage mit ihren Abgabeterminen … Auf jeden Fall war auch Wilhelm ganz begeistert*, und als das Buch schließlich erschien, verkaufte es sich in großer Zahl (57 Stück, soweit ich mich erinnere).** Um diesen Erfolg zu feiern, lud ich Heinrich ein, mit mir auszugehen, doch es stellte sich heraus, dass er nicht »ausging« (das tun Geister nie, sie sind sehr häuslich). Und so hatten wir ein kleines intimes Abendessen in meiner Hobbnixhöhle – *a deux*. »Ich hoffe«, sagte ich zu Heinrich und schmunzelte über meine Geistesgegenwart***, »ich hoffe, es heißt dann nicht *Adieu*.« Oh, wie er sich darüber amüsierte! Jedenfalls gab er ein grelles »Wu-hu-wu« von sich, das ganz bestimmt Amüsement ausdrückte.

Was Geister betrifft, gibt es jede Menge Missverständnisse. Etwa die Annahme, dass sie keine Nahrung zu sich nehmen. Tatsächlich nehmen sie jede Menge Nahrung zu sich. Natürlich kein Fleisch, so wie wir. Sie essen Seelen. Klingt kompliziert, ist es aber nicht. Holen Sie sich einfach, sagen wir, eine Ziege in die Küche und töten Sie sie nach dem Ritual der Vorvorväter, sodass Ihr Geist-Gast (oder Gast-Geist) die Seele der zitternden Kreatur verzehren kann, während die Kerzen im Wind flackern, die Schatten an den Wänden tanzen, die Fensterscheiben in ihren Rahmen rütteln, die Tische und Stühle hin und her springen und ein grausiges Stöhnen die Luft erfüllt.

---

* Be*geist*ert – haha!

** Auch wenn ich immer noch der Meinung bin, dass der Unterschied zwischen meiner und Heinrichs Version soooo groß nun auch wieder nicht ist. Irgendwann werde ich die ursprüngliche Fassung in die Intersphäre stellen, dann könnt ihr euch selbst davon überzeugen – also, wenn ihr mal echt viel Zeit habt.

*** *Geistes*gegenwart – hahaha!

Dann, wenn Ihr Geist die letzten Stücke der bedauernswerten Ziegen-Seele vertilgt hat, können Sie sich selbst ein schönes Stück Schulter abschneiden und es in Butter und Knoblauch braten.

Unser erstes Rendezvous! Jetzt blicke ich natürlich mit einem Gefühl der Wärme und Zärtlichkeit darauf zurück. Damals jedoch zitterten mir die Knie vor Angst – aber *genau* das war es, was uns zueinander hinzog. Heinrich liebt es, die Lebenden in Angst und Schrecken zu versetzen, und ich, ein lebender Hobbnix – ich liebe es, in Angst und Schrecken versetzt zu werden.

So. Endlich ist die Wahrheit auf dem Tisch. *Ich liebe es, in Angst und Schrecken versetzt zu werden.** Es ist für einen Hobbnix nicht leicht, das zuzugeben, aber so ist es nun mal. Jegliche Gefahren vermeiden, ein komfortables, völlig unaufgeregtes Leben führen – das, so nimmt man gemeinhin an, ist das Wesen des Hobbnixseins. Nun, ich kann nicht für alle sprechen, aber ich weiß, dass das auf viele Hobbnixe einfach nicht zutrifft. Ich für meinen Teil liebe es, wenn die Angst das Adrenalin freisetzt. Ich liebe es, wenn sich die Haare auf meinen Fußrücken aufrichten. Ich liebe es, wenn mein Herz zu rasen beginnt, oder um genau zu sein: wenn es von einem gemütlichen Spaziergang zu einem Hundert-Meter-Sprint wechselt. Von Hobbnixen wird gemeinhin angenommen, dass sie Ruhe und Frieden über alles stellen. Aber ich sage: Ruhe und Frieden sind … *langweilig!*

Ein Therapeut hat einmal vermutet, dass dieser sehr spezielle Fetisch von meinem großen Abenteuer herrührt. Tatsächlich war ich vorher ein ganz gewöhnlicher Hobbnix, aber die Reise mit Ganzalt und den Zwergen hat

* Und was haben Sie für geheime Neigungen? Schreiben Sie sie uns. Adresse: Heini-Verlag, Hoppler-Ahoi!. Stichwort: *Fifty Shades of Me.*

mich mit unzähligen Gefahren konfrontiert; ja, die meiste Zeit über war ich nicht weniger als zu Tode erschrocken. Und als ich nach Hause zurückkehrte, schien dieses traumatische Erlebnis meinen Gefühlshaushalt völlig verändert zu haben. Nun war ich es *gewohnt*, Angst zu haben, ja, ich *sehnte* mich geradezu danach: nach der Gefahr, dem Nervenkitzel, dem Geruch von Napalm am Morgen. *Ich liebe es einfach!*

Wie auch immer, Heinrich und ich beschlossen, zusammenzuziehen. Das heißt, Heinrich beschloss, in meine Höhle zu ziehen, wozu ich nicht lange überredet werden musste. Und seither lebt er bei mir. Natürlich habe ich nicht mehr so viel Angst vor ihm wie zu Beginn, aber da ist noch immer diese gewisse Magie zwischen uns. Und ich kann mich stets auf ihn verlassen, wenn es um meine Schriftstellerkarriere geht. So strich er etwa die vielen Filetierszenen in *Der Herr der Heringe* auf ein, wie er es nannte, »akzeptables Maß« zusammen und fügte dafür eine Reihe Fisch-unabhängiger Passagen ein, in denen es um eine große Queste, jede Menge Schlachten und andere Dinge (und Ringe) ging. Keine Ahnung, was das sollte, aber es klang echt gut. Das einzige Buch, bei dem er es ablehnte, mir zu helfen, war die Ganzalt-Biografie. »Ich habe den Mann ja nie kennengelernt«, argumentierte er. »Wie soll ich da einen sinnvollen Beitrag leisten?« Glücklicherweise machte das nichts: Der Verlag war, wie ich bereits sagte, mit *Die fünfzig geheimen Stellungen von Ganzalt dem Geilen* überaus zufrieden und versicherte mir, dass man es wortwörtlich, so wie ich es geschrieben hatte, veröffentlicht und ganz bestimmt nicht durch irgendeinen pornographischen Text ersetzt hatte.

Aber wo war ich? Ach ja. Nachdem also Tante Marlen

gegangen war, ohne ihren Tee anzurühren, kam Heinrich ins Wohnzimmer. Er flatterte einige Zeit an der Decke herum, rüttelte am Kronleuchter und gab vereinzelt »Ihh«- und »Huu«-Geräusche von sich.

»Du hast meine Tante gar nicht begrüßt«, bemerkte ich schnippisch.

Heinrich schwebte hinunter und ließ sich in einem der Ledersessel nieder. »Ich wollte euer *Tète-a-tète* nicht stören.« Er musterte neugierig die vielen Zuckerschalen.

»Ach was! Die Wahrheit ist: Du magst sie einfach nicht.«

»Und *das* wirfst du mir vor?«

»Nein. Es ist nur eben so, dass du alle meine anderen Besucher zu mögen scheinst. Zum Beispiel die beiden Journalisten von der *Aualand Allgemeinen* – die hast du nach allen Regeln der Kunst erschreckt.«

»Ist da vielleicht jemand eifersüchtig?«, säuselte Heinrich. »Mach dir keine Sorgen, mein Lieber – *du* bist derjenige, den ich am allerliebsten erschrecke.« Er flog zu mir hinüber und sorgte dafür, dass sich meine Haare aufrichteten und mein Herz zu rasen begann. Ach, wie schön das war ...

Wisst ihr, ich würde mich nicht gerade als romantisch veranlagt bezeichnen. Tatsächlich kommt mir das, was man heutzutage romantisch nennt, reichlich albern vor. Hört euch doch nur die Lieder dieser reisenden Minnesäger an, die bei den Jugendlichen so gut ankommen – banaler Quitschquatsch das alles. Und die Minnesänger selbst! Auf mich wirken sie wie quäkende Meeressäuger. Ganz ehrlich, man möchte meinen, dass die Leute irgendwann genug haben von diesem kitschigen Kram. Aber das Gegenteil ist der Fall. Die Welt suhlt sich geradezu im Kitsch!

»Zieh nicht so ein Gesicht, du Griesgram«, sagte Heinrich. »Sie machen einen Film aus deinem Buch. Ist das nicht großartig? Jetzt wirst du *wirklich* berühmt.«

Drittes Kapitel

Ich treffe einen bedeutenden Filmregisseur

Heinrich hatte recht: Mein kleines Buch würde verfilmt werden, und das würde mich im Aualand und darüber hinaus ganz sicher noch bekannter machen als ich ohnehin schon war. Worte in einem Buch konnten eine ganz großartige Wirkung haben – aber das war nicht zu vergleichen mit echten, sich bewegenden Schauspielern in einem Film.*

Um der Wahrheit die Ehre zu geben: Wir hatten schon seit etlichen Jahren versucht, den *Hobbnix*-Film zu realisieren. Ja, wir hatten mit einigen der bedeutendsten Regisseure Obermittelerdes darüber gesprochen.** Aber sie hatten alle abgelehnt, mit so unterschiedlichen Begründungen wie »Ich habe andere Verpflichtungen«, »Das Budget ist nicht hoch genug« und »Fantasy mit Zwergen und Drachen ist ja sowas von *out*«. Offenbar hatten wir uns ein falsches Bild von Trollywood gemacht; wir dachten, dort sei alles möglich, sogar ein Film, in dem Gobblins Frauenunterwäsche trugen. Und so hatten wir eigentlich schon aufgegeben, als wie durch einen Wink des Schicksals einer der legendärsten Regisseure der westlichen Lande auf uns aufmerksam wurde.

---

* Und nicht zu vergessen: *singenden* Schauspielern. Aber um ehrlich zu sein, geht mir dieses ganze Gesinge unglaublich auf die Nerven. Also bitte bitte, lieber Regisseur, keine singenden Zwerge mehr!!

** Darunter Steven Spielburuk-hai, Michael Sarumann, Alfred Hitchork, James Camerohan und Roland Emmerichoniel.

Ja, genau, ich spreche von Orson Wels: Regisseur, Genie, Fisch.

Wels hatte gerade die Dreharbeiten zum letzten seiner erfolgreichen *Schmarrnia*-Filme abgeschlossen – eine Geschichte, die, was heroische Größe und Blockbustertauglichkeit betrifft, meinem Abenteuer durchaus ähnelt.* Die Nachricht, dass er es war, der die Filmrechte an meinem Buch erworben hatte, versetzte mich in eine Erregung, wie sie sonst nur Heinrich bei mir hervorrief.

Kaum war meine Unterschrift auf dem Vertrag trocken, da wurde mir schon Wels' Wunsch übermittelt, mich persönlich kennenzulernen. Und so begab ich mich schnurstracks zum Sitz seiner Produktionsfirma *Frischfischfilm*. Was war ich aufgeregt! Ich schüttelte ihm die Brustflosse mit all der Begeisterung, die ich zeigen konnte (und seit ich mit Heinrich zusammen war, konnte ich jede Menge Begeisterung zeigen – hihi).

»Orson!«, sagte ich.

»Dingo!«, begrüßte er mich.

»Bingo!«, korrigierte ich ihn.

»Faaantastisch«, sagte er mit breitem Akzent (er hatte insgesamt etwas sehr Breites). »Grooooßartig, wenn man sich auf Anhieb versteht. Küünstlerisch, meine ich.«

»Natürlich«, sagte ich. »Übrigens, mein Name ist Bingo. Nicht Dingo.«

»Geht klar, B.«

Wir setzten uns.

Ich muss sagen, ich war von Orson wirklich sehr beeindruckt. Er war, wie die Hobbnixe im Süden sagen, ein echtes Mannsbild: ein Prachtexemplar von einem Waller, mit

* Die drei Teile heißen: *Aufbruch nach Schmarrnia, Rückkehr nach Schmarrnia* und *Nein, nicht schon wieder nach Schmarrnia, können wir nicht ein Mal, nur ein einziges Mal hierbleiben?*

Barteln wie Drahtseile und einer Basso-profundo-Stimme, die, wenn er emotional wurde, sogar noch eine Etage tiefer ging, dorthin, wo selbst die Zwerge nicht mehr graben. Natürlich war er etwas exzentrisch – aber welches künstlerische Genie war das nicht? Ich hatte jedenfalls kein Problem mit den von Zeit zu Zeit aus dem mächtigen Leib hervortretenden Blubbgeräuschen und der rhythmisch auf den Boden schlagenden Schwanzflosse.

»Hören Sie zu, B., *Der Hobbnix,* das ist gaaaanz großes Kino«, dröhnte es aus ihm heraus. »Gaaaaanz groß. Wir brauchen mindestens dreieinhalb Stunden, um dieses Epos auf die Leinwand zu kriegen. Blubb. Und wir werden ein Vermööögen machen, B.! Schon mit dem Kinostart – aber erst recht, wenn wir den Regisseursschneid rausbringen.«

»Was für ein Schneid?«

»Den Regisseursschneid, mein Freund. Die Leute kaufen so eine kleine Box, in dem sich einige Mini-Oger befinden. Und die spielen den gaaanzen Film noch einmal nach – so wie ihn sich der Regisseur ursprünglich gedacht hat. Das heißt, wenn man sie mit einer scharfen Klinge höflich darum bittet. Und natürlich darf man sie nicht entkommen lassen, die kleinen Scheißer können nämlich rennen wie die Hölle. Blubb. Aber egal, Dingo, wir sind jetzt mächtig im Geschäft, määächtig. Natürlich müssen wir uns noch um die richtigen Schauspieler kümmern. Vor allem brauchen wir einen guuut aussehenden, jungen Hobbnix, der Sie spielt.«

Ich bekenne, dass mir diese Worte ein zufriedenes Lächeln entlockten. »Und was ist mit Thothorin, dem König der Zwerge?«, fragte ich.

»Ja, deeer ist schon einer! Ich meine, eine Figur in dem Buch.«

»Ich hätte da einen Vorschlag, was die Rolle betrifft: Meinen Freund Til Schweigerbräu.«*

»Weeen?«

»Ich kenne ihn schon lange und verbürge mich für ihn. Sie haben sicher von ihm gehört – er ist einer der kommenden Stars.«

»Hm. Blubb. Ach jaaa?«

»Ganz bestimmt. Er ist neben Tom Krause einer der bekanntesten Zwerge im Filmgeschäft. Til ist ein ganz großer Schauspieler – so groß, wie es eben geht, wenn man, ohne sich zu bücken, unter einem Tisch durchgehen kann.« Ich musste über meinen kleinen Witz lachen, aber Orson war zu höflich, um mit einzustimmen.

»Okaaay«, sagte er und wedelte mit seiner rechten Bauchflosse. »Warum nicht? Schweigerbräu spielt Thothorin, den charismatischen Anführer der Zwergenbande. Und natüüürlich brauchen wir noch ein paar andere Zwergendarsteller. Aber saaagen Sie, sind von den Originalzwergen noch welche am Leben? In dem Fall müssten wir ihnen nämlich etwas für die Rechte zahlen. Wenn sie tot sind, dann sacken wir umso meeehr Geld ein.«

»Sie sind alle tot«, sagte ich mit trauriger, aber fester Stimme.

»Groooßartig! Dann kommen wir billiger weg. Also, was noch? Wir brauchen einen Zauberer, eine Handvoll Gobblins – die suchen ohnehin immer Arbeit. Und dann noch die Äff-Ecken.«

»Äff-Ecken?« Die Welt des Films war doch voller Geheimnisse.

»Jaaa, für die Szenen, in denen wir Sachen zeigen, die

---

* Womöglich kannten Sie Til bisher ohne das Suffix *-bräu;* er hat es sich erst kürzlich im Rahmen eines Sponsoring-Vertrags zugelegt. Soweit ich weiß, erstreckt sich der Vertrag über die nächsten 99 Jahre.

die Schauspieler nicht darstellen können, verstehen Sie? Die riesigen Monster, die Magie, die Fahrt durch das Berglabyrinth, solche Dinge. Dafür haben wir spezielle Äff-Ecken in den Kinos: dressierte Affen, die das Publikum mit waghalsigen akrobatischen Nummern in den Bann ziehen. Blubb.«

»Die Affen sollen die Zuschauer also ablenken?«, fragte ich. »Sodass die Leute nicht so genau auf die Leinwand achten?« Die Welt des Films war *wirklich* voller Geheimnisse.

»Jaaa«, rief Orson und schlug mir mit der Flosse auf die Schulter. »Das habe ich schon in *Citizen Karpfen* so gemacht. In der Regel merken die Leute gar nicht, dass in den Filmen, blubb, die meiste Zeit über eigentlich üüüberhaupt nichts geschieht.«

»Ich muss sagen, das ist alles sehr aufregend für mich, Orson.«

»Aaaallerdings, D., das ist es!«, dröhnte er.

»B.«, sagte ich.

»Hm?«

»B. Mein Name fängt mit B an.«

»Und waaas habe ich gesagt?«

»D.«

»Hm, blubb, nicht D?«

»Nein, B.«

Orson dachte kurz nach. »Ich *haaabe* B gesagt«, sagte er dann.

»Sie sagten D.«

»Ein B ist doch nicht mehr als zwei Ds üüübereinander, oder?« Er schwang seine dicken Flossen durch die Luft und ließ seinen weißen Fischbauch erzittern. Dann hielt er inne und sah mich misstrauisch an. »Ich hoooffe, das wird nicht allzu schwierig mit Ihnen, Dungo.«

»Nein«, erwiderte ich leicht verwirrt (aber es war eben das Privileg der Genies, die Welt zu verwirren). »Ganz und gar nicht. Ich bin *absolut* begeistert. Ich kann es gar nicht erwarten, dass es endlich losgeht.«

Und tatsächlich: Auf dem Nachhauseweg fühlte ich mich so optimistisch wie schon lange nicht mehr. Endlich rückte der *Hobbnix*-Film in greifbare Nähe – und ich würde Co-Produzent sein. Das musste gefeiert werden! Heute Abend würde ich mit Heinrich eine Flasche Champagner leeren (was hieß, ich würde mich an der darin befindlichen alkoholischen Flüssigkeit erfreuen, während Heinrich die arme Seele der geköpften Flasche konsumierte).

Doch als ich den Hügel hinaufging und mich meiner Höhle näherte, erblickte ich ein schmutziges, landstreicherartiges Individuum, das an meinem Gartentor herumlungerte. Der Mann trug einen alten abgetragenen Ledermantel, um seine Hosenbeine waren Schnüre gewickelt, und auf seinem Kopf thronte ein Hut, dessen Krempe wie ein von Raupen zernagtes Weißkohlblatt aussah. Sein Gesicht war voller Falten, die Haut verwittert und mit merkwürdigen Narben bedeckt, und die Gesichtsbehaarung hieß in seinem Fall ganz zu Recht »Koteletten« – weniger wegen ihrer Form, sondern wegen ihres Geruchs nach totem Fleisch. Dieser Mensch, oder was immer er war, hatte bestimmt seit Jahren nicht mehr gebadet. Ein übel riechender Mief hing über ihm wie eine Wolke; ja, selbst sein schlechter Geruch hatte noch einen eigenen schlechten Geruch.

»Kann ich etwas für Sie tun?«, fragte ich, als ich am Gartentor ankam.

»Hobbnix«, erwiderte der Mann mit tiefer, grummelnder Stimme.

»Ja. Und wer sind Sie?«

»Gärtner«, brummte er und fixierte mit seinen geröteten Augen den Rasen vor meiner Höhle. Seine Stimme war so tief, dass sie David Bowie in einem Studio in Berlin hätte aufnehmen können.

»Wie bitte?« Ich bemühte mich, ganz laut und deutlich zu sprechen, um seinem kaum verständlichen Gemurmel etwas entgegenzusetzen. »Sagten Sie, Sie sind Gärtner? Sie sehen eher aus wie ein Landstreicher.«

Er wandte sich mir zu, und da bemerkte ich dieses seltsame Leuchten in seinen Augen (nein, wirklich, das ist keine Metapher – seine Augen leuchteten *tatsächlich* in einem schwachen Grün).*

»Das«, grummelte er, »ist vielleicht deine Meinung, Maann.«

»Hä? Und was sind Sie bitte dann?«

»Ich habe grüüüne Daumen«, schnarrte er und hob seine Hände hoch. Tatsächlich: Die Schmutzschicht auf seiner Haut hatte etwas ekelhaft Grünliches.

»Nun, das ist nichts, was ein bisschen Seife nicht beheben könnte«, sagte ich. »Aber wenn Sie Arbeit suchen …«

»Gras«, röhrte der seltsame Mann und deutete auf den Rasen. Dann drehte er den Arm in einer theatralischen Geste in Richtung des Feldes hinter mir. »Weizen«, knurrte er. Er schloss die Kreisbewegung des Armes ab, indem er auf das wohlgetorfte Dach meiner Höhle zeigte. »Gras«, murmelte er.

»Sehr gut«, sagte ich. »Gratuliere! Sie haben zwei ver-

---

* Es ist wirklich penetrant, dass in Bestsellern wie *Bis(s) einer weint* (beachten Sie bitte auch die Anzeigen am Ende des Buches) bei übernatürlichen Wesen immer, immer, immer die Augen leuchten. Lasst euch endlich einmal etwas anderes einfallen, ihr faulen Schreiberlinge! (Womit ich natürlich nicht sagen will, dass dieser Graham hier ein übernatürliches Wesen war – vielleicht war er einfach nur so bedröhnt, dass seine Augen zu lumineszieren begannen.)

schiedene Pflanzensorten korrekt identifiziert. Aber ich fürchte, es braucht etwas mehr als das, um als professioneller Gärtner zu arbeiten, Mister … äh … Gärtner. Wie sagten Sie, war Ihr Name?«

Erst schien es, als würde er sich nicht zu einer Antwort herablassen, doch schließlich erwiderte er, ohne mich anzusehen: »Graham.«

»Das ist Ihr Name? Na schön. Also, Graham, ich vermute, Sie haben über den Buschfunk – immerhin sehen Sie aus, als würden Sie im Busch leben – gehört, dass mein Gärtner, der gute alte Samuel Grünspan, auf tragische Weise gestorben ist. Und da haben Sie sich offenbar gefragt, ob Sie nicht seine Schuhe antreten … äh, ich meine, in seine Schuhstapfen treten sollen, obwohl er ja gar keine Schuhe getragen hat, der arme Samuel.« Graham wartete geduldig, bis ich mich aus dem sprachlichen Unterholz gekämpft hatte. »Wie auch immer, Sie haben sich gedacht, Sie könnten seine Nachfolge antreten. Nun, da muss ich Sie leider enttäuschen. Gehen Sie bitte – oder ich sehe mich veranlasst, Inspektor Barnabas zu verständigen. Er ist ein persönlicher Freund von mir.«

Graham sah mich für einen Moment mit seinem glasigen Blick stumm an, was mir die Gelegenheit gab, den süßlich-fauligen Geruch näher zu bestimmen, den er zusammen mit dem Kuhfladenodeur seines Körpers verströmte. Ja, eindeutig: Er roch nach *Koanabis*, jene ganz spezielle Pfeifenkraut-Mischung, die so hieß, weil sie einen nach dem Inhalieren in einen Zustand des »Mia kann koana« versetzte.*

* Die Droge ist vor allem in südlichen Gefilden verbreitet und hat schon dazu geführt, dass diese Teile von Obermittelerde sich weigerten, den Länderfinanzausgleich zu berappen, und eine Kutschenmaut für Ausländer erhoben.

Dann sagte er (und es klang, als kämen die Worte aus dem tiefsten Kellergeschoss seiner Seele, also von dort, wo man das Zeug lagerte, das man *echt* nicht mehr brauchte): »Ich bin … ein *Zauberer*. Mann.«

»Oh, wirklich?«, erwiderte ich leicht verärgert. »Nun, erlauben Sie mir, darauf hinzuweisen, dass ich einen Zauberer erkenne, wenn ich einem begegne. Tatsächlich war ich einmal mit einem Zauberer befreundet: Ganzalt dem Grauen.«

»Grün«, grollte Graham, als hätte er mir gar nicht zugehört.

»Nein, grau«, beharrte ich. »Ich muss es ja wissen. Ich habe seine offizielle Biografie geschrieben. Kennen Sie sie zufällig? Wie auch immer: Er ist grau, nicht grün.«

»Ich.«

»Sie meinen, *Sie* sind grün?«

Er nickte. »Graham der Grüne, Mann.«

»Nun gut, Graham der Grüne, ich fürchte, wir müssen die Angelegenheit auf sich beruhen lassen. Wenn Sie es ganz genau wissen wollen: Sie scheinen mir für diesen Job nicht geeignet zu sein. Samuels Tod ist eine traurige Sache, er war ein wunderbarer Gärtner, der sich vor allem auf Hecken und Steingärten verstand. Aber sein überraschender Verlust bedeutet nicht, dass ich irgendeinen dahergelaufenen Sandler anstelle. Da würde ich ja noch eher mit meiner Tante verreisen.« Man kann nicht sagen, dass Graham mit Unverständnis auf meine Worte reagierte, jedenfalls nicht mit mehr Unverständnis als bisher; aber irgendwie hatte ich das Gefühl, er hörte mir nicht richtig zu. »Wissen Sie, ich verstehe mich mit meinen Tanten nicht besonders gut«, erklärte ich. »Aber ich muss mit ihnen klarkommen, immerhin gehört ihnen dieses Grundstück, und sie lassen mich hier wohnen …« Ich brach ab und rieb mir energisch das Kinn. »Aber warum erzähle ich Ihnen das eigentlich alles?«

»Zauberer«, knurrte Graham, den verträumten Blick auf irgendetwas hinter mir gerichtet.

War es möglich, dass der *Koanabis*-Geruch eine gewisse Wirkung auf mich hatte? Jedenfalls fühlte ich mich leicht benommen. »Bitte«, sagte ich und versuchte, mich zusammenzureißen, »bitte entfernen Sie sich jetzt von meiner Höhle. Und kommen Sie ja nicht zurück.«

»Können wir ihnen trauen?«, dröhnte Graham plötzlich. »Können wir ihnen trauen, Mann?«

»Trauen? Wem?«

»Den Bäumen.«

»Was?«

»Gras – nein«, grummelte er. »Weizen – nein. Aber *Bäume*?«

»Wie Sie meinen. Ich wünsche Ihnen einen schönen Tag!« Ich ging durch das Gartentor und ließ es mit einem lauten Scheppern zufallen.

Zu meiner großen Erleichterung setzte sich der stinkende Landstreicher in Bewegung und trottete langsam den Hügel hinunter. Es fühlte sich an, als würde in meinem Inneren eine bösartige Macht ihren Griff lösen.

Viertes Kapitel

Ich habe für einen Zwerg eine gute Nachricht, worauf ein Nicht-Zwerg eine schlechte Nachricht für mich hat – was, wenn man es genau betrachtet, eine gewisse Symmetrie in sich birgt

Nun also wollte ich unverzüglich mit dem Schreiben meiner Autobiografie beginnen. Ich verbrachte den ganzen Freitagvormittag im Arbeitszimmer und ging die dort gestapelten Unterlagen durch, um meine Erinnerungen aufzufrischen: Tagebücher, Vermerke, Notizen, Memoranda, Gerichtsakten, Strafzettel, Quittungen, Mahnbescheide und unzählige andere Dokumente aus mehreren Jahrzehnten (gerade Immobilienverträge sind sehr hilfreich beim Rekonstruieren der Vergangenheit – denken Sie daran, wenn Sie das nächste Mal ausmisten). Und ich erzählte Heinrich von meinem Vorhaben. Um ehrlich zu sein, hoffte ich, dass er mir beim Schreiben helfen würde. Oder überhaupt alles schreiben würde. Aber was das betraf, zeigte er sich etwas unmotiviert.

»Natürlich sehe ich gerne das fertige Manuskript durch, mein Freund«, sagte er an der Zimmerdecke schwebend. »Vielleicht einige kleine Schönheitskorrekturen hier und da. Aber deine ganze Autobiografie schreiben? Nein. Ich kenne dich doch erst seit zwei Jahren. Ich weiß nichts über deine Vergangenheit.«

»Das stimmt. Ich könnte dir … sozusagen die Knochen geben. Und du sorgst für das Fleisch darum herum.«

»Knochen!«, schnappte er. »Willst du uns Tote diskriminieren?«

»Na gut, lass es mich anders ausdrücken: Ich gebe dir die Fakten, und du verwandelst sie in deine geschliffene Prosa.«

»Aber dann wäre es nicht mehr *dein Werk*. Es käme nicht aus deinem Herzen. Es wäre nicht … authentisch.«

»Ich bin sicher, du kriegst das so gut hin, dass es niemand merkt. Und komm jetzt bitte von der Decke runter – ich habe schon einen steifen Nacken.«

»Ich *liebe* steife Nacken!«, säuselte Heinrich. Langsam schwebte er auf den Tisch in der Mitte des Zimmers hinab. »Wie auch immer, mach dir nicht so viele Sorgen. Du hast das Buch über diesen Zauberer-Lustmolch doch auch ohne mich geschrieben. Und das war ebenfalls eine Biografie, nicht wahr?«

»Ja. Aber ich habe dich damals auch um deine Mithilfe gebeten. Und du hast abgelehnt. Mit der Begründung, dass du Ganzalt nie kennengelernt hast und daher nicht über ihn schreiben könntest.«

»Siehst du.«

»Aber mich *kennst* du. Sogar ziemlich gut.«

Heinrich flog durch den Raum. Ich stolperte ihm nach und bat ihn weiter inständig, mir zu helfen – doch schließlich verließ er mein Arbeitszimmer, indem er durch die Wand glitt. Geistesabwesend (selten war ein Adjektiv treffender) folgte ich ihm und stieß mit der Stirn hart gegen die Mauer. »Autsch«, jammerte ich.

Missgestimmt setzte ich mich wieder an meinen Schreibtisch. Ich will ehrlich sein: Das Zusammenleben mit einem Geist – so erfüllend und bereichernd meine Beziehung mit Heinrich auch war – forderte seinen Tribut. Das lag nicht an ihm. Sondern an allen anderen. Dieses ständige Ankämpfen gegen die Vorurteile, gegen die Missbilligung der Gesellschaft war überaus anstrengend. Und auch wenn ich Heinrich sehr liebte, wäre es doch schön gewesen, noch andere Freunde zu haben – Freunde, die ich zum Beispiel auf einen Tee einladen könnte. Ich will damit sagen, ich *habe* sie auf einen Tee eingeladen, aber alle tendierten sie dazu, kreischend das Weite zu suchen, sobald sie Heinrich sahen. Auch das war nicht Heinrichs Schuld. Es lag eben in seiner Natur, urplötzlich mit großem Effekt zu erscheinen und den Leuten den Schreck in die Glieder fahren zu lassen. Der einzige, dem das bisher nichts ausgemacht hatte, war mein guter Freund Til Schweigerbräu, der Schauspieler – was einen recht einfachen Grund hatte: Er war zu beschränkt, um zu merken, dass er gerade erschreckt worden war.

Nun, ich erwähne Til an dieser Stelle der Geschichte, weil es der Zufall wollte, dass er genau an dieser Stelle der Geschichte an meiner Tür klopfte. Ich öffnete und sah blauen Himmel. Dann senkte ich den Kopf und sah Til.

»Hey, Alda«, rief er.

»Til«, rief ich. »Wie schön, dich zu sehen! Komm rein. Ich mache dir einen Tee. Ich habe großartige Neuigkeiten für dich.«

»Echt jetzt? Hey, dann komm ich rein, oder?« Beschwingt ging Til über die Türschwelle, trat dabei auf seinen Bart und knallte so heftig auf die Holzdielen, dass Blut aus seiner Nase schoss. Ich half ihm auf und gab ihm einige Taschentücher. Dann gingen wir ins Wohnzimmer. Er setzte sich ächzend in einen der Sessel, während ich den Teekessel auf das Feuer stellte.

»Digger, das is doch das Feuer, wo nie aufhört zu brennen«, sagte er, wobei seine Stimme infolge der Verletzung noch nasaler als sonst klang. »Winter, Sommer – fett egal, oder?«*

Ich musste lachen. »Das stimmt, ich kann das verdammte Ding einfach nicht ausmachen.«

Til war ein Zwerg mit einem großen Herz und einem sehr fokussierten schauspielerischem Talent. Tatsächlich war sein Talent so fokussiert, dass es für ihn unmöglich war, irgendetwas anderes zu spielen als den leicht beschränkten, aber großherzigen Zwerg. Ich bewunderte ihn wirklich dafür, wie er sein Leben in den Dienst der Schauspielkunst stellte. Wobei seine Karriere gerade leider etwas ins Stocken geraten war. Vor nicht allzu langer Zeit gehörte er zu den beliebtesten Zwerg-Stars in ganz Aualand; er war viel zu bescheiden, das zuzugeben, aber es stimmte. Nun jedoch saß er als Schauspieler auf dem Trockenen – als hätte man ihn mit einem Handtuch vom Kopf bis zu den Füßen ordentlich abgerubbelt.

Ich mache eine kurze Pause, damit Sie über dieses Bild nachdenken können.

Jedenfalls, die politischen Beziehungen zwischen dem Aualand und der Republik der Zwerge waren traditionell sehr wechselhaft. Die Zwerge, obwohl eigentlich recht phlegmatische Bewohner Obermittelerdes, konnten überaus aufbrausend sein und ließen sich leicht provozieren. Hobbnixe, ebenso phlegmatisch, waren ziemlich stur und ließen sich nicht dreinreden. Da ist es wohl kaum

* Warum einige Zwerge so sprechen, als kommen sie aus einer Familie mit Migrationshintergrund und haben sich als Kiezrapper durchgeschlagen – wir wissen es nicht. Am besten, Sie fragen die Übersetzerin des ersten Bandes *Der Hobbnix,* den Sie sich ja inzwischen gekauft haben. ODER ETWA NICHT?

überraschend, dass die Geschichte dieser beiden Völker voller diplomatischer Krisen, Beleidigungen, Handelsembargos, Scharmützel und auch handfester Kriege war. Allerdings bevorzugten es die Zwerge, ihre Auseinandersetzungen *unter* der Erde auszutragen, während wir Hobbnixe lieber *darauf* kämpften (am liebsten kämpfen wir natürlich überhaupt nicht, aber wenn es hart auf hart kommt, dann stellen wir uns dem Feind, wo immer es nötig ist, sogar in Oberbayern). Also war es nach Ausrufung des Kriegszustandes für die eine Armee gar nicht so einfach, die jeweils andere zu finden, und folglich wurden nur selten richtige Schlachten ausgetragen. Aus diesem Grund war das Verhältnis zwischen den beiden Völkern gar nicht sooo schlecht, ja, es kam sogar vor, dass ein Zwerg und ein Hobbnix gute Freunde wurden – so wie Til und ich.

»Also, Alda, was is jetzt deine krass neue Neuigkeit?«, fragte Til, während er sich die Nase rieb.

»Orson Wels hat die Filmrechte an meinem Buch *Der Hobbnix* gekauft. Und ich habe ihn überredet, dass *du* den Zwergenkönig spielst.«

Ich hatte kaum zu Ende gesprochen, da sprang er auch schon vor Begeisterung auf. Zumindest nahm ich an, dass er aufsprang. Sitzen, stehen – bei Zwergen war das schwer zu unterscheiden. Auf jeden Fall umarmte er mich und tanzte dann durch das Zimmer.

»Hey, isch schwör, das is gute Neuigkeit«, jubelte er. Doch plötzlich brach er den Tanz ab und sah mich mit ernstem Blick an. »Aber net, dass du jetzt denken tust, isch wär so drauf angewiesen. Isch hab jede Menge Jobs. Echt, Mann. Isch hab jede Menge Eisen im Feuer. Mein Feuer ist so voller Eisen, dass man es gar nich mehr sehen tut.«

»Aber würde das Feuer dann nicht ausgehen? Bei all dem Eisen, meine ich.«

»Metaphernalarm, Alda«, widerborstete er. (Mit der Gesichtsbehaarung, die er zur Schau trug, konnte er ganz schön widerborstig werden.) »Isch mein, isch hab eben jede Menge Angebote gerade. Jede Menge! Isch bin krass so nachgefragt als Schauspieler, isch schwör.«

»Wirklich? Ich meine, könnte das ein Problem sein? Hast du dann überhaupt Zeit, in Orson Wels' Big-Budget-Film den Zwergenkönig zu spielen?«

»Ja«, sagte er blitzschnell. »Äh, ja … isch glaub, das krieg isch hin. Hey, kein Problem. Alles easy. Isch, äh, also gerade arbeit isch ja net. Isch bin so *zwischen* zwei Engagements, weissu?«

»Aha.«

Er schien es mir zu verübeln, dass ich irgendwie den Eindruck erweckte, an seinen Worten zu zweifeln. Eigentlich tat ich das gar nicht, aber an diesem Morgen war er ganz besonders widerborstig.

»Tatsächlisch«, sagte er. »*Tatsächlisch* tu ich grad ein ultracooles Projekt mit so nem angesagtem Regisseur planen. So ähnlich wie der *Hobbnix*, weissu, nur noch krass spannender und, äh, fett glaubwürdiger. *Street credibility*, verstehstu?«

»Aber das ist doch wunderbar«, erwiderte ich. »Freut mich wirklich, das zu hören, mein Freund.«

Til strahlte. »Korrekt, Alda.«

In diesem Moment materialisierte sich Heinrich hinter ihm. Der Geist senkte die Temperatur im Raum um einige Grade, gab unheimliche Geräusche von sich und ließ Tils Bart auf und ab schweben. Til nippte weiter an seinem Tee und sah mich mit großen Augen an. Nach einer Weile ließ Heinrich von ihm ab und zog sich grummelnd zurück.

Ein Regenschauer prasselte gegen das Fenster. Aualand ist ein wirklich herrlicher Teil Obermittelerdes, aber es gibt einen Grund, warum wir unser Land auch »Schaualand« nennen, und dieser Grund ist der Regen. Es regnet ziemlich oft. Ja, wir sind so an den Regen gewöhnt, dass wir »Es regnet Sonne« sagen, wenn die Sonne scheint. Sooo oft regnet es. Aber egal.

»Ich habe übrigens noch eine zweite große Neuigkeit zu verkünden«, sagte ich zu meinem Freund. »Ich habe beschlossen, meine Autobiografie zu schreiben.«

Til nickte. »Autos sind fett.«

»Nein. Keine Autos. Meine Lebensgeschichte. Die Geschichte meines Lebens. Eine Autobiografie.«

»Is klar. So … Nachruf?«

»Nein. Auch kein Nachruf.«

Für eine Weile saßen wir stumm da.

Die Uhr schlug zur vollen Stunde.

»Hey, isch geh dann mal besser wieder«, sagte Til. »Wir sehen uns, Kollege.«

Ich brachte ihn zur Tür und verabschiedete mich von ihm. Und während ich so dastand und trübsinnig in den Regen blickte, bemerkte ich, dass sich ein Hobbnix meiner Höhle näherte. Erst konnte ich nur seine Umrisse ausmachen, doch dann erkannte ich ihn: Chefinspektor Barnabas vom Aualand Police Department.* Tiefe Sorgenfalten – noch tiefer als gewöhnlich – durchzogen sein Gesicht; ja, hätte er noch mehr die Stirn gerunzelt, wäre sein Haaransatz mit seinen Augenbrauen verschmolzen.

»Inspektor«, rief ich. »Welchem Umstand verdanke ich Ihren Besuch?«

---

* Kurz: APD. Nicht zu verwechseln mit LAPD, den Pfeifenheinis aus dieser bescheuerten Fernsehserie.

»Bingò«, sagte er ernst. Und dann, noch ernster: »Bingó. Ich habe traurige Nachrichten.«

»Sie sind ja ganz durchnässt. Kommen Sie doch erst einmal rein.«

Barnabas legte im Flur seinen nassen Trenchcoat ab, während ich den Teekessel auf das Feuer stellte. Ich hatte das Gefühl, dass ich unaufhörlich den Teekessel auf das Feuer stellte, und tatsächlich tat ich das auch, weil Heinrich es offenbar zu seinen Geisterpflichten zählte, Dinge von einem Ort zum anderen zu bewegen, dabei »Huhu« zu machen und sich zu freuen, wenn ich »zufällig« über irgendetwas stolperte. Wie gerade über diesen verdammten Teekessel auf dem Boden!

Inspektor Barnabas stand im Flur und sah sich um. »Ah, für mich keinen Tee, vielen Dank. Ich kann nicht lange … *ihh!*« Letzteres war ein schrilles Geräusch wie das Quieken eines jungen Ferkels.

»Sie können nicht lange *ihh?*«, erwiderte ich verwirrt und kam aus der Küche.

»… bleiben. Ich kann nicht lange *bleiben*«, sagte Barnabas schnell.

Heinrich brachte gerade die Dielen zum Zittern und ließ die Fensterscheiben vor Kälte beschlagen, obwohl es draußen trotz Regen angenehme zwanzig Grad hatte. Er liebte solche Spielchen. Aber sie machten den Inspektor natürlich etwas nervös.

»Tut mir leid, das zu hören«, sagte ich so sanft wie möglich.

»Es stimmt also?« Barnabas sah sich argwöhnisch um. »Was die Leute sagen? Dass es in Ihrer Höhle … spukt?«

»Ja, es stimmt, Inspektor. Aber beachten Sie den Geist einfach gar nicht.«

»Na schön.« Barnabas räusperte sich. »Also, wie gesagt: traurige Nachrichten. Der Doktor ist endlich dazugekommen, sich den Leichnam Ihres ehemaligen Gärtners anzusehen.« Die Augen des Inspektors wanderten hin und her, als wäre es der Geist des armen alten Samuel Grünspan, der um ihn herumspukte.

»Armer Samuel«, seufzte ich.

»Ja, und es hat sich herausgestellt, dass … *ihh!*« Unvermittelt sprang Barnabas in die Luft, wirbelte herum und landete, die Hände im Karate-Stil nach vorne gestreckt, wieder auf den Dielen. Wie eine Krabbe bewegte er sich langsam nach links, dann nach rechts, und musterte dabei die Umgebung aus zusammengekniffenen Augen.

»Bitte, Inspektor, lassen Sie sich nicht irritieren«, sagte ich und rief: »Heinrich! Hör auf damit!«

Barnabas wandte sich wieder mir zu. »Äh … ja. Wo war ich? Ach ja. Es hat sich herausgestellt, dass Ihr Gärtner ermordet wurde.«

Das war wirklich ein Schock. »Ermordet?«, sagte ich mit belegter Stimme.

»Ja, ganz richtig. Erdrosselt, um genau zu sein.«

»Wie eine Drossel?« Meine Gedanken waren etwas getrübt – ein Schock kann das bewirken, ehrlich.

Der Inspektor schüttelte energisch den Kopf. »Nein, wie …« Aber ihm fiel offenbar spontan kein anderer Vergleich ein. Ängstlich beäugte er die im Schatten liegenden Ecken des Flurs. Dann sagte er: »Wie ein Gärtner, dem etwas um den Hals gewickelt wird, das seine Atemwege blockiert, sodass er erstickt. Ja, wenn ich darüber nachdenke, *genau* so.«

»Das ist ja wirklich eine furchtbare Nachricht.«

»So ist es. Hören Sie, Bingô.« Barnabas bemühte sich nun, so offiziell wie möglich zu klingen. »Ich fürchte, Sie müssen mich zum Bahnhof begleiten.«

»Wieso zum Bahnhof?«

»Weil das Polizeirevier gerade renoviert wird.« Er nahm seinen Trenchcoat und öffnete die Tür. Es war unübersehbar, dass er es eilig hatte, Grabsch-End zu verlassen. »Und am Bahnhof gibt es einen netten kleinen Coffeeshop.«

Es regnete kaum noch, und ich hatte nichts dagegen, mich etwas zu bewegen. Also gingen wir gemeinsam den Hügel nach Hoppler-Ahoi! hinunter. Währenddessen bemühte ich mich, meine Gedanken zu sortieren. Der arme alte Samuel – *ermordet?* Wer konnte nur so etwas Furchtbares tun?

Als wir schließlich die Bahnhofshalle betraten und unsere Mäntel ausschüttelten, sagte ich: »Inspektor, Sie sagen also, Samuel Grünspan wurde erwürgt?«

»Die Abdrücke an seinem Hals lassen keinen anderen Schluss zu.«

»Und haben Sie die Mordwaffe sichergestellt?«

»Nein. Das ist eines der vielen fehlenden Teile in diesem rätselhaften Puzzle.«

Wir betraten das J.R.R.bucks und nahmen an einem der glänzenden Metalltische Platz.

»Die Sache ist so«, erklärte Barnabas. »Entweder wurde Mr. Grünspan in Ihrem Garten ermordet, oder er wurde an einem anderen Ort ermordet und danach in Ihren Garten geschleift. Ich habe den Tatort untersucht und halte die erste Theorie für wahrscheinlicher. Es gibt Hinweise darauf, dass Grünspan Gegenwehr leistete, als er stranguliert wurde.«

»Nun, würden Sie das etwa nicht?«

»Das Gras und der Schlamm in den Falten seiner Kleidung deuten darauf hin, dass er an der Stelle, an der er gefunden wurde, auch getötet wurde. Und *das* bedeutet … einen Milchkaffee.« Letzteres sagte er zu der Kellnerin, die sich neben unseren Tisch gestellt hatte.

Ich hob überrascht die Augenbrauen. »Was? Oh, natürlich. Für mich auch bitte … Was sagten Sie, Inspektor?«

Barnabas sah mich erstaunt an. »Hm?«

Die Kellnerin, eine junge Hobbnixin mit langen blonden Haaren (an beiden Füßen), notierte die Bestellung und ging dann hinter die Theke, um die große Maschine mit dem *Zisch* in Gang zu setzen.

»Was sagten Sie gerade?«

Die Miene des Inspektors verfinsterte sich. »Sie wollen, dass ich wiederhole, was ich gesagt habe?«

»Ja. Die Kellnerin hat Sie unterbrochen.«

»Ahhh, ja. Also, ich sagte: Ich habe traurige Nachrichten. Kein Tee für mich, ich kann nicht lange bleiben. Wie gesagt, traurige Nachrichten. Der Doktor hat sich den Leichnam Ihres ehemaligen Gärtners angesehen. Es stellte sich heraus, dass er ermordet wurde. Erdrosselt wie ein Gärtner, dem etwas um den Hals gewickelt wird, das seine Atemwege blockiert, sodass er erstickt. Ja, genau so. Ich fürchte, Sie müssen mich zum Bahnhof begleiten. Also, entweder wurde Grünspan in Ihrem Garten ermordet, oder er wurde an einem anderen Ort ermordet und danach in Ihren Garten geschleift. Ich habe den Tatort untersucht und denke, die erste Theorie ist wahrscheinlicher. Es gibt Hinweise darauf, dass Grünspan sich zur Wehr setzte, als er stranguliert wurde. Das Gras und der Schlamm in den Falten seiner Kleidung deuten darauf hin, dass er dort, wo er gefunden wurde, auch getötet wurde. Und das bedeutet …« Barnabas hielt kurz inne. »*Das* habe ich gesagt. Zufrieden?«

»Ja. Und was *wollten* Sie gerade sagen, als die Kellnerin

Sie unterbrach?« Langsam wurde mir klar, warum die Ermittlungen der hiesigen Polizei immer so lange dauerten.

»Ah!«, rief Barnabas. »Ich verstehe, was Sie meinen. Ich *wollte* sagen: Das bedeutet, dass der Mörder die Mordwaffe mitgenommen hat. Eine starke Schnur. Vielleicht ein Lederriemen. Leder, Leder«, wiederholte er und starrte gedankenversunken vor sich hin. »Leder.«

Die Kellnerin stand mit den beiden Kaffeetassen auf einem Tablett hinter Barnabas' Stuhl. »Wie bitte?«, fragte sie.

»Leder!«, rief der Inspektor überrascht. »Oh, nur die zwei Kaffees bitte. Danke, bitte.«

Die Kellnerin stellte die Tassen geräuschvoll auf dem Tisch ab. Barnabas rührte mit konzentrierter Miene den Zucker in seinen Kaffee, bis die Kellnerin wieder zurück hinter die Theke ging. Dann sah er mich an und flüsterte: »Ihre Höhle ist ein beängstigender Ort.«

»Das tut mir leid«, flüsterte ich zurück.

»Wie auch immer.« Er räusperte sich und sagte mit normaler Stimme: »Ich habe eine Morduntersuchung zu leiten. Und ich will ehrlich mit Ihnen sein, Bingö: Das ist das erste Mal für mich. Ein Mord – im Aualand!« Er schüttelte den Kopf und schlürfte seinen Kaffee. »Ich stehe unter enormen Druck, eine Verhaftung vorzunehmen. ›Verhaften Sie jemanden‹, sagen sie – meine Vorgesetzten, meine ich. ›Verhaften Sie irgendjemanden, und zwar jetzt, nicht später.‹« Er sah mich mit traurigen Augen an. »Genau das sagen sie. Verhaften. Verhaften. Verhaften. Denen fällt nichts anderes ein. Aber wie fange ich das nur an?«

»Nun, wenn ich Sie wäre, würde ich einige Fragen an mich richten.«

»Fragen? Ja, sehr gut.« Sein Gesicht hellte sich auf. Er zog ein kleines Notizbuch und einen Bleistift aus der Jacketttasche. »Großartige Idee! Also, immer schön der Reihe nach. Wo waren Sie zu dem Zeitpunkt, als der Mord verübt wurde?«

»Wann wurde der Mord denn verübt?«

»Das wissen wir nicht genau.«

»Wie soll ich dann Ihre Frage beantworten?«

»Sie müssen sich ein Alibi verschaffen, verstehen Sie?«

»Ja, ich verstehe, *dass* es wichtig ist, die Frage zu beantworten. Aber ich weiß nicht, *wie*, ohne die genaue Zeit zu kennen.«

»Aha.« Barnabas nickte mit wissendem Blick und notierte: *Zeuge hat kein Alibi.*

Ich konnte ganz genau erkennen, was er da in sein Notizbuch schrieb. »Wenn Sie es so verkürzen, wirft das aber kein gutes Licht auf mich. Also gut, vielleicht kann ich Ihnen nicht sagen, wo ich war, als Samuel ermordet wurde. Aber ich kann Ihnen sagen, wo ich *nicht* war. Das könnte helfen.«

»Wie?«

»Ich meine, ich bin ganz sicher, dass ich *nicht* in meinem Vorgarten war, als er erdrosselt wurde. Wenn ich nämlich dort gewesen *wäre*, hätte ich gesehen, wie der Mord verübt wurde, nicht wahr? Und ich habe nicht gesehen, wie der Mord verübt wurde.«

Barnabas strahlte mich an. »Da haben wir's!« Er leckte die Spitze des Bleistifts und notierte: *Der Untersuchungsbeamte fragt den Zeugen, wo er war, als der Mord verübt wurde. Der Zeuge antwortet, er wisse nicht, wo er war, aber er wisse, dass er nicht dort war, wo er war.*

»Hm, also so«, sagte ich leicht nervös, »klingt es irgendwie … verdächtig.«

»Oh, wirklich?« Der Inspektor blickte auf seine Notizen. »Wie meinen Sie das?«

»Als würde ich Ihnen ausweichen. Oder als wäre ich einfach nur gaga. Aber ich kann mich gerne noch etwas klarer ausdrücken: Ich habe definitiv nicht gesehen, wie der arme Samuel ermordet wurde. Und noch wichtiger: Ich habe ihn nicht ermordet.«

Barnabas senkte den Stift und schrieb: *Zeuge beharrt darauf, dass er Opfer nicht ermordet hat. Und dass er ihn nicht ermordet hat.*

»›Gesehen‹, Inspektor, Sie haben ›gesehen‹ vergessen. Jetzt liest es sich so, als würde ich mich ständig wiederholen. Als würde ich so eifrig auf meine Unschuld pochen, dass ich immer wieder dasselbe sage.«

Der Inspektor sah auf seine krakelige Handschrift und ergänzte: *Zeuge sagt, er hat es gesehen.*

»Nein, nein«, sagte ich mit zunehmender Verzweiflung. »Das macht es noch schlimmer.«

»Wie kann es noch schlimmer werden?«, erwiderte Barnabas, der seinerseits ein wenig gereizt klang. »Ich habe genau das aufgeschrieben, was Sie gesagt haben.«

»Ich habe gesagt, dass ich Samuel weder ermordet noch dass ich gesehen habe, wie er ermordet wurde. Was Sie aufgeschrieben haben, lässt den Schluss zu, ich würde mich in Widersprüche verstricken.«

»Warum so nervös, Mr. Beutlgrabscher? Ich mache nur meinen Job. Also gut, die nächste Frage: Können Sie sich irgendeinen Grund vorstellen, warum Sie Mr. Grünspan ermorden sollten?«

»Warum ich ihn ermorden sollte?«, erwiderte ich mit scharfer Stimme. »Nein.«

Barnabas nickte und notierte: *Zeuge, gefragt nach mögli-*

chen Gründen, warum das Opfer ermordet wurde, verweigert die Aussage.

»Nein, nein«, rief ich. »Schreiben Sie das nicht so auf! Hören Sie, ich spekuliere gerne darüber, warum Samuel ermordet wurde. Wenn Sie wollen, nenne ich Ihnen hundert Gründe, warum er möglicherweise ermordet wurde.«

Barnabas nickte wieder und notierte: *Zeuge sagt, es gibt hundert Gründe, warum das Opfer sterben musste.*

»Machen Sie das etwa mit Absicht, Inspektor? Mir die Worte im Mund umdrehen?«

»Umdrehen, hm?« Barnabas beäugte mich argwöhnisch.

»Was? Was ist jetzt?«

»Oh, nichts, nichts. Es ist nur, dass ich gerade einen Mord untersuche, bei dem dem Opfer der Hals *umgedreht* wurde …«

»ICH BIN UNSCHULDIG!«, rief ich so laut, dass die anderen Gäste im J.R.R.bucks die Köpfe in unsere Richtung wandten. Etwas leiser fügte ich hinzu: »Sie kennen mich doch schon so lange, Inspektor. Glauben Sie wirklich, ich wäre zu so einer schrecklichen Tat fähig?«

Zum ersten Mal während dieses seltsamen Gesprächs sah mich Barnabas wie ein verängstigtes Schaf an. Der Eindruck entstand zum einen dadurch, dass sich sein Unterkiefer von links nach rechts schob in dem Versuch, den Keks zu zermahlen, den die Kellnerin mit dem Kaffee gebracht hatte. Zum anderen dadurch, dass es ihm sichtlich unangenehm war, mich so zu bedrängen. »Bingø«, sagte er im Ton des Bedauerns, »Sie verstehen nicht, welchem Druck ich ausgesetzt bin, dieses Verbrechen aufzuklären. Seit Generationen hat es im Aualand keinen Mord mehr

gegeben. Und jetzt geschieht einer – auf meiner Uhr!*
Wenn ich doch nur irgendein Geständnis bekäme, um diesen Fall zu den Akten zu legen …«

»Aber Sie wollen doch ganz sicher keinen Unschuldigen verhaften?«

»Oh, ich zweifle nicht an Ihrer Unschuld. Aber sehen Sie, das würde sich vor Gericht alles klären. In der Zwischenzeit können die Bewohner Aualands in Ruhe schlafen, weil sie wissen, dass Inspektor Barnabas seine Pflicht erfüllt hat.«

»Das ist die verrückteste Begründung für eine Verhaftung, die ich je in meinem Leben gehört habe.«

»Aber ich *muss* jemanden verhaften«, beharrte er. »So schnell wie möglich.«

»Sie wollen einen unschuldigen Hobbnix verhaften und für etliche Monate ins Gefängnis stecken, nur um den Bürgern des Aualands *vorzugaukeln*, dass der Gerechtigkeit Genüge getan wurde?«

»So läuft das eben im Polizeigeschäft.« Barnabas steckte das Notizbuch in die Tasche. »Aber ich fürchte, ich kann Sie heute ohnehin nicht festnehmen. Das Polizeirevier wird renoviert.«

»Das sagten Sie bereits«, schnappte ich. Ich lehnte mich in meinem Stuhl zurück, aber ich war so empört, dass mein Oberkörper sofort wieder nach vorne schnellte. »Warum ich? Wenn Sie unbedingt jemanden verhaften wollen, warum nicht … Keine Ahnung. Warum nicht Mo Lat?«

»Wen?«

»Meinen Nachbarn. Der mit der Klinkerhöhle. Er konnte mich noch nie ausstehen. Und sein Garten ist eine

* Auf diesen alten Übersetzergag wollte der Übersetzer einfach nicht verzichten. – *Anm. d. Übers.*

einzige Katastrophe. Er hat mehrmals versucht, mir Samuel abspenstig zu machen.«

Barnabas' Augen leuchteten auf. »Ah, ihn zu entfernen. Aus dem Weg zu räumen.«

»Na ja, nicht ganz so. Eher ihn überreden, für Mo zu arbeiten und nicht mehr für mich.«

»Aber wenn er Grünspan als Gärtner haben wollte, warum hat er ihn dann ermordet?«

»Was weiß ich? Vielleicht hat er gesehen, wie Samuel in meinem Garten die Blätter geplättet oder die Fichten gefichtelt hat oder was Gärtner eben so machen.* Und er ist in meinen Garten gegangen, um Samuel zu überreden, für ihn zu arbeiten. Und vielleicht ist das Gespräch etwas … außer Kontrolle geraten.«

»Wieso?«

»Nun, Samuel war einem guten Schluck nicht abgeneigt.«

»Sie sagen also, ihr Gärtner war öfter mal betrunken.«

»Ja, war er. Tatsächlich war ›betrunken‹ seine bevorzugte Daseinsform. Um die Wahrheit zu sagen: Ich erinnere mich nicht, ihn jemals nüchtern gesehen zu haben.«

»Gut, gut, ich verstehe. Sie haben also gesehen, wie sich Ihr Nachbar mit Ihrem Gärtner gestritten hat …«

»Nein, ich sage nicht, dass ich das gesehen habe. Legen Sie mir nicht wieder falsche Worte in den Mund. Ich habe überhaupt nichts *gesehen*.«

Barnabas zog wieder das Notizbuch hervor, leckte mit der Zunge über die Spitze des Bleistifts, die schon ganz weich war von der vielen Leckerei, und notierte:

---

* Um ehrlich zu sein: Ich habe keine Ahnung, was Gärtner so machen. Eine bedauerliche Wissenslücke – *wie* bedauerlich, sollte sich bald herausstellen.

Zeuge hörte, wie Nachbar mit dem Opfer stritt. Beide waren betrunken.

Ich überlegte, ob ich ihn erneut auf die Unrichtigkeit dieser Sätze hinweisen sollte. Doch ich ließ es bleiben – schließlich waren es ja nicht *meine* Notizen.

Fünftes Kapitel

Nach dem Interview mit der Polizei gebe ich der Presse ein Interview

Wie man sich denken kann, führte die Verhaftung von Mo Lat zu einer gewissen Aufregung im Ort. Der Zufall wollte es, dass ich Zeuge des Geschehens wurde. Ich saß gerade auf meiner Veranda unter der Markise und schmauchte meine Bruyèrepfeife (ich weiß, die Bruyère ist schwer anzuzünden und schmeckt nach Holzkohle, aber das Zeug ist um einiges günstiger als Tabak). Ein hauchdünner Regenschleier lag auf dem hellen Sommerhimmel, und ein prächtiger Regenbogen schwang sich über die grüne Welt wie der Zirkumflex über einem gigantischen O. Ich beobachtete Bert das Pony, das einen Karren den Hügel vom Dorf hochzog. Auf dem Kutschersitz saß Inspektor Barnabas und hielt die Zügel schlaff in der Hand. Neben dem Karren trottete sein Assistent Dorg. Dorg war ein ziemlich großer Bursche: ein Troll, den man in eine viel zu kleine Uniform gesteckt hatte, sodass er aussah wie der Michelin-Mann. Sie kamen an meinem Gartentor vorbei und zuckelten dann langsam weiter zur Höhle meines Nachbarn. Dort angekommen stieg Barnabas, ganz erfüllt von seinem offiziellen Auftrag, von dem Karren und schlenderte betont gelassen den Gartenweg hinunter zu Mo Lats runder

Eingangstür. Plötzlich jedoch war es mit seiner Gelassenheit vorbei, als nämlich Mos Wachhund Seppi bellend und knurrend auf ihn zugeschossen kam. Barnabas rannte zurück und schlug die Gartentür hinter sich zu, aber er konnte nicht verhindern, dass ihm der Hund ein Stück aus seiner Hose biss. Ich hörte den Inspektor heftig keuchen.

»Hallo?« Eine raue Stimme, ganz in der Nähe. Ich sah mich um. Neben meiner Veranda stand ein Zwerg.

»Hallo?«, wiederholte ich.

»Sind Sie Bingo Beutlgrabscher?«

»Wer will das wissen?«

»Ich bin wer.«

Ich musterte meinen Besucher: smaragdgrüner Mantel, waldgrüne Stiefel, smaragdwaldgrünes Wams. Sein Bart war lang, weiß und struppig, wie ein gen Erdboden schießender Komet. »Wie bitte?«, sagte ich.

»Sie wollten wissen, wer das wissen will. Ich bin, wer das wissen will.«*

Unterdessen hatte Barnabas' Assistent Dorg Mos Garten betreten. Er hob den Hund an dessen (soweit ich es erkennen konnte) Zähnen hoch und warf ihn über den Zaun. Nachdem das erledigt war, ging Barnabas mit geschwellter Brust zur Eingangstür und schlug mit einem Eichenstock dagegen. »Mo Lat«, rief er. »Im Namen des Gesetzes – öffnen Sie!«

Mos Stimme hinter der Tür war so laut, dass sogar ich sie noch hörte. »Ich kaufe nichts!«

---

* Wie Sie ganz richtig bemerkt haben, brabbeln nicht alle Zwerge in diesem seltsamen Kauderwelsch vor sich hin wie mein guter Freund Til Schweigerbräu. Manche von ihnen waren nämlich auf dem Gympelnasium. Das heißt allerdings nicht, dass das, was sie sagen, unbedingt mehr Sinn ergibt.

»Wir wollen Ihnen nichts verkaufen, Sie Idiot«, rief Barnabas. »Ich bin es, Inspektor Barnabas. Öffnen Sie!«

»Verschwinden Sie, Inspektor«, nölte Mo hinter der Tür.

»Öffnen Sie die Tür«, wiederholte Barnabas. »Oder mein Assistent wird Ihre Höhle detürisieren.«

Ich wandte mich von dem Geschehen auf dem Nachbargrundstück ab und wieder dem Zwerg zu, der vor mir stand. »Entschuldigen Sie. Ich war etwas abgelenkt. Wer genau sind Sie?«

»Mein Name ist Karel«, erwiderte der Zwerg. »Eigentlich ist mein Name Azhgnha Khzazzdz, aber die meisten Leute, mit denen ich zu tun habe, sprechen kein zwergisch. Sie vielleicht?«

»Nicht fließend.«

»Dann also Karel. Ich bin Journalist. Ich komme von der *Zwogue*.«

»*Zwogue*?« Ich schmunzelte. »Ist das die kleine Schwester der *Vogue*?«

Der Zwerg verzog keine Miene. »Unserer Auffassung nach ist die *Zwogue* die etwas schlankere Variante der *Vogue*. Wie auch immer, Ihr Verleger hat Sie bestimmt über den Interviewtermin mit uns informiert.«

»Hm, eigentlich habe ich jemanden von der *Voger* erwartet.«

Karel schien geradezu zu erstarren. Seine moosgrünen Augen flammten vor Zorn auf. »Bitte erwähnen Sie dieses Dilettantenblatt nicht in meiner Gegenwart. Das hat mit Journalismus nichts zu tun.«

»Im Gegensatz zur *Zwogue*, meinen Sie?«

»Ganz richtig. Oger haben von Mode nicht den blassesten Schimmer. Dürfte ich jetzt reinkommen?«

Hinter ihm sah ich, wie mein Nachbar Mo Lat – eindeutig gegen seinen Willen – von Dorg den Gartenweg hinuntergeschleift und in den Käfig gesteckt wurde, der sich auf dem Polizeikarren befand.

»Aber sicher«, sagte ich.

Wir gingen in meine Höhle. Ich bot Karel eine Tasse Tee an, aber er wollte keine. Stattdessen nahm er unverzüglich auf einem Stuhl Platz, zog eine kleine Schiefertafel und einen Griffel aus der Tasche und hielt Letzteren über Erstere. »Können wir anfangen?«

»Gerne«, sagte ich und machte es mir in meinem Ledersessel bequem.

Ich spürte, wie Heinrich mit sich rang. Wir hatten kürzlich darüber gesprochen (das »Bitte verjage keine Journalisten, die mich zu meiner Arbeit interviewen wollen«-Gespräch, das früher oder später in jeder Beziehung ansteht). Von Mann zu Mann. Oder von Hobbnix zu Mann. Oder von Hobbnix zu Spektralwesen, das einmal ein Mann gewesen ist. Jedenfalls hatte er fest versprochen, dass er sich von nun an zurückhalten würde. Aber dieser Zwerg hier mit seiner wichtigtuerischen Art, seiner mürrischen Miene und seinem langen Kometenbart – welcher Geist konnte da schon widerstehen?

Karel sah mich mit düsterem Blick an. »Wenn ich richtig informiert bin, ist geplant, Ihre Tragödie *Der Hobbnix* zu verfilmen.«

»Tragödie?«, fragte ich überrascht.

»Aber ja. So viele Zwerge sterben darin. Es ist ein zutiefst, geradezu bergwerktief trauriges Werk.«

Ich dachte kurz nach. »Nun ja, das ist es wohl.«

Karel nickte und kratzte mit dem Griffel eine einzelne Zwergenrune auf seine Tafel. Ich hatte vor einiger Zeit einmal einen Abendkurs im Runenlesen absolviert und so erkannte ich sie.* Es war die Rune für »Ja«.

»Und wer«, fragte Karel dann, »wird in diesem Film den Part der Zwerge übernehmen?«

Ich beugte mich nach vorne. »Ich bin froh, dass Sie mich das fragen. Denn der bedeutendste kleinwüchsige Schauspieler unserer Zeit wurde für die Rolle von Thothorin verpflichtet. Zufällig ist er auch ein guter Freund von mir.«

»Meinen Sie etwa Tom Krause?« Der leichte Ekel in Karels Stimme war unüberhörbar.

»Nein, nein. Ich meine Til Schweigerbräu.«

»Aha.« Karels Miene zeigte nicht die Begeisterung, die ich eigentlich erwartet hatte. »Na, wenigstens ist es kein Oger. Und wer wird die anderen Zwerge spielen?« Karels Griffel schwebte erwartungsvoll über der Schiefertafel.

»Ich … äh … ich weiß es nicht.«

»Sie *wissen* es nicht?«

»Ich weiß nicht, ob das Casting bereits …«

Plötzlich hörte ich, wie Heinrich an der Wand entlangraschelte. Ich versuchte, ihn mit einer unverfänglichen Handbewegung zu vertreiben.

Karel räusperte sich. »Sagen Sie, Mr. Beutlgrabscher, wird der Film auf diese seltsamen und völlig unnötigen Nicht-Zwergen-Figuren, die ein so merklicher Schandfleck in Ihrem Buch sind, verzichten?«

»Hm. Ich glaube nicht, dass …«

»Nein?« Die Augen des Zwergs leuchteten vor Zorn.

---

* Allerdings hatte der Kursleiter Wayne Runey selbst gar nicht so viel Interesse daran, uns das Runenlesen beizubringen. Die meiste Zeit verbrachten wir damit, auf einer Wiese einem Ball hinterherzulaufen und uns dann zu betrinken.

»Doch, doch«, korrigierte ich mich schnell. Wer braucht schon einen zornigen Zwerg in seinem Wohnzimmer?*

»Also ja?«

»Ja.«

Karel kratzte eine weitere Ja-Rune auf seine Tafel.

Das Interview plätscherte nun etwas vor sich hin. Heinrich hatte die Temperatur im Zimmer abgesenkt, und Karel zappelte leicht nervös auf seinem Stuhl herum. Wir schwiegen für eine Weile. Draußen hatte der Nieselregen aufgehört. Vögel trillerten und zwitscherten. Heinrich schwebte hinter Karel und machte leise »Huhu«. Der Zwerg zappelte noch etwas stärker.

»Ich habe von diesen, äh, Gerüchten gehört«, sagte er plötzlich und sah sich nervös um. »Dass es in Ihrer Höhle spukt? Stimmt das?«

»Ja. Und?«

»Warum nehmen Sie nicht einfach die Dienste eines Exorkisten in Anspruch und befreien sich von diesem Fluch?«

»Meine Höhle exorkizieren? Aber ich *will* mich gar nicht davon befreien. Ich habe den Geist gebeten, bei mir zu leben. Wir sind ein Paar.«

Karel starrte mich an. »Ist das Ihr Ernst?«

»Er heißt Heinrich, nicht Ernst.«

In diesem Moment strich Heinrich mit seinen Ektoplasma-Tentakeln über den Nacken des Zwerges. Karel gab ein Geräusch von sich, das irgendwo zwischen einem Bellen und einem Kreischen angesiedelt war. »Was ist das?«, presste er hervor, als Heinrich seine Geisterfinger mit Karels Bart verzwirbelte und diesen anhob. Der Zwerg sprang auf. Es war, ganz objektiv betrachtet,

* Wenn das noch kein offiziell registriertes Sprichwort ist, dann melde ich es hiermit bei der Aualand-Sprichwort-Behörde an.

überaus faszinierend anzusehen. Wie bei einem dieser Automaten, in die man Münzen wirft, und dann dabei zusieht, wie eine Kugel in einem Kasten hin und her schießt. Sie verstehen die Analogie, nicht wahr? In diesem Fall waren die Münzen kleine Angst-Einheiten; die Maschine der Zwerg; die Kugel die Panik, die in ihm ausbrach. Na ja, die Analogie mag nicht unbedingt ganz exakt sein, aber egal.

Heinrich zog am linken Ohrläppchen des Zwerges. Das war, um im Bild zu bleiben, die letzte Münze. Mit einem furchterregenden Schrei (wirklich, der Schrei *selbst* war furchterregend) ließ Karel Griffel und Schiefertafel fallen und sprang durch das Fenster in den Garten. Ich stand auf und konnte gerade noch sehen, wie er zwischen den Azaleen verschwand.

Heinrich materialisierte sich vor mir. »Das tut mir aber leid«, sagte er. Aber das Grinsen auf seinem Gesicht ließ den Verdacht aufkommen, dass das nicht ganz stimmte.

»Ich dachte, wir hätten eine Abmachung«, fuhr ich ihn an. »Du wolltest keine Journalisten mehr erschrecken.«

»Du sagst das, als wäre es das Einfachste der Welt. Aber das ist so, als würde ich dich zwingen, mit dem Atmen aufzuhören. Erschrecken ist *mein Leben*.«

Ich hob Karels Schiefertafel vom Boden auf. »Ich wette, du würdest dich freuen, wenn ich mit dem Atmen aufhören würde. Dann wäre ich so tot wie du, und deine Mutter hätte keine Vorbehalte mehr gegen unsere Beziehung.«

»Nein, mein Freund, ich liebe dich, so wie du bist. Was steht da auf der Tafel?«

»Da steht: ›Ja, Ja‹.«

Heinrich wirbelte um mich herum. »Das ist doch perfekt. Wir bringen uns in eine Situation, in der du am Ende genau das sagst. Und zwar mit großer Begeisterung.«

»Na schön«, grummelte ich. »Aber danach muss ich endlich mit meiner Autobiografie anfangen. Man kommt hier wirklich zu überhaupt nichts!«

Sechstes Kapitel

Kein Geschäft ist wie das Showgeschäft

Am folgenden Montagmorgen beschloss ich, endlich mit meiner Autobiografie zu beginnen, wofür es nun wirklich allerhöchste Zeit war. Es war ein regnerischer Tag, der Regen trommelte nur so auf den Rasen vor meinem Fenster. Versonnen beobachtete ich, wie die Tropfen das Laub der Bäume durchschüttelten; es sah aus, als würden die Blätter einander zunicken und sich über das miese Wetter beschweren ... Aber ich wollte ja eigentlich mit dem Schreiben beginnen!

»Also schön«, sagte ich mir. »Von selbst wird sich die Autobiografie bestimmt nicht schreiben.«

Irgendwie fiel es mir jedoch schwer, die nötige Konzentration aufzubringen. Immer wieder musste ich an den armen alten Samuel Grünspan denken, der nur wenige Meter von meiner Haustür entfernt zu Tode gewürgt worden war. Und an Mo Lat, meinen Nachbarn, der für dieses Verbrechen verhaftet worden war. Ich gebe zu, dass es mir eine gewisse Freude bereitet hatte, der öffentlichen Demütigung dieses Idioten beizuwohnen, aber das heißt nicht, dass ich ihn verdächtigte, den Mord begangen zu haben. So etwas passte einfach nicht zu ihm. Und früher oder später würden sie ihn auch wieder freilassen. Was die Frage, wer den armen Grünspan *wirklich* getötet hatte, weiterhin unbeantwortet ließ.

Aber sei's drum. Ich versuchte, all diese düsteren Gedanken, wer eventuell wen ermordet hatte, aus meinem Kopf zu vertreiben und mich auf die Aufgabe zu fokussieren, die vor mir lag: dem Schreiben meiner Autobiografie. Ich öffnete ein neues Tintenfass, griff nach meiner Lieblingsfeder und begann zu schreiben. Das heißt, erstmal widmete ich mich dem Titelblatt – immer wieder einer der befriedigendsten Aspekte des Schriftstellerdaseins. *Ich, Hobbnix. Mein Leben und der ganze Rest. Die autorisierte Bingografie von Bingo Beutlgrabscher.* Ich malte einen grinsenden Smiley mit zwei kleinen Teufelshörnern neben das Wort »autorisiert«, dann legte ich das Blatt beiseite, griff nach einem neuen und widmete mich dem ersten Kapitel, in dem es um Zeitpunkt und Ort meiner Geburt gehen sollte, um die Lebensumstände meiner Familie und so weiter. Ich schrieb:

Ich wurde geboren

Exakt in diesem Augenblick vernahm ich ein Klopfen an der Tür.

Ich legte die Feder weg, trocknete die Worte, die ich gerade geschrieben hatte (die ersten Worte meiner Autobiografie!), mit einem kleinen Schwamm, stand auf, ging zur Tür und öffnete sie.

Es war Til Schweigerbräu. Er war nass bis auf die letzten Haare seines Bartes; das Wasser floss wie ein Sturzbach von der Krempe seines Tirolerhutes. Ich bat ihn herein, und dann stand er wie ein begossener Pudel in meinem Flur und tropfte auf das Parkett. Von seinem Rücken und seinen Schultern stieg Dampf auf.

»Fett schwul, Alda«, sagte er. »Isch bin raus.«

Ich kann nicht behaupten, dass mich diese Nachricht sonderlich überraschte, und selbstverständlich wollte ich meine tief empfundene Solidarität zum Ausdruck bringen. Schließlich wusste ich ganz genau, wie hart einem das Leben mitspielen konnte, wie mühsam es war, sich ständig gegen Vorurteile und Heuchelei zur Wehr setzen zu müssen. Also sagte ich: »Gratuliere!«

Er sah mich verblüfft an. »Hä?«

»Nun, ich habe es natürlich längst vermutet.«

»Was vermutet?«

»Dass du ein warmer Zwerg bist. Bravo! Ich kann dir gar nicht sagen, wie sehr es mich freut, dass du endlich beschlossen hast, aus dem Schatten zu treten. Ich weiß, es erfordert viel Mut, aber glaub mir: Es war die richtige Entscheidung.«

»Hey, Kollege«, schnappte er. »Isch bin net aus so nem Schatten raus, sondern aus dem Film.«

»Oh.« Ich dachte kurz darüber nach. »Also bist du immer noch im Schatten?«

»Was hasstu für Problem? Isch bin net im Schatten.«

»Du bist also weder im Schatten noch raus aus dem Schatten?«, sagte ich leicht verwirrt. »Wo bist du dann?«

»So Schatten hat damit nix zu tun«, rief er. »Isch mach dich gleich Schatten, Digga. Isch bin aus dem verfluchten *Film* raus!«

So langsam dämmerte mir, was er mir sagen wollte. »Du meinst, du wirst nicht König Thothorin in Orson Wels' Blockbuster spielen?«

»Leider korrekt.«

»Hast du die Rolle abgelehnt?«

»Hab *isch* die Rolle abgelehnt?«, erwiderte er zornig. »Isch hab da net abgelehnt. Wels hat so abgelehnt. Isch mein, Wels hat *misch* abgelehnt. Der fett oberfette Fisch!«

»Wirklich?«

»Isch schwör. Er hat so andern Zwerg für die Rolle.«

»Das ist ja furchtbar. Mein armer Til! Aber komm erst mal rein. Ich mache dir einen Tee.«

Er folgte mir ins Wohnzimmer. Er sah wirklich völlig niedergeschlagen aus. Das war ja auch kein Wunder – wie würde es Ihnen gehen, wenn Ihnen ein überdimensionaler Waller mitteilt, dass Sie nicht gut genug sind, dass Sie nie gut genug sein würden, ja dass Sie auf ganzer Linie versagt haben?* Ich stellte den Kessel auf das Feuer, brühte den Tee auf und brachte ihn Til zusammen mit einer Schüssel Flips.** Für eine Weile saßen wir uns schweigend gegenüber, schlürften den Tee und knabberten die Flips. Schließlich seufzte Til und sah mich an.

»Weissu, isch bin jetzt net Hartz vier oder so«, sagte er. »Isch hab Endskohle gebunkert. Wegen Rolle in so Zwergenmusical damals.«

»Soso«, nickte ich. Es war mir nicht ganz klar, worauf er hinauswollte.

»Für so schlechtes Wetter aufbewahrt. Jetz ma so bildlich gesprochen.« Er blickte aus dem Fenster auf den Regen, der dicke Striche in die Luft malte. Für einen Moment hörten wir dem melancholischen *Tropf-tropf-tropf* der Tropfen zu. »Isch mein«, fuhr er fort, »es is endsschlechtes Wetter. Aber halt auch so *metaphorisch*, weissu? Mein Schiff – das Schiff von meinem Leben – ist in so schlechtes Wetter reingesegelt, wenn du weißt, wie ich mein. Und gleichzeitig regnet's so voll krass.«

Ich stand auf. »Ich verstehe dich. Nun, es war schön, dich zu sehen, Til, aber …«

»Hey, setz disch, Alda. Bin isch noch net fertig, oder?

---

* Ja, liebe Kinder, das Leben ist wirklich hart und ganz und gar nicht gerecht. Also bereitet euch schon mal darauf vor. Und nehmt immer einen Regenschirm mit!

** Wenn ich niedergeschlagen bin, esse ich immer eine Schüssel Flips; das hilft zwar auch nichts, aber die Bauchschmerzen lenken von den übrigen Sorgen ab.

Isch wollt sagen: Isch hab Geld. Isch mach die Sache allein.«

Ich nahm wieder Platz. »Wie? Du meinst, du willst deinen eigenen Film machen?«

»Ja. Nein. Also jetzt net direkt so Film. Die sind wirklisch krass teuer.«

»Was dann?«

»Kennst du diese neuen Dinger, so Palantefaus?«

»Ja.«

Er grinste über das ganze Gesicht. »Die sind voll der Hammer!«

»Hm, hab davon gehört.«

Til blickte sich in meinem Wohnzimmer um. »Hey, wart mal, Alda. Du hast ja gar kein.«

»Nein«, gab ich zu. »Warum? Sollte ich mir einen zulegen?«

Vor langer, langer Zeit existierten in Obermittelerde nur ganz wenige dieser sagenumwobenen »sehenden Steine« – magische Objekte, die es ermöglichten, Dinge von Nahem zu sehen, auch wenn sie sich weit entfernt, ja sogar wenn sie sich *ganz woanders* befanden. Doch nach dem Fall des Dunklen Herrschers entdeckten seine überlebenden Schergen in den Ruinen seiner Festung die Konstruktionspläne der Steine und beschlossen, sie in Serie zu produzieren. Und inzwischen besaßen unzählige Haushalte einen solchen Palantefau-Stein – umrahmt von einem Holzkasten, gewöhnlich in einer Ecke des Wohnzimmers thronend. Allabendlich aktivierten sie ihn, um sich Trolltalkshows, Elbensoaps und – vor allem bei Zwergen beliebt – *Wer wird Mineur?* anzusehen.

»Weissu«, sagte Til, »das Palantefau is jetzt so krass Multimillionengeschäft. Konkret viel Kohle, mein Freund.«

»Wirklich?« Allmählich begann mich die Sache doch

zu interessieren. »Du denkst also an eine eigene Palantefau-Serie? Großartige Idee. Und worum soll es gehen?«

»Um misch natürlich. Weissu, ich denk da schon endslang drüber nach. *Das Lied vom Bier am Feuer.* Mit Til Schweigerbräu in der Hauptrolle! Hey oder? Kennst du so fette Buchreihe, wo jeder lesen tut, wo sie immer am Lagerfeuer sitzen und kräftig bechern und auf den Winter warten.«*

Ich nickte. Ich hatte natürlich von den Büchern gehört, aber beschlossen, sie zu ignorieren. Ich meine, wer war schon dieser George R.R. Marzahn, verglichen mit mir? Immerhin hatte ich meine Abenteuer selbst erlebt und er nicht.**

»Klar, Mann«, fuhr Til begeistert fort. »Kennt ja jeder. Und deshalb wird die Palantefau-Serie auch so ein endkrasser Erfolg, isch schwör. Natürlich werd isch hier und da so Änderungen an der Story machen. Und isch stehe im Mittelpunkt. Das Teil spielt im Herbst. Jeder labert die ganze Zeit, dass es bald Winter wird, *aber es wird nie Winter*. Krass, oder? Ich mein, mehr Spannung geht net. Isch erleb so Abenteuer, mach Endkriege, laber mit die sexy Burgtussen und so. Das wird ganz groß, Alda. *Isch* werd ganz groß. Ein fett großer Zwerg, haha. Und isch werd dem schuppigen Scheißer zeigen, dass es ein ganz großer Fehler war, misch so abzulehnen. Ganz grooooßer Fehler! Isch hab sogar schon einen Regisseur für die Serie, weissu? Heißt Dieter Wischwedel, der Mann.

---

* Aus nicht mehr nachvollziehbaren Gründen (der zuständige Lektor wurde entlassen) heißt die Serie bei uns etwas anders, nämlich *Das Lied von Eis und Schlagsahne.* Beachten Sie dazu auch … ach, Sie wissen schon.

** Ja, auch das magische Bierritual war mir nicht unbekannt; ich war bisher nur zu höflich, *diese* Geschichte zu erzählen.

Kennt sich wie eine Eins aus im Palantefau-Geschäft. Endkrasser Profi.«

»Das freut mich für dich, Til«, sagte ich. »Und du erzählst mir das alles, weil wir alte Freunde sind. Nicht, weil du mich, äh, eventuell fragen willst, ob ich Geld in das Projekt investiere?«

»Konkret, Alda!« Til strahlte. »Genau das ist es! Du musst nur das ›net‹ durch so ›und‹ ersetzen – und dann haust du so den Hammer auf den Nagel.«

»Du meinst, triffst den Nagel auf den Kopf.«

»Hm-hm.«

Wir schwiegen für eine Weile, dann sagte ich: »Du willst also Geld von mir.«

»Hey, kein Stress, Digga. Isch bin's, dein Til. Würd isch net vorschlagen, wenn's net so endkorrekte Gelegenheit wär. Du hast doch Endsgold von deiner Reise mitgeschleppt – wenn du nur so bisschen in das Projekt steckst, kriegst du jede Menge … wie heißt das? Diffidaffi.«

»Dividende.«

»Ja, das. So fett viel, Alda. Du wärst so Co-Produzent und so. Kannst auf'm Set chillen. Und dein Name kommt fett in die Credits. Is voll Jackpot-Angebot, hey oder? Was sagst?«

»Hm. Und du meinst nicht, dass es da einen gewissen Interessenskonflikt geben könnte? Ich als Produzent einer Palantefau-Serie, die direkt mit der Verfilmung von *Der Hobbnix* konkurriert. Wels würde vor Wut explodieren. Und warum sollte ich das *Hobbnix*-Projekt überhaupt im Stich lassen? Immerhin ist es die Verfilmung meines eigenen Buches.«

»Hey, entspann dich, Alda. Du lässt doch nix im Stich oder so«, sagte Til mit bauernschlauer Miene (oder mit einer Miene, von der jemand, dessen IQ unterhalb des

IQs einer Karotte liegt, *denkt,* sie sei bauernschlau). »Kannst du konkret auf beiden Hochzeiten tanzen. Die rechte Hand muss net wissen, was die linke macht, aber beide hast du fett in der Keksdose, verstehstu, wie ich mein? Zwei Projekte! Gürtel *und* Hosenträger. Tasse *und* Untertasse. Ober- *und* Unterammergau.« Für einen Moment wurden seine Augen leicht glasig. »Womit isch sagen will – hey, was laber ich grad?«

»Du willst sagen, dass ich in beide Projekte investieren, aber Orson Wels nichts davon erzählen soll.«

»Korrekt, Alda. Muss der olle Fisch net wissen, oder? Isch mein, isch erzähl ihm bestimmt nix. Und du brauchst ihm auch nix sagen. Krass einfach, oder hey?«

»Und was ist mit Wischwedel? Denkst du, er wäre erfreut zu hören, dass einer seiner Produzenten auch an der *Hobbnix*-Verfilmung beteiligt ist?«

»Hey, bissu Komiker oder was? Dieter wird *begeistert* sein, wenn du mitmachst. *Der Hobbnix* ist so krass des Lieblingsbuch von dem. Konkret, der hat mir gesagt, *Das Lied vom Bier am Feuer* soll so genauso sein wie *Der Hobbnix,* bloß mit endsmehr Dialogen. Und so Talkshow-Elementen für die Spacken, die am Tag Palantefau glotzen. Aber so die wichtigen Sachen, die Story, die Atmosphäre, das *Feeling,* Alda – alles wie bei *Der Hobbnix*.«

»Dialoge? Mit wie viel mehr Dialogen genau?«

»Ja, Dialoge halt. Äh, wie viel? Keine Ahnung. Mehr halt. Der sagt so, dass er will, dass sich die Typen da wirklich mal …« Til fuchtelte theatralisch mit den Händen in der Luft herum. »… fett aussprechen. Dieter meint, wenn wir erst mal die Kohle haben, können wir sofort loslegen. Net so Vorproduktionsquatsch wie beim Kino. Und du bist voll als Co-Produzent unterwegs.«

Ich blickte aus dem Fenster. Der Regen hatte nachgelassen, hier und da fiel ein Sonnenstrahl durch die Wolken, und ein fröhlicher Regenbogen spannte sich über Hoppler-Ahoi!. Es war ganz so, als würde mir die Natur ein Zeichen geben. Als würde sie mir zulächeln. Im Falle des Regenbogens zwar ein umgedrehtes Lächeln, aber immerhin.

»Na schön«, sagte ich. »Ich bin dabei.«

Til sprang vor Freude auf, stolperte über seinen Bart, fiel der Länge nach zu Boden (der in seinem Fall ja nicht allzu weit entfernt war), rappelte sich ächzend auf und schüttelte mir dann kräftig die Hand. »Wirstu nicht bereuen, mein Freund. Endkrasse Sache. Bald kennt jeder unseren gepimpten Werbeslogan: ›Der Winter naht – aber ich würde nicht darauf warten, das kann sich nämlich noch etwas hinziehen‹. Da machst du Asche dumm und dämlich, Bingo.«

»Ich hoffe, nicht zu dämlich.«

»Dämlicher, als wie du dir vorstellen kannst.«

Ich sah zu ihm hinunter. »Hm. Da kann ich mir einiges vorstellen.«

»Fett dämlich nämlich.«

Wir mussten beide lachen. Dann hörten wir wieder auf zu lachen.

Und dann setzte ich noch einen Tee auf.

Siebtes Kapitel

Ich beginne endlich mit meiner Autobiografie

So kam es, dass ich zur gleichen Zeit an zwei miteinander konkurrierenden Filmprojekten beteiligt war. Wie mit Til vereinbart, erzählte ich Orson Wels nichts von meiner Rolle als Co-Produzent bei *Ein Lied vom Bier am Feuer*; und auch wenn die Palantefau-Leute bestimmt davon gehört hatten, dass aus *Der Hobbnix* ein großer Film werden sollte, erwähnte ich ihnen gegenüber nicht, dass ich mit Wels bereits über etliche Details dieses Projekts gesprochen hatte. Das mag dem einen oder anderen als unehrlich erscheinen – vor allem für einen so durch und durch anständigen Hobbnix wie mich –, aber ich wollte meinen guten Freund einfach nicht im Regen stehen lassen (tatsächlich *und* metaphorisch). Außerdem brauchte ich das Geld. Ich brauchte das Geld *wirklich*.

Das erste Treffen von Crew und Schauspielern von *Ein Lied vom Bier am Feuer* war für Dienstagnachmittag angesetzt. Als Co-Produzent war ich selbstverständlich dazu eingeladen. Ich hatte also den ganzen Vormittag, um endlich mit meiner Autobiografie zu beginnen.

Ich machte mir einen starken Kaffee. Nicht stark im wörtlichen Sinne natürlich, der Kaffee konnte keine schweren Gewichte heben oder so etwas; aber es war die Art von Kaffee, die eine lange Zeit schwierigster Prüfungen durchstehen konnte, ohne dabei den Gleichmut zu verlieren. Dann setzte ich mich an meinen Schreibtisch.

Das Blatt Papier von gestern, auf das ich die ersten Worte geschrieben hatte, lag noch an derselben Stelle. Ich las es noch einmal durch:

Ich wurde geboren

Nun gut, das war zweifellos richtig. Aber wie weiter? Sollte ich dem geneigten Leser jetzt bildhaft den Vorgang der Geburt beschreiben? Natürlich hatte ich keinerlei Erinnerung daran; ich könnte lediglich meine Verwandtschaft befragen, um sie so weit wie möglich zu rekonstruieren (die Erinnerung, nicht die Verwandtschaft). Aber schon die Vorstellung, mit Tante Marlen über meine frühesten Kindheitserlebnisse zu plaudern, fühlte sich wie eine schmerzhafte Wurzelbehandlung an, und so entschied ich, das erste Kapitel zu einem späteren Zeitpunkt anzugehen. Ich griff nach der Schreibfeder, zog einen dicken Strich unter die drei Worte, die ich bisher geschrieben hatte, und schrieb in Großbuchstaben KAPITEL ZWEI auf das Blatt. Ich dachte kurz nach. Dann notierte ich:

Ich wuchs auf

Just in diesem Moment wurde ich von einem hagelsturmartigen *Klack-klack-klack-klack* an meiner Haustür unterbrochen. »Heinrich?«, rief ich ärgerlich. »Bist du das etwa?«

»Nein«, drang die Stimme meines werten Geistes aus der Speisekammer.

Hochgradig frustriert über diese neuerliche Störung schob ich meinen Stuhl zurück, ging zur Tür und öffnete. Es war Tante Marlen. Und neben ihr ein Hobbnix, den ich noch nie zuvor in meinem Leben gesehen hatte.

»Tante!«, sagte ich und zwang mich zu einem höflichen Lächeln.

»Neffe! Ich will keinen heißen Brei reden«, erklärte sie.

»Äh, du meinst sicher, um den heißen Brei *herumreden*«, korrigierte ich sie.

»NIEMALS!«, rief sie mit lauter Stimme, in die sie noch eine ordentliche Portion Selbstgerechtigkeit legte. Offenbar hatte sie mich missverstanden und dachte, ich würde darauf bestehen, dass sie genau das tat, was sie eigentlich nicht tun wollte. »Das werde ich nicht tun. Ich weigere mich.« Sie hob den Enten-Regenschirm und schlug damit gegen den Efeu neben meiner Tür. »Ich … weigere … mich!« Die Blätter flogen nur so davon. »Und red mir nicht das Gegenteil ein, Neffe.«

Ich seufzte leise, dann setzte ich erneut ein Lächeln auf. »Willst du nicht erst einmal reinkommen?«

»Nein, will ich nicht. Ich kenne die Gerüche über dich.«

»Wie bitte?«

»Tu nicht so unschuldig«, schnappte sie. »Alle reden davon. Versuch nicht, es abzustreiten, Neffe.«

»Ich streite es schon deshalb nicht ab, weil ich nicht weiß, was ich abstreiten *könnte*.« Es fiel mir wirklich nicht leicht, die Ruhe zu bewahren.

Der Hobbnix neben meiner Tante stand die ganze Zeit über schweigend da und starrte Löcher in die Luft. Es schien, als wäre ihm die ganze Situation etwas peinlich. Er war ein schlaksiger Hobbnix mittleren Alters und akkurat, aber doch recht merkwürdig gekleidet. Er trug einen langen schwarzen Kittel mit drei silbernen Knöpfen und einen ebenso schwarzen Hut mit breiter Krempe, der sich nach oben hin verjüngte. Ich lächelte ihm zu, aber er verzog keine Miene. War das womöglich ein Regierungsbeamter?

»Du weißt ganz genau, worüber die Leute reden«, fuhr Tante Marlen fort. »Du bist die Sorte von eitlem Hobbnix, die *immer* weiß, worüber die Leute reden.«

»Nun, offenbar weißt *du* genau, worüber die Leute reden«, konterte ich.

Das heizte ihre Empörung nur noch mehr an. »Willst du mich etwa beleidigen? Was ist nur aus dem Aualand geworden, wenn ein Neffe seine Tante vor aller Ordentlichkeit beleidigen kann? Was, frage ich, was?«

»Frag doch Inspektor Barnabas, ob er mich verhaftet. Er …«

Das war der Punkt, an dem mir Tante Marlen das Schnabelende ihres Regenschirms in den Bauch stieß. Ich machte einen Schritt zurück und gab ein dumpfes »Uff« von mir.

»Wie kannst du es wagen, mich zu bekehren? Die ganze Welt *weiß*, dass du mit einem Geist kohabitierst. Du solltest dich schämen.«

Der Stoß mit dem Regenschirm hatte mich so richtig in Kampfeslaune versetzt. »Ja, es stimmt, Tante Marlen. Aber ich schäme mich keineswegs. Wir sind mündige Erwachsene. Ich bin erwachsen, und der Geist ist erwachsen – das heißt, er ist sogar noch mehr als erwachsen, er ist, äh, dem Erwachsensein entwachsen. Wie auch immer, es gibt nichts, gar nichts, wofür wir uns schämen müssten.«

Marlens winzige, von den buschigen Brauen überschattete Augen wurden größer, als ich es je zuvor bei ihr beobachtet hatte. Sie sahen zwar immer noch aus wie Umlautpünktchen, aber es war offensichtlich, dass sie unter Schock stand. »Du gibst es also zu«, zischte sie. »Du sagst es mir einfach so ins Gesicht.«

»Jetzt beruhige dich doch, Tante. Komm herein. Ich mache dir eine Tasse Tee und wir reden über das alles wie vernünftige Leute.«

»Vernünftig? Du hast eine unnaturalistische Beziehung zu einem Geist – und du willst *vernünftig* darüber reden? Nein, Neffe. Ich werde nie wieder eine Schwelle über deinen Fuß setzen.«

Womöglich war es etwas kleinkariert von mir, aber ich gebe zu, dass mein Herz bei dieser Ankündigung einen Freudensprung machte. Nie wieder würde sie mich bei meiner Arbeit stören! Nie wieder würde ich über eine Stunde damit zubringen müssen, dem anspruchsvollsten Gast in ganz Aualand eine Tasse Tee zuzubereiten! Ich versuchte jedoch, mir die Freude nicht zu sehr anmerken zu lassen. Immerhin war Marlen ein Teil der Familie. Und immerhin gehörten ihr und ihrer Schwester ein beträchtlicher Teil meiner Hobbnixhöhle. Und ich hatte keine Lust umzuziehen.

»Lass uns nicht streiten, Tante«, sagte ich in schon beinahe flehendem Tonfall. »Können wir uns nicht wie zivilisierte Hobbnixe benehmen?«

»Das können wir nur, wenn ...« Erneut hob sie drohend den Regenschirm. »Wenn du diesem Gentlehobbnix hier gestattest, seine Arbeit zu verrichten.«

Ich wandte mich der hochgewachsenen Gestalt neben ihr zu. »Und wer sind Sie, wenn ich fragen darf?«

»Mein Name ist Schorsch Ratzinga«, erwiderte der Fremde. Seine Stimme klang so dröge und trocken wie die des Kassenbuches einer Firma (mal angenommen, ein Kassenbuch könnte sprechen). »Ich bin Exorkist.«

Jetzt machte mein Herz keinen Freudensprung, sondern einen Salto rückwärts und landete unsanft auf dem Boden. Kalte Wut ergriff mich. Das also steckte dahinter. Meine Tante plante einen Mord. Den Mord an der einzigen Wesenheit, die ich wirklich liebte. »Ich ...«, stammelte ich. »Ich bin zutiefst beleidigt, dass du mit einer solchen ... Person zu mir kommst, Tante.«

»Beleidigt?«, erwiderte sie fröhlich. »Bist *du* beleidigt? Oder die Gemeinschaft anständiger Hobbnixe, die schon viel zu lange dein unmoralistisches Verhalten ertragen muss?«

Ich schlug den beiden die Tür vor der Nase zu.

Nahezu eine halbe Stunde lang war ich so wütend, dass ich nichts anderes tat, als den Flur rauf und runter zu tigern. Ich hörte, wie Tante Marlen draußen mit ihrem Regenschirm gegen die Tür schlug und rief: »Öffne, Bingo.« Und: »Die Zeit der Buße ist gekommen, junger Hobbnix.« Und so weiter. Schließlich aber ließ sie ab und stapfte mit lauten Schritten den Hügel hinab.

Ich ging ins Wohnzimmer und ließ mich in einen der Sessel fallen. Wie eine bleiche Ballerina kam Heinrich herbeigetanzt und streichelte mir mit einem Ektoplasma-Finger über die Stirn. »Du solltest deiner Tante wirklich nicht erlauben, dass sie dich so in Rage bringt«, sagte er.

»Aber sie hatte einen Exorkisten dabei. Sie wollte in unsere Höhle und *dich* austreiben.«

»Ha! Dafür braucht es mehr als so einen oberbayerischen Milchbubi.«

Ich rieb mir die Wangen. »Wie auch immer. Es bringt nichts, hier herumzusitzen und wütend zu sein. Ich muss mich irgendwie ablenken. Ich gehe zurück in mein Arbeitszimmer und schreibe weiter an meiner Autobiografie.«

Und genau das tat ich auch. Ich ging ins Arbeitszimmer, knallte die Tür hinter mir zu und beschloss, keinen Gedanken mehr an diese bigotte, heuchlerische, wörterverwechselnde Hobbnix-Bagage zu verschwenden. Ich atmete tief ein. Und atmete wieder aus. Dann ließ ich das mit dem Ein- und Ausatmen und setzte mich an den Schreibtisch. Auf dem Blatt Papier vor mir stand:

Ich wuchs auf

Ich starrte auf die Worte. Wie weiter? Ich versuchte, mich in meine Kindheit zurückzuversetzen; meine ersten Erinnerungen; meine Schulzeit. Wie konnte ich dieses Durcheinander der Erinnerungen nur in das gerade Flussbett klarer Prosa lenken?

Andererseits: Ich konnte mich ja auch noch später meiner Kindheit widmen. Das war ohnehin nicht der aufregendste Abschnitt meines Lebens. Ja, als ich so darüber nachdachte, wurde mir klar, dass mein Leben *insgesamt* nicht sehr aufregend gewesen war. Bis auf mein großes Abenteuer natürlich. Aber das war nun auch schon wieder etwas länger her, und seither hatte ich nichts mehr von besonderer Bedeutung erlebt. Ich tauchte die Schreibfeder in das Tintenfass, zog eine Linie unter die letzten drei Worte und schrieb:

Ich erlebte ein großes Abenteuer

Und wieder hielt ich inne. Ich *hatte* ja bereits ein ausführliches Buch über mein Abenteuer geschrieben – es hieß *Der Hobbnix* und würde schon bald als Vorlage zu einem großen (ganz großen) Film dienen. War dieses Abenteuer meine ganze Autobiografie? Ja, noch entscheidender: War meine ganze Autobiografie dieses Abenteuer? Ein einleitendes Kapitel irgendwelcher lose verbundener Sätze, dann eine umfangreiche Zusammenfassung von *Der Hobbnix,* dann ein abschließendes Kapitel irgendwelcher lose verbundener Sätze – das schien mir keine brauchbare Vorgehensweise. Ich hatte keinerlei Ambitionen, mein vorhergehendes Buch jetzt schon umzuschreiben. Also ergänzte ich:

Ich erlebte ein großes Abenteuer – siehe auch: »Der Hobbnix«

Dann zog ich eine Linie unter das, was ich geschrieben hatte. Jetzt endlich sollte es losgehen. Jetzt galt es, all die interessanten Dinge zu beschreiben, die mir seit der

Rückkehr von meiner großen Reise widerfahren waren. Ich schrieb:

Ruhestand

Und da das ein wenig langweilig aussah, setzte ich ein dickes Ausrufezeichen dahinter:

Ruhestand!

Also schön. Wo sollte ich anfangen?

Bang! Bang! Bang! Wieder die vermaledeite Tür. »Ja, Kruzinesen«, rief ich (wenn ich wütend bin, verfalle ich zuweilen in den Dialekt meiner Urahnen). »Heinrich! Da ist jemand an der Tür. Kannst du bitte aufmachen? Ich arbeite.«

»Huhuhu« und »Ihihi« kam es aus dem Wohnzimmer. Und dann: »Ist das dein Ernst? Es könnte der Exorkist sein.«

»Verdammich!*«, knurrte ich, stand auf und stapfte wütend den Flur hinunter.

Vor der Tür stand ein Zwerg. »Guten Morgen«, sagte er. »Entschuldigen Sie bitte die Störung.«

»Sind Sie ein Exorkist?«, fragte ich.

»Ich«, erwiderte der Zwerg mit würdevoller Stimme, »bin ein Zwerg.«

»Also kein Exorkist?«

»Bei meinem Bart – nein! Aber ich hege keine Vorurteile gegenüber Exorkisten. Tatsächlich hege ich so wenig Vorurteile ihnen gegenüber, dass ich gerade zum ersten Mal von diesem Volk höre.«

»Na schön, wer sind Sie dann?«

»Mein Name ist Azgnzha Khzazzdzaz. Ich suche nach Azhgnha Khzazzdz.«

---

* Dies ist natürlich kein Fluch der Urväter, sondern eine charmante Anspielung auf eine weitere lustige Parodie aus unserem Hause. Sie wissen ja: Am Ende des Buches und so weiter.

»Wer bitte?«

»Azgnzha Khzazzdzaz.«

»Und Sie suchen nach wem?«

»Ich suche nach Azhgnha Khzazzdz.«

»Und Sie sind?«

»Azgnzha Khzazzdzaz.«

»Aber das ist doch der, nach dem Sie suchen. Suchen Sie etwa nach sich selbst?«

»Nein. Ich bin Azgnzha Khzazzdzaz. Und ich suche nach Azhgnha Khzazzdz. Das ist ein völlig anderer Name.«

»Gut, gut. Und was habe ich damit zu tun?«

»Lassen Sie es mich erklären. Ich arbeite für die *Zwouge*. Azhgnha Khzazzdz ist unser Starreporter. Obwohl wir den Ausdruck ›Starreporter‹ eigentlich nicht mögen. Er klingt nach elbischem Hochmut. Wir bevorzugen ›Größter unter den Kleinen‹.«

»Ja, ich erinnere mich an ihn. Er hat mich zu dem Film interviewt, der nach meinem Buch gedreht wird.«

»Richtig. Und? Haben Sie ihn?«

»*Habe* ich ihn? Tut mir leid, aber ich verstehe nicht. Wie kann ich ihn *haben*?«

»Ich meine, ist er immer noch bei Ihnen? Interviewt er Sie noch?«

»Er war vor zwei Tagen hier«, sagte ich. »Wie kann er mich da noch interviewen?«

»Hm. Das dachten wir uns«, erwiderte Azgnzha Khzazzdzaz und ließ die Schultern hängen. »In der Redaktion, meine ich. Ich sagte: ›Vielleicht läuft das Interview ja richtig gut. Vielleicht kommen die beiden wunderbar miteinander klar.‹ Aber alle anderen sagten: ›Nein. Interviews dauern nie so lange.‹«

»Er war gerade mal eine Viertelstunde hier. Ist er danach etwa nicht in die Redaktion zurückgekehrt?«

Azgnzha Khzazzdzaz seufzte. »Nein, wir haben ihn seither nicht mehr gesehen. Er ist verschwunden.«

»Das tut mir leid. Aber ich fürchte, ich weiß auch nicht, wo er ist. Als er ging, schien er …« Ich erinnerte mich daran, wie der Zwerg panisch durch das Fenster gesprungen und mit einem Tempo, das die Möglichkeiten eines Zwerges bei Weitem überstiegen hatte, über den Rasen gespurtet war. »… voller Energie.«

»Dann können wir nur hoffen, dass er immer noch voller Energie ist. Oder dass er zumindest noch so viel Energie hat, um die Funktion der lebenswichtigen Organe aufrechtzuerhalten.«

Ich nickte. »Ja. Hm.«

»Es tut mir leid, dass ich Sie gestört habe. Da bleibt mir wohl nichts anderes übrig, als die Zwergenpolizei darüber zu informieren, dass ein Zwerg vermisst wird. Ich wünsche Ihnen noch einen schönen Tag.«

Azgnzha Khzazzdzaz drehte sich um und stapfte davon – und ich entschied, dass es keinen Sinn mehr hatte, an diesem Tag, ob schön oder nicht, weiter an meiner Autobiografie zu arbeiten. Es waren einfach viel zu viele Ablenkungen. Ich sammelte mein Manuskript zusammen, wickelte eine rote Schnur darum, faltete die Blätter, faltete sie noch einmal, scheiterte mit dem Versuch, sie ein drittes Mal zu falten, machte mir klar, dass zweimal falten wirklich ausreichte, und steckte sie in meine Jackentasche.

Achtes Kapitel

Ich treffe einen weiteren bedeutenden Filmregisseur

Ich nahm ein leichtes Mittagessen zu mir (nicht im wörtlichen Sinne, das Mittagessen war nicht so leicht, dass es davonflog – aber lassen wir das) und machte mich dann auf den Weg zur ersten Probe für *Das Lied vom Bier am Feuer,* zu der man mich eingeladen hatte.

Natürlich sollte niemand von meinem Ausflug erfahren. Also hielt ich mir, als ich den Hügel hinunterging, den Mantel so über das Gesicht, dass lediglich die Augen zu erkennen waren, was dazu führte, dass ich denjenigen, die mich mit »Hallo, Bingo« und »Guten Tag, Mr. Beutlgrabscher« begrüßten, nur einen zornigen Blick zuwerfen konnte. Ich setzte mich, weiterhin getarnt, in den Zug Richtung Stadt, und nachdem ich meinen Mitreisenden versichert hatte, dass ich im Gegensatz zu ihrer laut geäußerten Ansicht *nicht* Bingo Beutlgrabscher war, verlief die Reise weitgehend ereignislos. Einmal davon abgesehen, dass mir nach einer Weile vom ständigen Hochhalten des Mantels bis zur Nase der Arm einschlief. Aber was tat man nicht alles für die Kunst! Und für das Geld!

In der Großen Stadt angekommen musste ich erst nach dem Proberaum suchen, in dem das Treffen stattfinden sollte: ein weitläufiges lagerhausähnliches Gebäude, wie mir gesagt worden war. Ich fragte einen Einheimischen nach der Richtung.

»Sie stehen direkt davor, Mr. Beutlgrabscher«, sagte

der Mann und deutete auf das weitläufige lagerhausähnliche Gebäude wenige Meter von uns entfernt.

»Oh, herzlichen Dank«, erwiderte ich. »Übrigens: Ich bin nicht Bingo Beutlgrabscher. Aber grüßen Sie ihn von mir, wenn Sie ihn sehen.«

»Mach ich gerne. Einen schönen Tag noch, Mr. Beutlgrabscher.«

Til wartete schon an der Tür auf mich; er war so aufgeregt, dass er auf und ab hüpfte. »Reinspaziert, Alda«, sagte er. »Dieter freut sich voll fett, dass du da bist, isch schwör.«

Im Inneren des Gebäudes saßen die Schauspieler von *Das Lied vom Bier am Feuer* in einem großen Kreis herum. Sie alle blickten erwartungsvoll – oder besser: leicht erschrocken – drein, wie es Schauspieler zu tun pflegten, die gerade für einen echten, *bezahlten* Job verpflichtet worden waren. Der Regisseur stand etwas am Rand. Er sah aus wie ein Zwerg, war aber ein untersetzter, dickbäuchiger Mensch. Irgendetwas an ihm erschien mir zweifelhaft, zwielichtig, zweideutig, zwiebelig – es war schwer zu beschreiben, aber es war eindeutig ein Wort mit z.

»Guten Tag, Mr. Wischwedel«, sagte ich und schüttelte ihm die Hand. »Wie wundervoll, Sie kennenzulernen. Ich bin sicher, unsere Zusammenarbeit wird, professionell wie persönlich, eine sehr fruchtbare sein.«

»Guten Tag«, erwiderte er und musterte mich mit glasigem Blick. Bestimmt war er in Gedanken schon längst bei den Dreharbeiten, die auf ihn warteten, bei der künstlerischen Herausforderung, der er sich zu stellen hatte.

»Nun«, sagte ich strahlend, steckte die Hände in die Hosentaschen und sah mich um. »Sie sind also der Regisseur.«

»Regisseur, Produzent, Drehbuchautor. Ach ja, und Kostümdesigner. Ja, hm. Oh, ich weiß, wer *Sie* sind, Mr. Beutlgrabscher. Ich habe Ihr Buch gelesen.« Er sprach das Wort »Buch« aus, als hätte es zwei Silben.

»Sie meinen *Der Hobbnix*?«

»Hm-hm. Das Buch, das Wels verfilmen will. Gute Geschichte, aber es fehlen Frauen und … Gespräche. *Das Lied vom Bier am Feuer* wird einiges von *Der Hobbnix* übernehmen. Aber es wird viel mehr Dialog haben.«

»Wirklich?«

»Na, ist doch logisch – dialogisch.« Er lächelte, was so aussah, als würde er die Zähne fletschen, bevor er sie in seine Beute schlug. »Die Serie wird hunderte von Stunden dauern, und wir haben nur ein beschränktes Budget. Was bleibt da anderes übrig als endlose Konversation?«

»Hm. Da haben Sie wohl recht.«

Wischwedel wandte sich den versammelten Schauspielerinnen und Schauspielern zu. »Hört mal her. Ich habe eine gute und eine schlechte Nachricht. Die gute Nachricht ist, dass mit der großzügigen Unterstützung von Mr. Beutlgrabscher die Finanzierung der Serie endgültig sichergestellt ist.«

Es gab höflichen Beifall.

»Die schlechte Nachricht ist«, fuhr Wischwedel fort, »dass, nachdem wir die Lederwamse und Kettenhemden für die Männerrollen gekauft haben, kein Geld mehr für die Kostüme der Frauen übrig ist.«

Ein Raunen ging durch die Menge.

Silbe Kikeriki, die die wichtige Rolle der »Dritten Hure von links« spielte, sagte: »Heißt das etwa, wir sollen in unseren *eigenen* Klamotten spielen?«

Wischwedel warf ihr einen Blick zu, so eisig wie ein

Gebirgsbach im Winter (aber es wurde ja nie Winter – haha). »Natürlich nicht«, schnappte er. »Das wäre ja nicht *historisch*, oder?«

»Ja«, nickte Silbe. »Historische Akkuratesse, das Vermeiden von Anachronismen – darauf legen die Zuschauer heutzutage großen Wert. Aber wie soll ich dann meine Rolle spielen?«

»Mit nichts.«

»Hm? Ich soll sie mit nichts spielen?«

»Ich meine, mit nichts an.«

Silbe dachte kurz nach, dann sagte sie: »Ich verstehe. Es ist anzunehmen, dass die ›Dritte Hure‹ häufig nichts anhatte – historisch gesehen. Ich muss mich also ganz in ihre Nacktheit versenken. Ihre Nacktheit *werden*.«

»Ja, genau«, murmelte Wischwedel.

»Aber«, meldete sich Michelle Mabelle zu Wort, die für die Rolle von Lady Kätzeleyn Quark verpflichtet worden war, »*ich* brauche doch ein Kostüm. Immerhin spiele ich eine hochwohlgeborene Dame.«

Wischwedel schüttelte den Kopf. »Alle nackt. Das ist der letzte Trend im Historiendrama. Habt ihr nicht *Die Borgias* gesehen?«

»Aha«, sagte Michelle.

»Aber«, rief Lena Headbutt, die Königin Cerevix spielen sollte, »wie soll *ich* ohne Kostüm auskommen? Ich bin doch die Königin. Sie trägt feine Seidenkleider.«

»Ja, du bist die Königin«, erwiderte Wischwedel. »Aber du hast in die Familie eingeheiratet. Früher gehörtest du zum Clan der Ausgezogenen – und die heißen nun mal nicht ohne Grund so. Noch Fragen?«

Lena sah etwas verwirrt drein. »Hm. Aber der Slogan der Serie ist doch ›Der Winter naht‹?«

»Ja.«

»Brauchen wir nicht, wenn der Winter dann tatsächlich kommt, *etwas zum Anziehen*?«

»Das ist doch erst in der siebten Staffel – frühestens. Und wenn es soweit ist, haben wir vielleicht einen Hut für dich.«

»Einen *Hut*?«

»Ja. Der Körper verliert neunzig Prozent seiner Wärme über den Kopf. Das ist wissenschaftlich erwiesen.«

Das war der Punkt, an dem Mark Fatty, der gut aussehende, fassförmige Zwerg, der König Bartresen spielte, dröhnend das Wort ergriff. »Also gut. Wenn das so ist, sollten wir *alle* nackt sein. Um unsere, äh, Solidarität mit den Frauen zu zeigen. Ich bin sicher, Shaun« – er meinte Shaun »Mister« Bean, der die Rolle von Lord Quark hatte – »stimmt mir da zu.«

»Jo«, rief Shaun.

Wischwedel sah Mark für einige Sekunden schweigend an, dann sagte er: »Du hältst deinen Lümmel schön unter Verschluss, Kumpel.«

Nun stand die Probe der ersten Szenen auf dem Programm, und ich nutzte die Gelegenheit und ging nach draußen, um mir eine Pfeife anzuzünden. Während ich so dastand und rauchte und die Spaziergänger beobachtete, kam Til ebenfalls heraus. Sein Gesicht sah aus, als würde sich dort gleich ein Gewitter entladen; das heißt, es sah aus wie immer, außer dass er ein leises grummelndes Geräusch von sich gab (was womöglich gar nicht von seinem Gesicht kam). »Das is jetzt voll gemein«, greinte er. »Ein Af-front. Isch bin Til Schweigerbräu, die Serie heißt *Das Lied vom Bier am Feuer* – und Dieter gibt mir nur so krass kleine Rolle, isch schwör.«

»Welche denn?«, fragte ich.

»Thymian der Gnom. Isch bin in meiner Familie der

größte – und er gibt mir die Rolle von dem Gnom-Assi.«

»Aber du *bist* doch ziemlich klein.«

»Weissu, das is jetzt krass das Type-Casting. Is klar, die kleinste Rolle spielt der Zwerg, hey oder? Des sin so voll unreflektierte Stereotypen, Alda. Soll das irgendwie lustig sein oder was?«

»Hm, soweit ich die Geschichte kenne, ist Thymian nicht nur die beliebteste Figur der Serie, er ist auch der einzige, der *nicht* völlig unerwartet getötet wird. Du solltest dich also wirklich nicht beschweren.«

»Mach ich ja net, oder? Isch beschwer mich *net,* weil ich so Sitzriese spiel, Alda.« Er gestikulierte zornig. »Isch beschwer mich, weil isch mit so zehn Prozent drin bin bei der Produktion – und dann so abgespeist werd.«

Das war mir neu. »Zehn Prozent? Ich dachte, wir wären beide mit fünfzig Prozent beteiligt.«

»Planänderungsalarm, Alda.« Er kratzte sich am Bart. »Du hast mehr Geld als isch, Mann. Dann is konkret korrekt, wenn du mehr rauskriegst als isch. Da hast du dann neunzig Prozent vom Gewinn. Is doch fett cool, oder?«

»Hm, vermutlich«, sagte ich vorsichtig.

»Aber der Gewinn is null, wenn isch net die Hauptrolle krieg. Es geht um Bier. Also geht's um misch.« Er redete sich wieder in Rage. »Isch werd mich bei mein Agent beschweren. Nein, korrekter: Isch werd mich gleich bei Dieter beschweren.« Er drehte sich um und stapfte wieder in das Gebäude.

Ich folgte Til hinein und sah, dass sich alle weiblichen Darsteller der Serie inzwischen bis auf die Haut ausgezogen hatten – wie am Tag ihrer Geburt. Glaube ich jedenfalls. Ich meine, ich habe keine von ihnen gesehen, als sie geboren wurde, also kann ich es nicht mit hundertprozentiger Sicherheit sagen. Aber sie waren alle ziemlich nackt, soviel stand fest. Sie hatten die ihnen vorgegebenen Positionen eingenommen und hielten das Drehbuch in der Hand, aber die Probe war offenbar gerade unterbrochen worden, weil Wischwedel mit Mark Fatty diskutierte, dessen Königskostüm achtlos auf dem Boden lag.

»Nein, Mark«, sagte der Regisseur. »Du ziehst sofort wieder deine Hose an. *Sofort!*«

»Solidarität!«, rief Fatty. »Solidarität mit unseren Schauspielergenossinnen!« Es schien allerdings, als wäre er weniger um seine Schauspielergenossinnen besorgt als darüber, dass sich jemand zwischen ihn und den großen Spiegel stellen könnte, der an der Wand hing.

»Willst du etwa unsere Quote ruinieren?«, zischte Wischwedel. »Du behältst deine Sachen an! Ist das klar?«

»Warum sollten wir uns für unsere göttliche Nacktheit schämen?«, deklamierte Mark und tanzte (ein wenig schwerfällig, um ehrlich zu sein) durch den Proberaum.

»Omeingottwashabichnurverbrochen«, murmelte Wischwedel. »Warum muss ich immer mit solchen Amateuren arbeiten?« Er zog einen roten Stift aus der Tasche, und ich sah, wie er in Großbuchstaben DER KÖNIG WIRD IN FOLGE 2 VON SCHWEINEN GEFRESSEN auf seine Kopie des Drehbuchs schrieb.

»Äh, Dieter«, meldete sich Til in diesem Moment. »Weissu, isch hab da mal so nachgedacht. Isch weiß wirklich net, ob Thymian so die korrekte Rolle für mich is …«

»ICH KÜNDIGE!«, rief Wischwedel, schleuderte das Drehbuch gegen die Wand und stapfte zur Tür. Sofort liefen ihm die Schauspieler nach, scharten sich um ihn – alle bis auf Mark, der vor dem Spiegel auf und ab stolzierte und seine Arme wie eine römische Statue über den Kopf hielt – und redeten auf ihn ein.

»Bitte lass uns nicht allein, Dirk!«

»Das war doch nicht so gemeint!«

»Du bist der allergrößte Regisseur von allen!«

Und so weiter.

Wie auch immer, es war genau der richtige Zeitpunkt, mich auf den Heimweg zu machen. Ich trottete zurück zum Bahnhof und wartete auf den nächsten Zug. Die Sonne versank gerade hinter den Dächern. Die Schatten wurden länger, wurden zu Schaaaatten, und die braven Stadtbewohner zogen sich in ihre Häuser zurück – wobei sie zuvor noch in der nächstgelegenen Pilskneipe haltmachten, um sich einen hinter die Binde zu gießen. Ich merkte, dass ich in ziemlich guter Stimmung war. Es gab keinen Grund anzunehmen, dass der *Hobbnix*-Film kein finanzieller Erfolg werden würde; und mein Gefühl sagte mir, dass auch *Das Lied vom Bier am Feuer* – trotz der verstörenden Ereignisse, deren Zeuge ich gerade geworden war – Geld abwerfen würde. Zählte ich diese beiden Einnahmequellen zu den Erlösen meiner bisherigen Bücher und natürlich meiner in Bälde erscheinenden Autobiografie – ein *sicherer* Bestseller – dazu, dann gehörten meine Geldsorgen bald der Vergangenheit an.

Ja, Geld. Vielleicht sollte ich diesen Moment in der Geschichte – der Moment, in dem ich in den Zug steige und zurück nach Hoppler-Ahoi! fahre – nutzen, um meine finanzielle Situation etwas näher zu erläutern. Warum auch nicht? Dieser Moment ist dafür so geeignet wie jeder andere. Denn es gab keine besonderen Vorkommnisse auf der Zugfahrt. Eine Stunde und fünfundfünfzig Minuten lang durchgerüttelt werden, durch das Fenster auf die vorbeiziehende Landschaft starren und die gasförmigen Kommentare meiner Mitreisenden ignorieren – mehr war nicht zu tun.

Ich weiß natürlich, dass man eigentlich nicht über Geld spricht. Und wenn, dann nur in der Schweiz. Aber das ist jetzt egal. Da ich mich bereits als spukosexuell geoutet habe, macht es auch keinen Unterschied mehr, wenn ich kurz die Aufmerksamkeit auf Kohle, Knete, Penunzen, Diridari, auf Euro, Schilling und Drachme lenke.* Alle Leute *denken* nämlich, ich hätte genug davon. »Du bist doch mit kistenweise Gold zurückgekommen«, sagen sie. Und sie haben recht: Ich bin mit zwei Kisten voll Gold zurückgekommen. Ich wäre gerne mit drei Kisten zurückgekommen, aber als ich (das heißt, der von mir angeheuerte Troll) die dritte Kiste auf den Esel hievte, machte etwas *Knacks* in seiner Wirbelsäule und er fiel um und stand nicht mehr auf. Also musste ich mich mit zwei Kisten – und einem neuen Esel – begnügen. Ich wünschte wirklich, ich hätte mehr mitgebracht. Zwei Kisten Gold reichen nicht so lange, wie Sie vielleicht denken – oder wie ich es mir erhofft hatte.

Tatsächlich war ich praktisch pleite. Der Erfolg der *Fünfzig geheimen Stellungen* war zwar ermutigend, aber ich hatte noch keinen Gulden Tantiemen dafür erhalten. Selbstverständlich hatte ich mich beim Verlag danach erkundigt, und man hatte mir versichert, dass die Buchhaltung nur noch einige wenige versicherungstechnische Probleme klären musste, dann würde man mir unverzüglich mein Geld auszahlen, doch ohne diesen Betrag – also nur mit den unregelmäßigen (ein Verlagsausdruck für »katastrophalen«) Verkäufen meiner anderen Bücher – war mein Einkommen nicht besonders hoch. Alles, was

---

* Letztere war für einige Zeit die beliebteste Währung überhaupt in Obermittelerde, aber als das Drachenland Konkurs anmeldete und von der EU (der Elbischen Union) gerettet werden musste, geriet sie etwas in Verruf.

ich noch besaß, hatte ich in das Palantefau-Projekt investiert. War es nicht so, dass man Geld investieren musste, um Geld zu verdienen? Andererseits musste man erst Geld verdienen, bevor man es investieren konnte … Um ehrlich zu sein, ich habe die Finanzwelt nie richtig verstanden.

Jedenfalls, so schlecht lief es nicht für mich. Ich hatte genug zu essen, besaß einige schicke Cordwesten und lebte immer noch in meiner trauten Hobbnixhöhle. Die gehörte zwar mehrheitlich meinen Tanten, aber es gab, was das anbelangte, bisher keinen Grund, mir Sorgen zu machen. Und auch wenn Heinrich kein Geld in unsere Beziehung mitbrachte – er bevorzugte es, *mir* zu erlauben, seine überraschend teuren Bedürfnisse zu befriedigen –, so gab er mir doch etwas, was viel mehr wert war als Geld: seine Liebe und Freundschaft.

Ich war nie ein Pessimist. Ich war der Überzeugung, dass mit Liebe und Freundschaft in meinem Leben letztlich alles gut für mich laufen würde.

Nun, da irrte ich mich gewaltig. Letztlich sollte es nämlich alles andere als gut für mich laufen. Doch als ich in dem hin und her schaukelnden Zug saß und durch das Fenster auf die verregnete Landschaft blickte, wusste ich noch nicht, was alles auf mich zukommen sollte. Ignoranz ist ein Segen – ehrlich! Fast so großartig wie Sex, hundertjähriger Brandy und eine elbische Fußmassage.

Neuntes Kapitel

Traurige Nachrichten, einen Zwerg betreffend

Es war Abend, als der Zug endlich in Hoppler-Ahoi! eintraf. Ich stieg aus dem Waggon und schleppte meine müden Glieder den Hügel hinauf zu meiner Höhle. Bereits von Weitem konnte ich erkennen, dass dort etwas vor sich ging. Ein Polizeikarren stand vor meinem Garten; das Pferd hatte den Kopf über den Zaun gehängt und ließ sich die Blätter meiner Pflanzen schmecken. Das ärgerte mich schon ziemlich, doch als ich an meiner Höhle ankam, sah ich, dass dies nur der geringste Teil des Ärgers war.

Meine ganze Eingangstür war mit gelbem Absperrband verklebt, auf dem »POLIZEI! UNTERSUCHUNG! BETRETEN VERBOTEN! HIER GIBT ES NICHTS ZU SEHEN! GEHEN SIE WEITER! LOS, LOS!« stand. Und als ich mich im Garten umsah, entdeckte ich noch mehr Absperrband (»WAS HABEN SIE HIER ZU SUCHEN? DAS IST EINE POLIZEIANGELEGENHEIT! HIER IST NICHTS! KEINE EKLIGEN LEICHEN ODER SO ETWAS! MACHEN SIE, DASS SIE WEITERKOMMEN!«), drapiert über die Hecke auf der Westseite meines Grundstücks. Auf den Stufen zu meiner Eingangstür saß Inspektor Barnabas und machte ein betrübtes Gesicht. Neben ihm saß ein Mann mit einem langen Bart, einem spitzen, bronzefarbenen Helm auf dem Kopf und einem Kupferharnisch auf der Brust. Ich öffnete das Gartentor, und während ich mich den beiden näherte, erkannte ich, dass der Mann neben Barnabas nicht saß, sondern stand.

»Bingo«, sagte Barnabas mit düsterer Stimme. »Das ist Zwergeninspektor Ahzgnza Khazazdzaz vom Möhria Metropolitan Police Department.* Er wurde uns zugeteilt, um uns bei unseren Ermittlungen zu unterstützen.«

»Um die Ermittlungen zu *leiten*«, knurrte der Zwerg.

»Äh, ja. Wie Inspektor Khazazdzaz richtig bemerkt, haben ihm meine Vorgesetzten die *Aufsicht* über die Ermittlungen übertragen. Und mich gebeten, ihn dabei zu unterstützen.«

»Welche Ermittlungen?«, fragte ich. Allmählich wurde mir klar, dass hier *wirklich* etwas vor sich ging. »Untersuchen Sie immer noch den Mord an dem armen alten Samuel Grünspan?«

»Wir haben es mit einer neuen Situation zu tun, Mr. Bingo«, sagte Inspektor Khazazdzaz. Er streckte den Rücken durch (was ihn jedoch auch nicht größer machte) und schlug die Hacken aneinander. »Ein Zwerg ist tot.«

»Nein!!«, rief ich mit doppeltem Ausrufezeichen.

»Ich fürchte, ja«, sagte Barnabas, während er angestrengt auf den Rasen starrte. »In den diplomatischen Beziehungen zwischen dem Aualand und der Zwergenrepublik von Khazadztan** gibt es gerade einige, äh, Irritationen.« Er hob den Kopf und wandte sich dem Zwerg zu, offensichtlich bemüht, seinen Kollegen zu beschwichtigen. »Würden Sie das für den angemessenen Ausdruck halten, Inspektor? Irritationen?«

»Sie meinen«, sagte der Zwerg, »die Art von Irritation, die bisweilen den Bart befällt und einen Hautausschlag

---

* MMPD

** ZRK

verursacht? Da kenne ich ein altes Hausrezept von meiner Großmutter: Kohleseife.* Die wirkt Wunder.«

Barnabas sah den Zwerg an. Dann sah er mich an. Dann sah er wieder den Zwerg an. »Nein, nicht diese Art Irritation«, begann er, brach ab und sah wieder mich an. »Meine Vorgesetzten legen großen Wert darauf, dass den ermittelnden Beamten der ZRK jede nur erdenkliche Unterstützung zuteil wird und dass alles vermieden wird, was das fragile Gleichgewicht zwischen den beiden Ländern gefährdet. Das verstehen Sie sicher.«

»Nein, ich verstehe gar nichts«, sagte ich leicht verzweifelt. »Wollen Sie etwa sagen, dass ein Zwerg gestorben ist? *Hier?* In meiner Höhle?«

»In Ihrem Garten, um genau zu sein«, sagte der Zwergeninspektor und hob den Arm. »Bei dieser Hecke dort. Hinter dem Absperrband.«

Mein Herz schlug schneller. »Sie meinen doch nicht den Zwerg, der mich interviewt hat? Den Journalisten von der *Zwogue*?«

Inspektor Khazazdzaz nickte. »Azhgnha Khzazzdz. Ganz genau.«

»Wie ist er gestorben?«, fragte ich.

»Es scheint«, sagte Barnabas mit nicht mehr ganz so düsterer Stimme, »dass er eines natürlichen Todes gestorben ist. So bedauerlich das ist, diese Tatsache könnte doch dazu beitragen, die Regierung unseres geschätzten Nachbarlandes etwas zu besänftigen, die Mr. Khzazzdzs Ableben im Zusammenhang mit, äh, gewissen Vorurteilen gegenüber Zwergen im Aualand sieht.«

Ich kratzte mich am Kopf. »Natürlicher Tod?«

»Als wir ihn gefunden haben«, sagte der Zwergen-

---

* KS

inspektor, »hatte er über ein Kilo Blätter in seinem Hals stecken. So viele, dass sie sogar einen Teil der Lunge füllten.«

»Blätter?«, schluckte ich. »Von *meiner* Hecke?«

»Ganz richtig.« Der Zwergeninspektor warf Barnabas einen zornigen Blick zu. »Mir sieht das nicht nach einer *natürlichen* Ursache aus.«

»Aber Blätter sind doch sehr natürlich«, erwiderte der Hobbnixinspektor. »Ein Teil der Natur. Was gibt es natürlicheres als Blätter?«

Der Zwerg wandte sich wieder mir zu. »Mr. Beutlgrabscher, in diesem Moment durchsuchen meine Beamten Ihre Höhle nach Hinweisen.«

»Dann sollte ich Sie warnen«, sagte ich. »Ich teile meine Höhle mit einem Geist.«

Bei dieser Neuigkeit wanderten die Augenbrauen des Zwergeninspektors nach oben, so hoch, dass sie gegen den Rand seines Kupferhelms stießen. »Tatsächlich?«

»Aber das ist nichts, wovor man Angst haben müsste. Nun, eigentlich ist es genau das, wovor man Angst haben müsste, aber nicht *wirklich*. Er stellt keine Gefahr dar. Ganz im Gegenteil, er liebt es, unter Leuten zu sein. Um ganz ehrlich zu sein, Inspektor, Heinrich flirtet gerne. Er könnte Ihre Männer, wenn Sie den Ausdruck verzeihen, bedrängen. Ihre Zwerge, meine ich.«

Barnabas verdrehte die Augen, aber der Zwergeninspektor sagte nur: »Wir haben keine spukähnlichen Aktivitäten auf Ihrem Grundstück bemerkt.«

»Oh. Nun, vielleicht macht er gerade ein Nickerchen.« Im selben Moment, als ich das sagte, ertönte ein lautes Krachen, gefolgt von einem dreifachen *Dong-dong-dong*, gefolgt von einem *Bang*. Aber das war nicht Heinrich –

seine Poltergeisterei erkannte ich im Schlaf. Das waren die Zwerge, die meine Sachen durchwühlten.

»Das geht schon die ganze Zeit so«, murmelte Barnabas.

»Meine Beamten sind eben sehr gründlich«, sagte der Zwergeninspektor. »Natürlich kann es zu einer gewissen, äh, Repositionierung Ihres beweglichen Besitzes kommen. Wir bedauern die Unannehmlichkeiten.«

Wo war nur Heinrich? Mein Geist war sehr häuslich, ja, er hasste es geradezu, »auszugehen«. Sein Nicht-Erscheinen angesichts der Zwergenermittler versetzte mich mehr in Unruhe, als sein Erscheinen sie in Unruhe versetzt hätte. »War womöglich ein Exorkist in meiner Höhle?«, fragte ich, wobei mein Herz vor Angst Purzelbäume schlug.

»Nicht dass ich wüsste«, erwiderte Barnabas. »Warum fragen Sie?«

Ich stürzte durch die Tür. »Heinrich!«, rief ich und lief den Flur hinunter. »Heinrich!«

In der Wohnzimmertür stand ein Zwergenbeamter. »Freut mich, Sie kennenzulernen, Sir«, sagte er mit höflicher, aber fester Stimme. »Ich fürchte, ich kann Sie nicht in diesen Raum lassen, ehe er nicht auf Untersuchungen gespurt ist.«

Hinter mir hörte ich, wie sein Vorgesetzter rief: »Auf Spuren untersucht, du Idiot«, aber der Zwerg in der Tür erweckte nicht den Eindruck, als hätte er zugehört.

Unterdessen warf ich verzweifelte Blicke über die Schulter des Beamten (um genau zu sein: über seinen Kopf) in das Wohnzimmer. Vielleicht saß Heinrich ja einfach nur in seinem Lieblingssessel. Doch er war nirgendwo zu sehen. Ich eilte in die Küche und dann in die hinteren Räume.

Schließlich fand ich ihn – er kauerte in der Speisekammer schmollend hinter einem Weinfass. Oder einem Bierfass. Oder … egal. »Was machst du da?«, fuhr ich ihn an. Meine Erleichterung, ihn unexorkiziert zu finden, schlug schlagartig in Gereiztheit um und folgte damit dem universellen Gesetz lang andauernder Beziehungen.

»Lass mich in Ruhe«, gab Heinrich mit nölender Stimme zurück. »Ich habe den Polizisten draußen zugehört. Sie haben wie wild geklopft. Zwei Tote auf unserem Grundstück in weniger als einer Woche, Bingo. Das ist schrecklich.«

»Aber du musst dich ja nicht gleich verstecken.«

»Sie hatten einen Durchsuchungsbefehl. Und Tante Lobehold hat ihnen mit ihrem Zweitschlüssel die Tür geöffnet. Ich hatte … Angst.«

»Es ist deine Aufgabe, andere in Angst zu versetzen, nicht selbst Angst zu haben«, versuchte ich ihn so weit es ging zu trösten. Es war natürlich nicht ganz einfach, jemanden in den Arm zu nehmen, der keinen Körper mehr hatte. »Du flirtest doch sonst immer gerne mit meinen Besuchern.«

»Ich habe mit diesem Journalisten geflirtet«, sagte er kleinlaut. »Und jetzt ist er tot. Ich wollte ihm nur einen angenehmen Nervenkitzel verabreichen – und das hat ihn getötet!«

»Du hast ihn nicht getötet«, sagte ich. »Er ist in der Hecke gestorben, nachdem er die Höhle verlassen hat.«

»Und wie ist er gestorben?«

»Irgendjemand hat ihn umgebracht. Eine lebende Person, meine ich. Hat ihm einen Haufen Blätter in den Mund gestopft, sodass er zu atmen aufhörte.«

»Oh. Andererseits: Ich atme ja auch nicht mehr.«

»Das stimmt.«

»So schlimm ist das gar nicht.«

»Heinrich«, sagte ich etwas zögerlich. »Ich habe dich das bisher noch nie gefragt, aber …«

»Aber?«

Da saßen wir nun zwischen den Fässern und Einmachgläsern, den staubigen Flaschen und dem flaschigen Staub (eine Delikatesse, wenn man ihn mit Kaviar serviert), und ich spürte eine gewisse Verlegenheit angesichts der Frage, die ich meinem Geist stellen wollte. Ist es nicht merkwürdig, dass eine Beziehung die intimsten Intimitäten beinhalten konnte und doch so vieles an einem Partner ein Geheimnis blieb?

»Könntest du mit ihm sprechen?«, fragte ich.

»Mit wem sprechen?«

»Mit dem ermordeten Zwerg?«

Heinrich schrumpfte in meinen Armen und wuchs dann wieder zur vollen Größe, sein Ektoplasma sichtlich dünnhäutig. Und dann schwebte er an die Decke der Speisekammer und gab ein eisiges »Uh-uh-uh« von sich.

»Lass das«, sagte ich. »Das ist jetzt nicht der richtige Moment …«

»Wie lange sind wir zusammen?«, rief er. Sein Tonfall sagte mir, dass er wütend war.

»Zwei Jahre.«

»Wie kannst du da nur so ignorant gegenüber der Welt der Begeisterten sein? Hörst du mir nie richtig zu?«

»Doch. Ich höre dir zu. Aber ich kann mich nicht erinnern, das wir irgendwann einmal darüber gesprochen hätten, mit einem ermordeten Zwergenjournalisten Kontakt aufzunehmen.«

Heinrich ließ sich auf ein großes Einmachglas nieder und gab ihm einen flüchtigen Stoß, sodass die darin befindlichen Gurken leicht erzitterten. Er hatte sichtlich den Spaß am Spuken verloren. »Aber so funktioniert das nicht«, greinte er und fügte mit sarkastischem Unterton hinzu: »Am Golf von Gurgel ist ein Kind zur Welt gekommen – kannst du mit ihm *Kontakt aufnehmen*?«

»Jetzt hör aber auf. Ich habe keine Ahnung, was es heißt, tot zu sein, da ich noch nie tot war. Aber du weißt, was es heißt, lebendig zu sein. Du weißt, wie … bruchstückhaft unsere Sicht der Dinge ist.«

»Hm«, machte er.

»Ich dachte, das würde uns vielleicht weiterhelfen. Wenn uns das Opfer einfach erzählt, wer der Mörder war. Dann würden die Polizisten abziehen und wir hätten unsere Höhle wieder für uns.«

Heinrich sprang vom Gurkenglas. »Meinst du nicht, dass sich dann, wenn es so einfach wäre, jedes Polizeirevier einen Geist halten würde? Vorausgesetzt, sie würden endlich ihre Vorurteile uns gegenüber überwinden.«

Ich legte den Kopf zur Seite. »Komm her, Heinrich, und materialisiere dich für einen Moment, damit ich dich in den Arm nehmen kann.« Es war nicht ganz einfach, in der engen Speisekammer die Arme zu heben; ich warf eine Kiste Biscuits und einen Stapel besonders knuspriger Triscuits um. Aber schließlich kam Heinrich zu mir – wobei er eine Vier-Liter-Flasche Gondorade zerbrach – und wir fielen uns in die Arme.

»Tut mir leid«, flüsterte er mit wunderbar gruseliger Stimme in mein Ohr.

»Aber das macht doch nichts«, sagte ich. Von draußen hörte ich erneutes Krachen und Rumpeln. »Ich sehe lieber mal nach dem Rechten, bevor die Polizei noch unser ganzes Inventar zertrümmert.«

Jetzt endlich ließ mich Zwergeninspektor Khazazdzaz in mein Wohnzimmer. »Ich entschuldige mich für die etwaigen Beschädigungen«, sagte er. Einer seiner Männer fegte gerade einen mittelhohen Haufen Glas- und Porzellanscherben zur Seite. Der Inspektor stieg darüber und malte mit einem Stück Kohle ein Runenzeichen an die Wand, das ich nicht kannte.

»Was heißt das?«, fragte ich.

»MMPD-Identifikationsrune.«

Sein Untergebener fegte den Scherbenhaufen an die Wand, genau unter das Runenzeichen.

Khazazdzaz räusperte sich und sagte: »Mit diesen Fragmenten habe ich meine Runen abgestützt.«

Eine kurze Pause trat ein.

»Hä?«, sagte ich.

»Und Sie können dafür eine Entschädigung verlangen«, erklärte er, als wäre ich irgendein Idiotix. »Reichen Sie Ihren Antrag zusammen mit dieser Rune bei der Behörde für Nicht-Zwergen-Angelegenheiten, Abteilung für Wiedergutmachung, ein, noch bevor sieben Monde aufgegangen und am Himmel versunken sind.«

»Und wo genau ist diese Behörde?«

»In Khazadztan natürlich. Also schön, Mr. Beutlgrabscher.« Der Zwergeninspektor warf Barnabas einen Blick zu. »Wenn es Ihnen nichts ausmacht, möchte ich Ihnen nun einige Fragen zu diesem schrecklichen Vorfall stellen.«

»Natürlich. Darf ich mich setzen?«

»Das würde ich sehr begrüßen«, sagte er, also nahm ich in einem Sessel Platz, sodass wir uns auf Augenhöhe unterhalten konnten. »Mr. Beutlgrabscher, Azhgnha Khzazzdz, ein unbescholtener Bürger der Zwergenrepublik, hat Sie besucht. Um Sie für ein Magazin zu interviewen.«

»Ja.«

»Und das Interview lief gut?«

Ich dachte darüber nach. »Nun …«, sagte ich. »Es lief.«

Der Inspektor sah mich mit strengem Blick an.

»Äh, was ich damit sagen will, ist, er lief, nein, es lief …« Wie ich so darüber nachdachte, fand ich es doch recht schwer, zu beschreiben, wie das Interview mit dem Verstorbenen genau verlaufen war. »Bis er …«

»Sie sind doch nicht etwa nervös, Mr. Beutlgrabscher? Sagen Sie uns einfach, was geschehen ist.«

»Bis er plötzlich seine Schreibtafel fallengelassen hat. Wissen Sie, er hat meine Antworten auf eine Schreibtafel notiert.«

»Natürlich.«

»Nun, plötzlich hat er sie fallengelassen, ist durch das Fenster gesprungen und über den Rasen gerannt. Da habe ich ihn zum letzten Mal gesehen.«

»Aha. Dann hat er also die Schreibtafel hiergelassen.« Der Zwergeninspektor lehnte sich nach vorne und sah mir mit seinen funkelnden Augen direkt ins Gesicht. »Nicht wahr? Nun, wo ist sie? Wir haben Ihre ganze Höhle durchkämmt, haben sie auf den Kopf gestellt, haben das Innerste nach außen gekehrt – aber keine Schreibtafel gefunden. Wo haben Sie sie versteckt? *Warum* haben Sie sie versteckt? Hm? Hm? *Hm?*« Mit jedem »Hm« schob er seinen riesigen Zinken näher an meine wohlportionierte Nase – was überraschend einschüchternd war.

»Sie liegt dort drüben auf dem Kaminsims«, sagte ich und deutete darauf.

Der Zwergeninspektor drehte sich um. »Ganz genau.« Er räusperte sich laut. »Das weiß ich natürlich. Ich, äh, wollte nur testen, ob Sie auch kooperieren.« Er ging zum

Kamin, stellte sich ächzend auf die Zehenspitzen und griff nach der Schreibtafel. »Ja«, sagte er. »Ja. Zweimal ›Ja‹ steht hier. Das erklärt nicht viel.«

»Das hat er geschrieben«, sagte ich.

»Übrigens, warum brennt hier überhaupt ein Feuer in Ihrem Kamin? Es ist doch gar nicht kalt.«

»Das Feuer brennt immer«, erklärte ich. »Es ist ein magisches Feuer. Ein befreundeter Drache, der früher einmal ein Zauberer war, hat es entzündet. Und ich kann es einfach nicht ausmachen.«

»Aha. Ich verstehe. Wir Zwerge wissen *bestens* Bescheid über die Beziehung zwischen Drachen und Zauberern.«

»Aber es ist sehr nützlich im Winter. Ich spare jede Menge Kohle. Und wenn es warm ist wie heute – nun, dann kann ich immer noch das Fenster öffnen.«

Der Zwergeninspektor dachte darüber nach. »Ich hoffe, Ihr Verhalten trägt nicht dazu bei, dass noch mehr Bergarbeiter arbeitslos werden. Die Kosten für Kohle einzusparen ist das eine. Aber die Nachfrage nach Kohle, die ehrliche Zwerge mühsam aus dem Boden geholt haben, künstlich zu vermindern, ist etwas *ganz* anderes.«

»Ja, ganz«, stimmte ich zu.

»Ja. Wo waren wir? Ah, ja. Ich habe noch zwei Fragen an Sie, Mr. Beutlgrabscher. Erstens: Kennen Sie den Mörder von Azhgnha Khzazzdz?«

»Nein.«

»Zweitens: Haben Sie ihn ermordet?«

»Nein.«

»Verstehe. Ich hätte Sie auch fragen können: ›Kennen Sie sich selbst?‹ Denn wenn wir erst einmal gefolgert haben, dass Sie den Mörder nicht kennen, dann müssen wir nur noch folgern, dass Sie sich selbst kennen, um Sie von der Liste der Verdächtigen zu streichen. Das ist reine Logik.«

Ich nickte. »Stimmt. Es sei denn, ich hätte gelogen.«

Offenbar hatte der Zwergeninspektor diese Möglichkeit nicht in Betracht gezogen. Sein Mund klappte auf, und sein langer Bart wackelte hin und her. »Bei den zwei heiligen Steinen der Orchidee!«, rief er. »Sie haben recht. Das reißt ein dickes Loch in mein Logik-Gebäude.« Er rieb sich die Augen. »Nun, *haben* Sie gelogen?«

»Nein.«

»Haben Sie *jetzt in diesem Moment* gelogen?«

»Nein.«

Er lächelte. »Das beruhigt mich.« Doch sein Gesicht verdüsterte sich gleich wieder. »Aber ... warten Sie. Was, wenn Sie *zuvor* gelogen haben?«

»Habe ich nicht.«

»Gut«, sagte er sichtlich erleichtert. »Nun, ich denke, mehr können wir hier vorerst nicht ausrichten. Ich habe jeden Winkel, jeden Aspekt dieses schrecklichen Verbrechens durchleuchtet, ganz egal wie trivial oder abwegig er auch erscheinen mochte. Ich habe in die kleinste Ritze gesehen und den letzten Tropfen an Information herausgepresst. Jetzt gilt es, sich systematisch durch die Fakten zu arbeiten und die einzelnen Puzzleteile zusammenzulegen, bis ...«

In diesem Moment schaltete sich Inspektor Barnabas ein, der eine ganze Weile schweigend in der Tür gestanden hatte. »Letzte Woche hat sich hier ein anderer Mord zugetragen«, sagte er.

Wäre in den Kupferhelm des Zwergeninspektors ein Blitz gefahren, hätte er nicht schockierter dreinblicken können. »Wirklich?«

»Ja«, bestätigte ich. »Draußen im Vorgarten.«

»Auch ein Zwerg?«

»Nein, ein Hobbnix. Mein Gärtner Samuel Grünspan.«

»Das kann doch nicht sein«, gurrte der Zwergeninspektor. »Zwei in einer Woche! Und wie ist dieser Hobbnix gestorben?«

»Er wurde stranguliert.«

»Guter Gott! Welcher Teil seines Körpers wurde stranguliert?«

Barnabas und ich sahen uns an. »Na ja«, sagte ich bedächtig. »Sein Hals?«

»Ich bin mir nicht sicher«, fügte Barnabas hinzu, »ob man jemanden an anderen Körperteilen überhaupt strangulieren kann.«

»Ach ja?«, höhnte der Zwergeninspektor. »Dann lassen Sie mich Ihnen etwas erzählen. Vor einem Monat war ich beim Arzt. Eine Routineuntersuchung. Und wissen Sie, was der miese Kerl getan hat? Er versuchte, meinen Oberarm zu erwürgen. Ja, er hat dieses Assassinen-Klettband um meinen Arm gewickelt und es dann mit diesem Gummiball des Todes aufgepumpt, sodass es immer enger wurde. Das stand Spitz auf Knopf für eine Weile, das kann ich Ihnen sagen.«

»Meinen Sie nicht, dass er nur Ihren Blutdruck messen wollte?«, warf ich ein.

»Was?«

»Was Sie gerade beschrieben haben«, sagte Barnabas. »So messen Ärzte den Blutdruck ihrer Patienten.«

»Wirklich?« Zwergeninspektor Ahzgnza Khazazdzaz überlegte kurz. »Jetzt, wo Sie es sagen, schien er mir überraschend unverblümt, was die Attacke betrifft. Ich meine, er hat sich nicht an mich herangeschlichen oder so. Er hat sich einfach neben mich gesetzt und damit begonnen, meinen Arm zu erwürgen.«

»Ich würde mal behaupten, es war überhaupt kein Angriff«, sagte ich.

»Nicht?« Der Zwergeninspektor nickte langsam. »Hm, vielleicht hätte ich ihm dann besser nicht die Nase an zwei Stellen brechen sollen. Aber wie dem auch sei, das alles bringt uns der Aufklärung dieses Verbrechens hier nicht näher. Azhgnha Khzazzdz – an Blättern erstickt. Was für ein furchtbarer Tod!« Er verließ das Wohnzimmer, und ich stand auf, um ihn nach draußen zu begleiten. »Ich glaube, wir haben hier getan, was wir konnten, Leute«, rief er seinen Zwergen zu. An der Eingangstür drehte er sich zu mir um. »Noch einmal mein Beileid zu Ihrem Verlust.«

»Äh, ja«, erwiderte ich unsicher. »Danke. Obwohl ich ihn eigentlich nicht sehr gut gekannt habe. Also ist es auch kein richtiger Verlust. Tatsächlich ist es wohl eher für Sie ein Verlust als für mich. Immerhin war er ja auch ein Zwerg.«

»Oh. Ich verstehe. Dann mein Beileid zu … *meinem* Verlust? Oder *Ihr* Beileid zu meinem Verlust«, sinnierte der Zwerg. »Ja, das klingt besser. Einigen wir uns darauf.«

»Gut«, sagte ich, froh darüber, dass er endlich ging. »Dann also auf Wiedersehen.«

»Auf Wiedersehen«, sagte der Zwerg.

»Auf Wiedersehen, Bingo«, sagte Barnabas. »Und viel Glück mit Ihrem Film!«

»Film?« Der Zwergeninspektor hob die Augenbrauen. »Was für ein Film?«

»Sein Buch *Der Hobbnix* wird verfilmt«, sagte Barnabas.

»Deshalb hat mich der Journalist von der *Zwogue* ja auch interviewt«, sagte ich.

»Sie haben *Der Hobbnix* geschrieben?«, rief der Zwergeninspektor.

»Äh …«, stammelte ich.

»Ich habe das Buch gelesen. Und jetzt machen sie einen Film daraus?«

»Nun …«

»Dutzende von Zwergen sterben in diesem Machwerk!« Der Zwergeninspektor warf mir einen Blick zu, der Ekel und Entsetzen ausdrückte. »Sie haben diese lange Reise nach Osten mit zwölf Zwergen unternommen – und sie sind fast alle gestorben! Und dann diese große Schlacht am Ende mit noch mehr toten Zwergen. Dieses Buch ist eine einzige Zwergokalypse.«

»Ich … äh …«

Der Zwergeninspektor sah mich an, als stünde das schändlichste und blutrünstige Monster seit der Autobahnmaut vor ihm. »Das wirft ein völlig neues Licht auf diesen Fall«, sagte er mit eisiger Stimme. »Los, alle wieder rein!«

Und so trotteten wir zurück in meine Hobbnixhöhle: erst der Zwergeninspektor, dann ich, dann Barnabas und dann das halbe Dutzend zwergischer Polizeibeamter (die alle auf einmal reinwollten, sodass es einen ziemlichen Stau an der Tür gab). Als wir wieder im Wohnzimmer versammelt waren, ließ ich mich erneut in einen Sessel fallen. Der Zwergeninspektor stellte sich nur wenige Zentimeter neben mich. »Also, Mr. Beutlgrabscher, ich habe herausgefunden, dass das Mordopfer Azhgnha Khzazzdz Sie besucht hat, um mit Ihnen über ein Buch zu reden, das Sie geschrieben haben und in dem eine große Anzahl von Zwergen stirbt – kurz bevor er, ganz zufällig, ebenfalls gestorben ist. Habe ich recht oder habe ich recht? Ich muss Sie also noch einmal fragen: Haben Sie Azhgnha Khzazzdz ermordet?«

»Nein«, sagte ich. »Habe ich nicht.«

»Wunderbar«, erwiderte der Zwergeninspektor fröhlich. »Ich wollte mich nur vergewissern. Also, auf Wiedersehen. Und bleiben Sie ruhig sitzen. Wir finden alleine raus.« Mit lautem Gepolter und Gejohle verließen er und sein Trupp meine Höhle.

Nachdem die Zwerge gegangen waren, machte ich Barnabas eine Tasse Tee.

»Ich muss Mo Lat heute aus der Untersuchungshaft entlassen«, sagte er, während er sinnierend im Tee rührte. »Er kann den Zwerg ja schwerlich aus seiner Zelle heraus ermordet haben.«

»Sie meinen also, es gibt zwischen den beiden Morden eine Verbindung?«

»Zwischen allem gibt es eine Verbindung«, sagte der Inspektor düster. »Das habe ich irgendwo mal gelesen.«

Zehntes Kapitel

Von Tunten und Tanten

Zwei Tote auf meinem Grundstück innerhalb von zwei Wochen – das konnte einen ganz schön runterziehen. Ich räumte die Scherben und alle sonstigen Überreste der Durchsuchungsaktion weg, wischte die Tische und Kommoden ab, hing die Teppiche an die Wäscheleine im Garten und schlug sie kräftig aus.

Heinrich schmollte unterdessen im Schlafzimmer. »Ich schmolle nicht«, sagte er mit schmollender Stimme. »Ich bin deprimiert.«

Das große Schmollen.

Wie auch immer, die Autobiografie würde sich nicht von selbst schreiben (das sagte ich bereits, nicht wahr?). Ich setzte mich an den Schreibtisch und sah auf das, was ich bisher geschrieben hatte:

Ich wurde geboren

Ich wuchs auf

Ich erlebte ein großes Abenteuer – siehe auch: »Der Hobbnix«

Ruhestand!

Mehr oder weniger die nackten Fakten meines Lebens. So nackt, dass sie sich auf einem FKK-Strand wohlgefühlt hätten. Ich seufzte. Was sollte ich nur tun?

Ich griff nach einem neuen Blatt, legte es vor mich auf den Tisch, nahm die Schreibfeder in die rechte Hand und … und … Alles, was ich tun musste, war, die Feder auf das Papier abzusenken, sie von links nach rechts zu bewegen und dabei sanft aufzudrücken, sodass eine Abfolge zusammenhängender Worte entstand. Es war nicht schwer. Aber meine Feder schwebte weiter über dem Papier und nahm keinen Kontakt auf, und je länger ich auf das leere weiße Blatt starrte, desto mehr schien diese Leere anzuschwellen und sich in meinem Kopf breitzumachen. Eine riesige, einschüchternde Wand aus … nichts. Es wäre ein großes Risiko, irgendetwas darauf zu schreiben. Nur Worte, die in jeder Hinsicht perfekt waren, würden mein Graffiti rechtfertigen. Während ich diese Gedanken hin und her wälzte, rief mir ein anderer Teil (oder Stadtbezirk) meines Gehirns zu, dass ich *nicht so dumm sein sollte*, dass es nicht darum ging, einen makellosen Text zu schreiben, sondern darum, erst einmal *überhaupt etwas* zu schreiben. Und trotzdem geschah nichts.

Ich legte die Feder weg, lehnte mich zurück und sah auf den sanft fallenden Regen vor dem Fenster, der einen malvenfarbenen Schleier auf die grünen Hügel legte. Der Klang der Regentropfen hatte etwas Beruhigendes … Einschläferndes …

So kam ich nicht weiter! Vielleicht war eine Tasse Kaffee die Antwort. Oder wenn nicht *die* Antwort, dann zumindest *eine* Antwort. Zum Beispiel eine Antwort auf die Frage: »Was bekomme ich, wenn ich in die Küche gehe, den Kessel auf das Feuer stelle und dann das kochende Wasser durch einen mit Kaffeepulver gefüllten Filter laufen lasse?« In dem Zustand, in dem ich mich befand, war irgendeine Antwort besser als keine. Folglich ging ich in die Küche, stellte den Wasserkessel auf das Feuer, ließ das kochende Wasser durch einen mit Kaffeepulver gefüllten Filter laufen und kehrte mit einer Tasse voll heißer schwarzer Flüssigkeit in mein Arbeitszimmer zurück.

Ich mag meinen Kaffee schwarz, so wie meine Männer – und ich halte es einfach für unhöflich, das eine wie das andere mit Milch zu begießen.

Erneut starrte ich auf das leere Blatt Papier. Während ich trank und wieder trank und wieder trank, nahm die Menge an Kaffee in meiner Tasse ab und die Menge an Kaffee in meinem Magen zu. Wie ein sich langsam senkender Kolben fiel die schwarze Scheibe der Flüssigkeit in der Tasse. Ich schrieb nichts. Ich dachte über eine neue Kapitelüberschrift nach, aber kam zu dem Schluss, dass ich bereits die wichtigsten Aspekte abgedeckt hatte. Plötzlich hatte ich einen Ausbruch von Inspiration. Oder Perspiration? Auf jeden Fall begann ich zu schwitzen. Ich wischte mir die Stirn ab und widmete mich wieder dem Anstarren des leeren Blatts.

Die Kaffeetasse war leer. Die Seite war leer.

»Das ist doch zu dumm!«, sagte ich laut, obwohl niemand da war, der mich hätte hören können. »Du bist ein Idiot, Bingo.« – »Ich bin ein Idiot?«, erwiderte ich. »Das musst *du* gerade sagen.« – »Was meinst du damit?«, fragte ich. – »Wer ist ein größerer Idiot? Der Idiot oder der, der dem Idioten nachläuft?« – »Das ist doch eine völlig idiotische Frage.« – »*Du* bist idiotisch.« – »Ja, vielleicht bin ich idiotisch, aber du bist ein *Idiotiker!*« Dieses Bonmot ließ mich erst mal verstummen.

Kaffee konnte so etwas bei mir bewirken.

Ich seufzte. Das führte nirgendwohin.

Als ich das Klopfen an der Tür hörte, sprang ich sofort auf. Ich war – auch wenn es mir schwerfiel, das zuzugeben – nicht unglücklich über die Unterbrechung. Um diese Tatsache nach Möglichkeit zu verbergen, wechselte ich in den Schlechte-Laune-Modus. »Ich sollte die Klopffunktion ein für alle Mal abstellen«, grummelte ich, während ich übertrieben laut den Flur hinunterpolterte. Mit einer theatralischen Geste zog ich die Tür auf.

Es war der Postbote. »Wie ich sehe, haben Sie die Leiche weggeräumt«, sagte er im Plauderton.

»Das war die Polizei«, erwiderte ich ein wenig erschrocken. »Die hat sie weggeräumt.«

»Hm. Es gibt gute Argumente fürs Wegräumen und auch fürs Liegenlassen, nehme ich an.« Der Postbote räusperte sich. »Telegramm.«

»Wie bitte?«

Er hielt einen Brief hoch. »Telegramm.«

Ich nahm den Brief und sagte: »Aber das ist ein Brief.«

»Telegramm«, beharrte er.

»Das ist eindeutig ein Brief. Da sind eine Briefmarke und ein Stempel und so weiter drauf.«

Das Gesicht des Postboten war voller Falten und Runzeln. Nur die hellen blauen Augen lugten daraus hervor, als gehörten sie zu einem viel jüngeren Postboten. Es waren *schlaue* Augen. »Ich habe es Ihnen überreicht und dabei ›Telegramm‹ gesagt, und *das* …« Er legte eine Pause ein und öffnete weit den Mund. Vermutlich ein rhetorischer Kniff. »… macht es zu einem Telegramm.«

»Wenn Sie meinen.« Ich öffnete den Briefumschlag und zog ein Blatt Pergamentpapier heraus. Darauf stand:

Lieber Bingo!
Wir würden uns freuen, wirklich sehr, wenn du uns mit deiner Anwesenheit beehrst, diesen Mittag. Wichtige Familienangelegenheiten stehen zum Diskus, und wir hoffen, uns einverleiblich einigen zu können. Wir erwarten dich im Wirtshaus zum Fahlen Kaninchen. Um zwölf.
Mit jaktatischen Drüsen,
Tante Lobehold & Tante Marlen

Seit ich sie kannte, hatten meine Tanten einen gewissen aristokratischen Hochmut gegenüber Syntax und Idiomatik an den Tag gelegt.

Ich seufzte. Das konnte nichts Gutes bedeuten. Ich hätte ein Zusammentreffen mit den beiden liebend gerne vermieden, aber das war leider unmöglich. Wie ich bereits erwähnte, war Grabsch-End, meine geliebte Hobbnixhöhle, größtenteils im Besitz meiner Tanten. Und das bedeutete, dass Lobehold und Marlen jederzeit ihre Ansprüche geltend machen und mich von dem Grundstück entfernen konnten. Es schien also ganz so, als müsste ich meinen Stolz hinunterschlucken.

»Wie funktioniert das mit den Telegrammen?«, fragte ich den Postboten. »Erwarten die beiden eine umgehende Antwort?«

»Erwarten sie?«, erwiderte der Postbote palindromisch. »Sie erwarten.«

»Dann sagen Sie ihnen, dass ich um zwölf Uhr da bin.« Ich kramte in meiner Westentasche nach einer Münze.

Der Postbote sah mich stirnrunzelnd an. »Ihnen sagen? Oh, nein, nein. So geht das nicht.«

»Nicht?«

»'türlich nicht. Wenn ich hier einfach abziehen und es ihnen *sagen* würde, wäre es ja wohl kein Telegramm, oder?«

Ich dachte für einen Moment darüber nach. »Ja. Wäre es wohl nicht.«

»Es wäre ein Redegramm. Richtig?«

»Richtig.«

»Es heißt aber *Tele*gramm. Weil es auf einem Blatt Papier steht.«

Ich hielt ihm einen halben Gulden hin. »Bitte sagen Sie ihnen einfach, dass ich sie um zwölf dort treffen werde.«

Der Postbote verschränkte die Arme und warf mir einen eisigen Blick zu.

»Oder«, sagte ich, »sagen sie einfach, Sie hätten die Nachricht überbracht und meine Antwort ist: ›Ja‹.«

»Ich *sage* ihnen gar nichts.«

»Was soll ich dann Ihrer Meinung nach tun? Überbringen Sie ihnen mein Kopfnicken?«

»Es heißt Telegramm, nicht Nickogramm«, sagte der Postbote mit fester Stimme.

»Na schön, was also soll ich machen?«

»Schreiben Sie Ihre Nachricht auf einen Zettel und stecken Sie ihn in einen Umschlag.«

»Sacklzement!«, rief ich. Ich ging in mein Arbeitszimmer, setzte mich an den Schreibtisch, griff nach einem leeren Blatt Papier (davon gab es jede Menge) und schrieb: »Liebe Tunten! Gerne treffe ich euch um zwölf. Herzliche Grüße, Bingo«. Ich faltete das Papier, steckte es in einen Umschlag, klebte den Umschlag zu und schrieb die Namen meiner Tanten darauf. Plötzlich geriet ich in Panik. Hatte ich »Liebe Tanten« geschrieben? Zweifel nagte an meinem Verstand. Ich überlegte kurz, dann riss ich den Umschlag wieder auf. Ich hatte »Tunten« geschrieben! Einen Moment lang spielte ich mit dem Gedanken, es so zu lassen, sozusagen als Hommage an die sprachliche Unbedarftheit meiner Tanten (die mich in diesem Fall ganz sicher unterbewusst beeinflusst hatte). Aber das käme wohl nicht sehr gut an. Sie würden denken, dass ich mich in ungehöriger Weise über sie lustig machte, und ich wollte ja, dass sie mir gewogen blieben. Also zog ich eine feine Linie über das »u«, aber unglücklicherweise hatte ich die Feder mit zu viel Tinte versehen, sodass das T etwas in Mitleidenschaft gezogen wurde. Nun stand da: »Liebe Konten«. Es vermittelte den Eindruck, als würde ich meine Tanten als Barreserve betrachten. (Das alles mag Ihnen lächerlich erscheinen, aber nur, weil Sie meine verehrten Tanten nicht kennen.) Ich zerknüllte das Blatt und warf es weg. Dann schrieb ich eine neue Nachricht: »Liebe Tanten, gerne treffe ich euch um ölf«. Als ich sah, was ich geschrieben hatte, stöhnte ich frustriert. Es war gleich elf, und außerdem hatten meine Tanten keine näheren Beziehungen nach Österreich. Ich fügte ein »zw« vor das »ölf« ein, doch nun wirkte es wie das Gekritzel eines Zwölf- oder Ölfjährigen. Und so schrieb ich die Nachricht *sorgfältig* ein drittes Mal, gab sie *vorsichtig* in einen Umschlag und klebte ihn *behutsam* zu.

Eigentlich hatte ich erwartet, dass der Postbote bereits gegangen wäre, aber er stand immer noch in der Tür. »Hier ist der Brief«, sagte ich.

»Das Telegramm«, korrigierte er mich.

»Oh, ja, das Telegramm. Entschuldigung.«

»Sie brauchen eine Briefmarke.«

Ich trottete wieder ins Arbeitszimmer, holte eine Briefmarke, leckte sie mit der Zunge ab und klebte sie auf den Umschlag. Dann ging ich zur Tür zurück. »Hier bitte.«

»Das macht dann einen halben Gulden«, sagte der Postbote.

Ich hatte die Münze zurück in meine Weste gesteckt und brauchte eine Weile, bis ich sie wiederfand. »Hier.« Ich gab sie ihm.

»Und noch einen halben Gulden.«

»Wofür?«

»Den einen für das Telegramm, das ich Ihnen gebracht habe. Den anderen für das, das ich für Sie überbringen soll.«

»Aber ich habe doch eine Briefmarke draufgeklebt.«

»Eine Briefmarke für einen Brief. Ein halber Gulden

für ein Telegramm. Ich spaziere ja nicht umsonst durch die Gegend, wissen Sie. Wenn ich das täte, dann wäre es ein Gratisgramm.«

»Ja, Kreizbirnbaum! Hier ist das Geld.« Ich warf ihm die zweite Münze mehr oder weniger zu.

»Danke, Sir.« Er tippte mit dem Finger an seine Schirmmütze. Dann sah ich zu, wie er den Gartenweg hinunterging, durch das Tor trat, es sanft hinter sich schloss, den Pfad entlang schlenderte, am öffentlichen Briefkasten stehenblieb und mein »Telegramm« in den Schlitz steckte.

Eine große Müdigkeit überkam mich.

Ich ging in die Höhle zurück und setzte den Elf-Uhr-Tee auf. Heinrich schmollte immer noch (»Ich schmolle nicht«, kam es aus dem Schlafzimmer), also trank ich den Tee allein. Was den Vorteil hatte, dass ich keine frisch gepflückten Teeblätter benötigte, deren gepeinigte Seelen Heinrich zu konsumieren pflegte.

»Ich gehe jetzt, Heinrich«, rief ich. »Meine Tanten wünschen mein Erscheinen.«

»Willst du mich noch mehr deprimieren?«, drang es durch die geschlossene Schlafzimmertür.

»Jetzt sei doch nicht so«, sagte ich. »Wir wollen doch nicht, dass sie uns von hier vertreiben, oder?«

»Nein.«

»Also muss ich nett zu ihnen sein.«

»Aber sie hassen mich!«, greinte er.

»Ich werde ihre Vorurteile nicht verteidigen, aber wir müssen praktisch denken. Im Übrigen hassen sie mich genauso dafür, dass ich mit dir zusammenlebe, wie sie dich dafür hassen, was du bist.«

»Ich wünschte, derjenige, der den Gärtner und den Zwerg ermordet hat, würde auch *sie* ermorden.«

»Aber Heinrich«, rief ich schockiert.

»Na gut, vielleicht nicht beide. Aber wenigstens Marlen. Sie ist die Schlimmere.«

»Es ist sinnlos, mit dir zu reden, wenn du in dieser Stimmung bist. Ich muss jetzt los, sonst komme ich zu spät. *À bientôt!«* (Das ist französisch für »Einen guten Tod«. Sie sagen das anstatt »Auf Wiedersehen«. Seltsame Leute, diese Franzosen.)

Als ich aus der Höhle trat, wurde ich vom Grollen eines Spätsommergewitters empfangen. Die Wolken hingen dick und bedrohlich am nördlichen Teil des Himmels, nicht wie sonst im Westen. Bald würde es zu regnen beginnen, also nahm ich, in der Hoffnung, trocken in den Ort zu kommen, die Beine in die Hand, aber ich war keine zehn Meter weit gekommen, als ein heftiger, überraschend kalter Schauer auf mich einprasselte. Ich zog mir den Mantel über den Kopf und stolperte den Hügel hinunter, während der stahlgraue, silberfädelnde Regen den Staub auf der Straße in blubbernden Matsch verwandelte und die Luft zornig blau färbte. Als ich endlich im Wirtshaus zum Fahlen Kaninchen eintraf, war ich bis auf die Haut durchnässt.

Selbstverständlich warteten die beiden bereits auf mich. »Hallo Tanten«, begrüßte ich sie und stellte mich ans Feuer, um wenigstens ein bisschen trockener zu werden. Es war wirklich merkwürdig: Durch das Fenster sah ich, dass der Regen in genau dem Moment aufgehört hatte, als ich das Wirtshaus betreten hatte. Jetzt fielen helle Sonnenstrahlen durch die aufreißenden Wolken.

»Guten Tag, Neffe«, sagte Tante Lobehold, die Arme vor ihrem ausladenden Busen verschränkt. Lobehold war, was die Leute eine vom Schicksal begünstigte Frau nannten. (Sie meinten damit insbesondere, dass es für alle günstiger wäre, wenn man sie einen Brunnen hinunter stieße.) Während Marlen nur Haut und Knochen war, hatte der ewige und unveränderliche Algorithmus, der die jeweiligen physischen Eigenschaften von Tanten festlegte, Lobehold dick und untersetzt gemacht. Ihr Körper war wie eine riesige Glocke geformt, die fleischigen Arme und Beine folgten der Logik zweier symmetrisch ausbalancierter $x=y^2$-Linien, und die sehr breiten Schultern verjüngten sich zu sehr schmalen Handgelenken. Sie trug mit Vorliebe Bombasin, ein Material, über das ich so gut wie nichts wusste, aber das mir zumindest den richtigen Namen zu haben schien: Ihre Röcke explodierten geradezu hüftabwärts, mit dem Effekt, dass man, wenn sie sich zu schnell umdrehte, Gefahr lief, von den Füßen gerissen zu werden. Wie eine Königin thronte sie in ihrem Sessel, die Röcke fielen zu Boden wie ein schwarzer Wasserfall, den kein Damm aufhalten konnte.

Dagegen war Tante Marlen geradezu nüchtern gekleidet; tatsächlich sah ihr langärmeliges, rostfarbenes Kostüm aus, als hätte es schon seit zehn Jahren keinen Alkohol mehr angerührt. »Setz dich, Neffe«, sagte sie und deutete auf einen leeren Stuhl.

Kaum hatte ich mich gesetzt, sagte Tante Lobehold mit eisiger Stimme: »Lass uns gleich zum Punkt kommen, Neffe. Du bist widerlich.«

»Oh«, war alles, was mir dazu auf die Schnelle einfiel.

»Ja, liederlich«, stimmte Marlen zu.

»Nein, widerlich«, korrigierte Lobehold.

»Das ist nicht besonders fair«, sagte ich zögerlich.

»Du *widerst* uns an«, zischte Lobehold. »Und wir sind anständige Leute. Woraus logisch folgt, dass du widerlich bist.«

»Ich war noch nie so angewiderlicht«, jammerte Marlen, »wie an dem Tag, an dem ich mit Schorsch Ratzinga vor deiner Tür stand.«

»Angewidert«, korrigierte ich, während das Wasser von meinem Ärmel tropfte.

»Siehst du, sogar du stimmst mir zu!«, rief Marlen und hüpfte feixend in ihrem Sessel auf und ab.

»Ich habe dir nicht zugestimmt. Ich habe dich lediglich korrigiert. Du sagtest, du warst angewiderlicht. Aber es heißt: angewidert.«

»Lenk nicht vom Thema ab, Neffe«, ging Lobehold dazwischen. »Du hast deiner Tante die Tür vor der Nase zugeschlagen. Das war sehr unhöflich.«

»Dann entschuldige ich mich für meine Unhöflichkeit«, sagte ich. »Zu meiner Verteidigung muss ich allerdings sagen, dass Tante Marlen mit der Absicht zu mir gekommen war, meinen Lebensgefährten zu exorkizieren.«

»Und das ist *genau* das Thema«, rief Lobehold, als hätte ich versucht, es zu leugnen.

»Thematisch genau«, zischte Marlen.

»Ich werde mich nicht von meinem Geist trennen«, sagte ich mit so viel Würde, wie sie jemand aufbringen konnte, der gleichzeitig auf den Teppich tropfte.

»Das ist nicht natürlich! Seiner Tante die Tür vor der Nase zu schlagen«, greinte Marlen.

»Zuzuschlagen«, korrigierte ich. »Noch einmal: Ich entschuldige mich für meinen Mangel an Natürlichkeit. Sind wir fertig?« Ich machte Anstalten, mich von meinem Stuhl zu erheben.

»Nein«, sagte Lobehold. »Sind wir nicht. Was wir sagen wollen, ist: Es ist nicht natürlich, Intimitäten auszutauschen mit einem …«

»Ja, Integritäten«, quietschte Marlen und funkelte mich böse an.

»… Intimitäten auszutauschen mit einem *Geist*. Verstehst du nicht, Neffe?« Lobeholds Stimme wurde nun etwas sanfter. »Du bist Gegenstand eines breiten gesellschaftlichen Diskurses.«

»Ja, Diskus«, echote Marlen, als wäre das das ausschlaggebende Argument.

»Das ist mir egal«, erwiderte ich. »Und wenn das alles ist, was ihr mir zu sagen habt, dann, fürchte ich, muss ich jetzt wirklich gehen.«

»Einen Augenblick, Neffe«, sagte Lobehold. »So leicht kannst du dich nicht aus der Affäre ziehen.«

»Jaja, nix mit Voliere«, rief Marlen.

»Wir können es nicht zulassen«, sagte Lobehold mit vor Ekel verzerrtem Gesicht, »dass Grabsch-End durch derlei schändliche Aktivitäten beschmutzt wird. Und da sich ein nicht unbeträchtlicher Anteil der Höhle in unserem Besitz befindet …«

»Aha«, sagte ich. »Jetzt spielt ihr also eure Trumpfkarte aus. Das ist Erpressung!«

»Du lässt uns keine andere Wahl«, sagte Lobehold mit einem spöttischen Bedauern in der Stimme.

»Ich werde die Höhle aber nicht verlassen. Ich liebe Heinrich. Und er liebt mich. Wir haben kein Gesetz gebrochen, ihr schrumpligen Hexen.«

»Ich bin nicht schrumplig«, gab Lobehold zurück, deren Haut so rund und prall wie ein überdimensionaler Pfirsich war.

»Und ich bin keine Echse«, sagte Marlen.

»Wie auch immer, ihr könnt mich nicht so einfach rauswerfen. Dagegen lege ich juristische Mittel ein.«

»Aber, aber …« Lobehold hob die Hand und machte eine versöhnliche Geste. »Wir wollen dich nicht rauswerfen – wir wollen nur, dass der Geist verschwindet.«

»Niemals!«

»Du bist nicht normal«, rief Marlen und hüpfte wieder in ihrem Sessel auf und ab. »Du willst uns ballistisch bekritteln? Der Schuss geht nach hinten los!«

Ich stand auf. »Dann sehen wir uns vor Gericht.«

»Du siehst uns doch *jetzt*«, erwiderte Marlen mit Triumph in der Stimme, als hätte sie das alles entscheidende Argument gefunden. »Streite das nicht ab.«

»Ich streite gar nichts ab.« Ich spürte, wie die Auseinandersetzung an meinen Nerven zu zerren begann. »Es gibt nichts abzustreiten.«

»Setz dich doch wieder, Neffe«, sagte Lobehold beschwichtigend. »Setz dich. Können wir uns nicht auf einen Kompromiss einigen?«

»Kompromiss?«

»Ich will ehrlich mit dir sein. Wir haben damit gerechnet, dass du dich unseren Versuchen, deinen Ruf zu retten, widersetzt. Also schlagen wir Folgendes vor: Wir lassen dich weiter in der Höhle wohnen«, sagte Lobehold in säuselndem Ton. »Und wir nehmen sogar Abstand davon, deinen unnatürlichen Lebensgefährten zu exorkizieren.«

»Bis auf Breiteres«, warf Marlen ein.

»Bis auf Weiteres«, nickte Lobehold. »Vorausgesetzt, du willigst ein, dich einer Psychotherapie zu unterziehen.«

Das hatte ich nun wirklich nicht erwartet. »Wie bitte?«

»Eine Psychotherapie. Wenn du dich einverstanden erklärst, verzichten wir darauf, dir zu kündigen. Abgemacht?«

Ich dachte darüber nach. Ich konnte mir nichts Langweiligeres vorstellen als eine Psychotherapie – aber immer noch besser als eine langwierige Auseinandersetzung vor dem Aualand-Gerichtshof.

»Okay«, sagte ich.

»Wunderbar!« Lobehold klatschte in die Hände. »Wir haben schon einen Termin für dich ausgemacht. Beim besten Psychiater des Aualands, Dr. Freudo Siggins.«

»Ist das nicht der *einzige* Psychiater des Aualands?«, fragte ich.

»Der große Freudo Siggins!«, rief Marlen und ließ uns an ihrer Begeisterung teilhaben.

»Die erste Sitzung ist morgen früh um neun«, sagte Lobehold.

»Hm, ich fürchte, das passt mir nicht so gut«, erwiderte ich. »Ich habe mit meinem Verlag vereinbart, dass ich meine Autobiografie schreibe, und am Morgen kann ich mich am besten auf das Schreiben konzentrieren.«

»Also gut«, sagte Lobehold mit öliger Stimme, »dann ist es dir wohl lieber, dass ein Vertreter von *Oger-Wohnungsräumungen* um neun an deine Tür klopft. Und wenn ich sage, *an* deine Tür, dann meine ich, *durch* deine Tür klopft.«

»Na schön«, knurrte ich. »Dann besuche ich eben diesen Psychiater. Wo ist seine Praxis?«

»In Hobbhausen.«

»Hobbhausen? Aber das ist ja ganz schön weit weg. Jeder weiß, dass die Straße nach Hobbhausen immer weiter geht … immer weiter …«

»Dann stehst du wohl besser etwas früher auf«, sagte Lobehold. »Die Sitzungen finden wöchentlich statt, immer um dieselbe Zeit. Und wir erwarten, dass du regelmäßig teilnimmst. Sollte uns zu Ohren kommen, dass du einen Termin absagst …«

»Schon gut«, unterbrach ich sie gereizt. »Dann heißt es raus aus der Höhle – ich verstehe. Aber er wird mich nicht *heilen* können. Liebe kann man nicht heilen.«

Lobehold beugte sich vor und wuchtete sich mit einiger

Mühe aus dem Sessel. »Da bin ich entschieden anderer Meinung«, sagte sie und bewegte ihren riesigen, von Bombasin umflossenen Körper an mir vorbei Richtung Tür. »Ich glaube, die unnatürliche emotionale Bindung an einen Untoten ist *genau* das, was ein Psychiater heilen kann.«

»Das werden wir ja sehen«, murmelte ich mit zusammengepressten Lippen in der Hoffnung, sie würde mich nicht hören, aber Lobehold hatte ihre Ohren im wahrsten Sinne des Wortes überall. Sie warf mir einen drohenden Blick zu und quetschte sich keuchend durch die Tür. Während sie damit beschäftigt war, sprang Tante Marlen aus ihrem Sessel auf und tänzelte zu mir hinüber.

»Wir haben dich im Auge, liederlicher Neffe«, sagte sie. »Ein Psychorassist ist genau der Richtige, um dir den Kopf zu waschen.«

»Ich hoffe, du irrst dich«, erwiderte ich trocken.

Da Lobehold immer noch damit beschäftigt war, durch die Tür zu gehen, nutzte Marlen die Gelegenheit, um ihre Hand drohend vor mein Gesicht zu halten und damit ihre ganze Verachtung mir und meinem Lebensstil gegenüber auszudrücken. Sie hob die Hand und wedelte mit ihr vor meiner Nase herum, als wäre sie ein Kunstwerk, dessen Betrachtung mir eine außergewöhnliche ästhetische Befriedigung verschaffen sollte. Sie sah zur Tür, die immer noch von Lobehold blockiert war, dann wandte sie sich wieder mir zu und wedelte weiter. Dann sah sie wieder zur Tür – und in diesem Moment machte es *Plopp*: Tante Lobehold war durch. Seufzend ließ Marlen den Arm sinken. »Auf Wiedersehen, Neffe«, sagte sie. »Mögen deine Pervestigationen bald der Vergangenheit angehören.«

»Gleichfalls«, erwiderte ich.

Dann war ich endlich allein. Ich ließ mich auf den Stuhl zurückfallen. Das Gespräch mit den beiden hatte mich mehr als erschöpft. Obwohl sie zwei dumme, voreingenommene alte Schachteln waren, hatten sie mich doch drangekriegt. Ja, hätten sie mich ausgeweidet, mich in Öl gesotten, auf meinen Eingeweiden herumgetrampelt – sie hätten es nicht besser machen können.

Ich versuchte, das Positive hervorzuheben, aber weder *Das Positive* noch **Das Positive** noch DAS POSITIVE half, meine Stimmung zu verbessern. Also ging ich durch das Wirtshaus zum Tresen und bestellte einen heißen Whisky mit Zitrone. Ich leerte das Glas in einem Zug. »Bingo«, sagte ich mir. »Lass dich von diesen zwei Schrullen nicht ärgern.« Am Ende würde sich bestimmt alles zum Guten wenden – mit der Verfilmung von *Der Hobbnix* würde ich ein Vermögen machen, mit der Investition in *Das Lied vom Bier am Feuer* ein zweites Vermögen und mit meiner bald erscheinenden Autobiografie ein drittes Vermögen. Und mit diesen drei Vermögen würde ich den Anteil meiner Tanten an Grabsch-End erwerben – oder wenn sie ihn nicht verkaufen wollten, damit eine neue, viel prächtigere Höhle beziehen. Ja, die Dinge würden gut für mich laufen!

Ich sollte mich irren. Und *wie* ich mich irren sollte.

Da es gerade nicht regnete, machte ich mich schnell auf den Weg nach Hause. Aber kaum hatte ich das Wirtshaus verlassen, schlug mir ein heftiger Schauer entgegen und begleitete mich den ganzen Weg den Hügel hinauf bis zu meiner Tür, die seltsamerweise offen stand.

Der schreckliche Gedanke schoss mir durch den Kopf, dass meine Tanten das ganze Gespräch nur als Vorwand benutzt haben könnten, um hinter meinem Rücken diesen widerlich-liederlichen Ratzinga zu meiner Höhle zu schicken und meinen geliebten Geist zu exorkizieren. Ich stürzte hinein und rief nach Heinrich.

Im Wohnzimmer traf ich auf Orson Wels. Er hatte es sich in einem der Sessel gemütlich gemacht, die Schwanzflosse über die Lehne gehängt, und blubberte fröhlich vor sich hin.

»Bingo, mein Frrreund!«, rief er. »Die Tür war oooffen. Blubb. Ich daaachte, ich komm einfach mal rein.«

»Sie war *nicht* offen«, gab ich genervt zurück. Mein Herz hämmerte noch von der Panik, die mich ergriffen hatte.

»Sie war oooffen, nachdem ich sie geöffnet habe.« Wels grinste mich an. »Üüübrigens, netter kleiner Geist, den Sie hier haben.«

Ich blickte mich um und entdeckte Heinrich am Bücherregal kauernd. »Gott sei Dank, dir geht's gut«, sagte ich erleichtert.

»Er hat keine Angst«, grummelte Heinrich und zeigte mit einem Ektoplasma-Finger auf den Regisseur.

»Ha, da braucht es mehr als einen Geist, um miiir Angst zu machen«, dröhnte Wels. »Aber ein gutes Äff-Eck, das muss ich sagen. Sollten wir uuunbedingt verwenden.«

»Womit kann ich Ihnen helfen?«, fragte ich.

»Bingo, Bongo«, rief er unvermittelt und schüttelte den gewaltigen Fischbauch, sodass der Sessel unter seinem Gewicht ächzte. »Ich hatte eine Eingebung.«

»Oje«, sagte ich, fügte aber schnell hinzu: »Tatsächlich? Großartig!«

»Hm-hm. Ein *Hobbnix*-Film? Einer?«

»Ja«, nickte ich, ohne zu wissen, warum ich nickte.

»Eeeiner?«, insistierte Wels.

»Ja?«

»Eeeeeeeiner?«

»Mr. Wels, ich verstehe nicht, was …«

»Zwei!«, rief er mit triumphierender Stimme.

Ich sah ihn an. »Zwei?«

»Zwei Filme! Einer wird ein Vermööögen machen. Zwei werden zwei Vermööööogen machen. Bin ich ein Genie oder was?«

»Oder was?«

»Ich haaatte die Eingebung, als ich in meiner Wanne tauchte. Anstatt nur einen *Hobbnix*-Film zu drehen, teilen wir die Stooory in zwei Hälften. Treten sie kräftig brrreit, sodass sie genau die richtige Länge hat.«

»Sie meinen Läääänge?«

»Yeah, mein Freund, Sie verstehen mich. Ich habe auch schon die Titel. Teil eins: *Der Hobbnix*. Oder vielleicht: *Der Hobbnix – Teil eins*. Teil zwei: *Der Sohn des Hobbnix schlägt zurück*.«

»Aber ich habe gar keinen Sohn.«

»Darum geht es doch nicht.« Wels beugte sich vor und fixierte mich mit seinen kleinen schwarzen Fischaugen. »Kommen Sie schon, geben Sie's zu, das ist geeenial.«

»Nun ja. Wenn Sie meinen.«

»Genau, geeeenial! Eine Diologie. Denken Sie nur an das ganze Geld. Blubb.«

»Ja, *daran* denke ich gerne«, sagte ich. »Okay. Und wie läuft es mit der Produktion? Haben Sie alle Schauspieler zusammen? Proben Sie schon? Sind die Requisiten aufgebaut?«

»Bis baaald, mein Freund«, erwiderte Wels und hüpfte schwerfällig den Flur hinunter und zur Tür hinaus.

WILLKOMMEN ZUR MITTE DES BUCHES!

WILLKOMMEN ZU UNSEREM GROSSEN HOBBNIX-PREISAUSSCHREIBEN!!

Ja, ganz richtig: All jenen Leserinnen und Lesern, die es bis hierher geschafft haben (wozu wir jetzt schon mal herzlich gratulieren, es war ein langer, steiniger Weg), winkt ein echt sagenhafter, unglaublich faszinierender, völlig hinreißender Buchpreis. Beantworten Sie einfach nur folgende Frage:

Wer ist DER MANN, DER FÜR ALL DAS VERANTWORTLICH IST? Ist es

a) Wilhelm Heini

b) J.R.R. Tolkien

c) Christian Wulff

Wissen Sie es? Dann schicken Sie uns die richtige Antwort an folgende Iiihh-Mail-Adresse:
gewinnspiel@magische-bestseller.de
(Betreff: Hobbnix)
Und gewinnen Sie ein tolles Buch aus dem aktuellen Heini-Programm! Viel Spaß beim Mitmachen!

Und schon geht's weiter mit dem ölften, äh, elften Kapitel. Es war doch das elfte, oder? Egal. Weiter geht's! HURRA!

Elftes Kapitel

Ich besuche einen Psychiater

Ich stand mit der Lerche auf, um rechtzeitig den Zug nach Hobbhausen zu erwischen. Unglücklicherweise hatte die Lerche, mit der ich aufgestanden war, verschlafen; vielleicht hatte sie sich die ganze Nacht vergnügt und dabei reichlich Alkohol konsumiert, ja, womöglich war sogar Lerchesde (eine berüchtigte Designerdroge) im Spiel gewesen. Jedenfalls verpasste ich den Zug und musste ein Pferdetaxi mieten, um nach Hobbhausen zu kommen. Es gab keine andere Möglichkeit – sonst hätte ich den Termin nicht einhalten können und juristische Konsequenzen seitens meiner Tanten riskiert. Das alles trug nicht gerade zur Hebung meiner Stimmung bei. »Es ist wirklich höchste Zeit«, sagte ich grummelnd zu dem Kutscher, während wir an Feldern und Hecken und Pfützen vorbeirasten, »dass jemand einen zuverlässigen Wecker erfindet.«

Die Turmuhr schlug gerade neun Uhr, als wir in Hobbhausen ankamen, und ich rannte so schnell ich konnte zur Praxis des Psychiaters. Auf der runden Eingangstür stand in großen goldenen Buchstaben: FREUDO SIGGINS. Es dauerte eine ganze Weile, bis er auf mein Klopfen reagierte, was mir einerseits die Möglichkeit gab, meine Atmung wieder unter Kontrolle zu bringen. Andererseits ärgerte es mich maßlos, hatte ich mir doch ein Bein ausgerissen (nicht wortwörtlich), um rechtzeitig hier zu sein.

Als er schließlich öffnete, schien er außerordentlich überrascht, mich zu sehen. »Ein Patient? Reden'S kan Schmäh!«

»Ich dachte, wir hätten einen Termin«, erwiderte ich.

Siggins war ein vornehmer älterer Hobbnix mit so breiter wie hoher Stirn und – was ungewöhnlich war für unser Volk – einem seidenweißen, sorgfältig gestutzten Bart, der Kinn, Oberlippe und Wangen bedeckte. Er zog einen kleinen Notizblock aus einer seiner Jackentaschen, blickte darauf und sagte: »Ah, ja! Der Herr Beutlschneider.«

»Beutlgrabscher.«

»Wie bitte?«

»Mein Name lautet Beutlgrabscher.«

Siggins sah erneut auf seinen Notizblock. »Beutlgrabscher, eh klar. I kann mei eigene Handschrift net lesn.«

»Typisch Arzt«, schmunzelte ich, um die Situation etwas zu entkrampfen.

Siggins lachte nicht, sondern hielt mir den Notizblock hin, auf dem in makellos lesbaren Buchstaben *Bingo Beutlgrabscher, 9 Uhr* stand. »Es ist net die Handschrift«, sagte er. »I leid unter einem ›Neurotischen Buchstabendreher‹, a sehr söltene Krankheit, die dazu führt, dass a völlig korrekt geschriebener Text in meinem Kopf zu was anderm wird. I hob an Aufsatz darüber veröffentlicht, wissen'S.«

»So ähnlich wie Legasthenie?«, fragte ich.

»Naaa«, knurrte er und beäugte mich mit finsterem Blick. »Es is a gänzlich neue Neurose, die i entdeckt hob und für deren Erforschung i die Anerkennung der internationalen Wissenschaftsgemeinde verdien. Net die gewöhnliche Wald-und-Wiesen-Legasthenie – was vöööllig Neues!«

»Äh … schön für Sie«, murmelte ich leicht erschrocken.

Aber im nächsten Moment war Siggins wieder in leutseliger Stimmung. »Kommen'S nur herein, Herr Beutlgrabscher.« Mir wurde klar, dass die Freundlichkeit, die er an den Tag legte, eine dünne Schicht war, hinter der sich etwas Dunkles, Abgründiges verbarg. Möglicherweise hatte es mit den weißen Pulverhäufchen zu tun, die überall in seiner Praxis auf kleinen Tabletts herumstanden. Waschmittel? Hatte es etwa Hautirritationen zur Folge?

Ich folgte Siggins den Gang hinunter ins Behandlungszimmer. Seine Hobbnixhöhle ließ mich an das alte Sprichwort denken, dass »Bücher eine Wohnung zieren«. Alle Arten von akademischen Schriften waren an die Wände und Decken geklebt und dann mehrmals übermalt worden.

»Lassen'S mich Ihren Hintern faschieren«, sagte er.

»Wie bitte?«

»Äh ... i mein, legen'S sich bitte auf die Couch.«

Ich tat wie geheißen.

Siggins ließ sich in einem Sessel auf der Höhe meiner Schulter nieder. »Hm, hm«, murmelte er. »A Patient. A *öchter* Patient. Dös is sehr aufregend.«

»Das klingt, als hätten Sie nicht sehr viele Patienten«, sagte ich.

»A woher, jede Menge!«, erwiderte er und zog die Weste zurecht. Dann zog er das Jackett und den Kummerbund zurecht. Es musste ihm in seinem mehrteiligen Anzug ziemlich heiß sein, aber obwohl ihm der Schweiß auf der Stirn stand, schien er sich nicht unwohl zu fühlen. »*Jede Menge* Patienten. Nur ... net solche wie Sie.«

»Wie meinen Sie das, wie mich?«

»Gwöhnliche Hobbnixe.«

»Wen behandeln Sie denn sonst?«

»Na, in der Regel Verbrecher. Wissen'S, die ganze Disziplin der Psychiatrie wurde mehr oder weniger auf die Behandlung von Auftragsmördern und Psychopathen reduziert. Dös is sehr lukrativ, aber a bisserl fad. Na, wie auch immer, lassen'S uns jetzt dös Ding drehen.«

»Was drehen?«

»Äh, 'tschuldigens, dös hob i wohl von meinen andern Patienten aufgschnappt. Fangen wir an?«

»Was soll ich tun?«

»Reden'S einfach, Herr Hofrat, äh, Beutlgrabscher. Was immer Ihnen in den Sinn kommt. Und seien'S ganz unbesorgt – Sie san in einem neutralen Raum. Dös heißt, i werd net über Sie urteilen oder Sie verspotten oder sonst wie bloßstellen. Sie san frei, den Schleier der gesellschaftlichen Konventionen zu lüften und Ihr wahres Ich zu entblößen.«

Also drehten wir das Ding. Was ich damit sagen will: Obwohl ich gegen meinen Willen und nur um den rechtlichen Forderungen meiner Tanten genüge zu tun hierhergekommen war, sah ich der Therapie nun mit einer gewissen Vorfreude entgegen. Vielleicht würde ich mich selbst ja wirklich besser kennenlernen – was wiederum dem Schreiben meiner Autobiografie nur gut tun konnte. Und so, während der Regen gegen die Fenster des Behandlungszimmers plätscherte, vertraute ich mich diesem professionellen Seelenklempner an. Wobei die Enthüllung meiner sexuellen Orientierung eine gewisse … Irritation hervorrief.

»Geister?«, rief Siggins. »Der Herr belieben zu scherzen! Geister san *grauslich*.«

»Aber ich dachte, Sie würden nicht über mich urteilen.«

»Moch i a ned. Aber … *Geister?*«

»Es ist bei berühmten Autoren nicht ungewöhnlich, gute Beziehungen zu einem Ghostwriter zu unterhalten.«

»Aber Ihr … Ghostwriter is *wirklich* a Geist!«

»Das sind die besten von ihnen. Davon abgesehen: Wir lieben uns.«

»Maria und Josef!«, zischte er. »Sie ham a *sexuelle* Beziehung zu diesem Geist?«

Ich errötete. Das mag überraschend sein angesichts der Tatsache, dass ich beschlossen hatte, jeden Aspekt meines Lebens in diesem Text offenzulegen, aber wenn es um *diesen* Aspekt ging, war ich doch etwas schüchtern. »Nun, Sie haben doch sicher auch eine sexuelle Beziehung zu Ihrem Partner.«

»Zu meinem Freund – selbstverständlich. Aber dös is ja nur natürlich. Er lebt. Zu einem Geist? San'S deppert? Dös is ja gleichbedeutend mit Narkolepsie.«

»Es …« Ich hielt inne. »Was meinen Sie?«

»Na, warten'S. Net dös. Dös andere.«

»Nekrophilie?«, schlug ich vor.

»Genau! I mein, wie *tun* Sie es? Is dös überhaupt physisch möglich?«

»Natürlich ist das möglich«, erwiderte ich verächtlich. »Ich muss sagen, Dr. Siggins, Ihre Professionalität lässt zu wünschen übrig.«

»Entschudigen'S. Tut ma lad. I hätt net auf so negative Weise reagieren solln. Dös hier is a neutraler Raum, in dem Sie alles sagen können, ohne Angst zu haben, verspottet oder gar strafrechtlich verfolgt zu werden, aber … *a Geist?* Da läuft's mir doch kalt den Rücken runter.«

Ich lächelte. »Ganz genau.«

»I mog gar net drüber nachdenken.« Siggins lehnte sich zurück. »Na schön, wir habn hier jede Menge gutes psychologisches Material. Lassen'S uns am Anfang, äh, anfangen. Erzählen'S mir von Ihrer Kindheit.«

»Wie lustig, dass Sie genau das fragen. Tatsächlich schreibe ich gerade meine Autobiografie.«

»Wirklich? Na, dös sollt i mir mal anschaun. Bringen'S sie doch zu unserem nächsten Termin mit. Dös wär immens nützlich.«

»Sie ist noch nicht ganz fertig.«

»Dann bringen'S einfach mit, was Sie habn.«

»Nun … ich habe das Manuskript bei mir.« Ich zog das zweifach gefaltete Papier aus der Jackentasche.

»Wunderbar. Dös wird uns Zeit sparen.« Er sah auf seine Uhr und zündete sich dann eine Zigarre an. Der Rauch brannte mir in den Augen. »Lesen'S einfach vor. I notier.«

Ich blickte auf die Handvoll Worte auf dem Blatt. »Sind Sie sicher?«, fragte ich.

»Nur zu, Herr Magister«, gestikulierte Siggins mit der Zigarre. Er setzte sich auf die Sessellehne, stützte die Ellbogen auf die Knie, legte das Gesicht in die Hände und sah mich erwartungsvoll an.

Obwohl ich meine Zweifel hatte, ob das wirklich die beste Atmosphäre (haha) für eine psychiatrische Sitzung war, hielt ich das Papier hoch und las: »Ich wurde geboren. Ich wuchs auf. Ich erlebte ein großes Abenteuer – siehe auch: ›Der Hobbnix‹. Ruhestand.« Ich machte eine kurze Pause, dann fügte ich, um die Dürftigkeit des Textes etwas auszubalancieren, hinzu: »Ausrufezeichen.«

Siggins saß da und sah mich an. Einige Sekunden – oder waren es Minuten? – verstrichen. Schließlich löste er das Gesicht von den Händen, nahm die Ellbogen von den Knien und setzte sich auf. »Dös is ois?«

»Ja.«

»Dös is Ihr Lebn?«

»Ja.«

Plötzlich legte sich ein Schleier aus Zorn über Siggins' Gesicht, ja, es sah kurzzeitig so aus, als wäre er einer verbalen Explosion nahe. Aber dann war es auch schon wieder vorüber, und sein Gesicht nahm die ursprüngliche Farbe an. Er zog lange an seiner Zigarre, dann sagte er: »Na, da hättn wir's do scho.«

»Was?«

»Ihr Problem.«

In der Annahme, er meinte meine Schreibblockade, nickte ich. »Ja, das Schreiben fällt mir zuweilen schwer.«

»Naa, net des. Sie, Bingo. Sie san's. Sie habn a triviales, ereignisloses Lebn gführt. Ihr gonze Existenz is, um es in einem Wort zu sagen, banal.«

»Oh!« Ich war zugegebenermaßen etwas schockiert. »Aber was ist mit dem ›Ich erlebte ein großes Abenteuer‹-Teil?«

Siggins wischte das Argument mit einem verächtlichen Schwenk der Zigarre zur Seite, wobei ein kleiner Haufen Asche in der offenstehenden Schublade seines papierbeladenen Schreibtisches landete. »A kurze Episode. Im Ganzen betrachtet, war Ihr Lebn a solch existentielle Nullstelle, dass a wertvollere und stärkere Persönlichkeit längst Selbstmord begangen hätt. Längst! Nur Ihre ontologische Feigheit hot Sie am Lebn ghaltn.«

»Oh«, sagte ich wieder.

»Und döshalb habn Sie sich auch dieser absonderlichen Perversion hingegeben. Döshalb san Sie mit einem Geist akommodiert. Dass die Lawutschibria Ihres Lebns a bissl a Foarb kriegt.«

Auch wenn ich all die Fachtermini nicht kannte, begriff ich doch, was er damit sagen wollte. »Sie irren sich«, widersprach ich.

»Mir is klar, dass Sie es net gwohnt san, dass ma ›Na‹ zu Ihnen sagt, Bingo«, sagte Siggins mit einem, wie mir schien, selbstgefälligen Ausdruck. »Doch Sie müssn sich der Wahrheit stölln.«

»Aber ständig sagen die Leute ›Nein‹ zu mir. Ich bin es nicht gewohnt, dass jemand einmal ›Ja‹ zu mir sagt.«

»Na, Ihre Majestät, äh, na, Bingo. Da liegen'S ganz folsch. Wie auch immer, i glaub, dös is a entscheidender Durchbruch. Wie is Ihr Adress?«

»Wie bitte?«

»I brauch Ihr Adress, damit i waß, wo i mei Rechnung hinschickn kann.«

»Ich dachte, meine Tanten kommen für die Therapie auf.«

»I waß nix von irgendwelchen Tanten. Aber I BRAUCH …« Er hielt einen Moment inne, um des rhetorischen Effektes willen oder weil er einen Krampf hatte. »… dös Göld.«

»Damit ich das richtig verstehe: Die beiden kommen *nicht* für die Behandlung auf?«

Er schüttelte den Kopf.

»Na schön«, sagte ich. »Grabsch-End, Hoppler-Ahoi!, Aualand.«

Er schrieb es auf. »Sie erholtn mei Rechnung noch diesen Monat«, sagte er dann. »Sie können's entweder in Gulden oder in kleinen Beuteln Kokain bezahlen. Letzteres …« Er sah mich hoffnungsvoll an. »… oder Ersteres. Wie'S wolln. Bei der einen Variante könnten wir uns den Mittelsmann sparn, aber die andere is eh auch in Ordnung. Wie auch immer. Baba!«

Und im nächsten Moment fand ich mich schon auf der

Straße wieder und sah zu, wie Siggins' Tür ins Schloss fiel.

Leicht benommen wanderte ich daraufhin durch Hobbhausen. Mein erster Kontakt mit der Welt der Psychiatrie war verstörender – und kürzer – gewesen, als ich es erwartet hatte. Aber ich sagte mir, dass das Ganze zumindest sehr interessant gewesen war. Und wenn es meine Tanten davon abhielt, mich aus meiner Höhle zu werfen – um so besser.

Da ich früh dran war, nahm ich in einem kleinen Biestro eine Mahlzeit ein, das von zwei Biestern geführt wurde, die ihre biestige Vergangenheit hinter sich gelassen und sich ganz der Gastronomie gewidmet hatten. Als mein Bauch gefüllt war und der Wein meine Stimmung etwas angehoben hatte, entschied ich, den nächsten Zug zurück nach Hause zu nehmen.

Auf dem Weg zum Bahnhof kam ich an einem Wirtshaus vorbei, und an einem der Tische entdeckte ich den Kutscher, der mich hierher gebracht hatte. Ein leerer Humpen Bier stand vor ihm. »Einen schönen Tag, Sir«, rief er mir zu. »Brauchen Sie vielleicht ein Taxi für den Heimweg?«

»Ich danke Ihnen vielmals«, erwiderte ich, »dass Sie mich hierher gefahren haben. Aber da ich jetzt keineswegs in Eile bin, warte ich gerne auf den Zug. Doch erlauben Sie mir, dass ich Ihnen das leere Glas fülle.«

»Immer gerne«, sagte er lächelnd. »Das ist sehr nett von Ihnen, Sir. Ich bin ja schon vielen Perversen begegnet, aber Sie, Sir, sind ein wahrer Gentlehobbnix.«

Ich hatte die Münze, die ich ihm geben wollte, bereits in der Hand, als ich innehielt. »Warten Sie mal. Wie haben Sie mich gerade genannt?«

»Einen Gentlehobbnix, Sir«, sagte er mit einem kräftigen Nicken. »Und das meine ich auch so.«

»Nein, nein – davor.«

»Davor?«, fragte der Kutscher verwirrt.

»Haben Sie mich einen *Perversen* genannt?«

»Oh!« Er grinste mich an. »Das. Ja.«

»Warum in alles in der Welt nennen Sie mich so?«

»Pervers? Nun, das ist doch viel höflicher als, sagen wir, kalter Bruder. Meine Mutter hat mich gelehrt, stets höflich zu sein.«

Ich spürte, wie mir die Röte ins Gesicht schoss. »Woher …«, krächzte ich. »Woher wissen Sie das?«

»Ah, wir haben hier gerade ein wenig mit Dr. Siggins geplaudert. Er kommt immer hierher, um sich seine drei Bier fürs Mittagessen zu holen. Er hat die Geschichte in der Runde zum Besten gegeben. Was war das für ein Gejohle!«

Der Kutscher blickte immer noch erwartungsvoll auf die Münze in meiner Hand, aber ich gab sie ihm nicht. Und ich nahm auch nicht seine Kutsche, um nach Hause zu kommen. Ich stapfte zum Bahnhof und kaufte mir ein Ticket. Ich war so wütend, wie nur Jürgen Klopp wütend sein kann. Also seeeehr wütend. Ja, auf der ganzen Heimfahrt dampfte ich geradezu vor Wut.

Als ich zurück in meiner Hobbnixhöhle war, lief ich sofort ins Arbeitszimmer und schrieb einen Brief.

Sehr geehrter Doktor Siggins,
nach unserem Gespräch habe ich herausgefunden, dass Sie die ärztliche Schweigepflicht verletzt und einem Wirtshaus voller Fremden meine intimsten Geheimnisse erzählt haben. Dieser Vertrauensbruch ist unverzeihlich. Ich setze Sie hiermit in Kenntnis, dass ich jegliche Beziehungen zu Ihnen abbreche und die Therapie beende.

Ich fügte *Mit freundlichen Grüßen, Bingo Beutlgrabscher* hinzu, hatte aber nicht das Gefühl, dass das den richtigen Ton traf. Also machte ich *Mit unfreundlichen Grüßen* daraus. Das wiederum wirkte etwas kindisch. Ich dachte kurz nach und entschied mich für *Mit gleichgültigen Grüßen*.

Noch während ich den Brief schrieb, kam Heinrich hereingeflattert und beobachtete mich mit kühlem Interesse von der Decke aus. »Das Treffen mit dem Seelenklempner ist offenbar nicht gut gelaufen«, sagte er.

»*Doktor* Siggins«, erwiderte ich und betonte dabei den medizinischen Titel, als würden sich die Buchstaben nach rechts lehnen, »ist der Meinung, dass ich nur aus einem Grund mit dir zusammen bin: Weil ich damit mein chronisch banales und ereignisloses Leben kompensieren will.« So energisch wie möglich – natürlich nicht so energisch, dass das Papier zerriss – faltete ich den Brief und steckte ihn in einen Umschlag.

»Hm«, sinnierte der Geist, »da könnte was dran sein.«

»Jetzt fang du nicht auch noch an«, zischte ich.

»Komm schon, Bin-Bin. Einer der Gründe, warum du mich liebst, ist, weil ich dich in Angst und Schrecken versetze. Und warum hast du dieses Bedürfnis nach Angst und Schrecken? Weil dein Leben hier so *langweilig* ist.«

Ich lehnte mich seufzend in meinem Stuhl zurück. »Aber darum geht es doch gar nicht. Er ist Psychiater. Er hat mein Vertrauen missbraucht. Ich habe ihm von meiner Beziehung mit einem Geist erzählt – und er hat es in die ganze Welt hinausposaunt.«

»Aber du solltest ihm dankbar sein. *Wolltest* du denn nicht, dass die ganze Welt davon erfährt? Du willst nicht länger mit einer Lüge leben, hast du gesagt – und ich will nicht länger mit einer Lüge tot sein. Es gibt nichts, wovon wir uns schämen müssen.«

»Wo*für* wir uns schämen müssen«, korrigierte ich ihn schmollend.

Er zuckte mit den Achseln. »Du *nimmst* es doch in deine Autobiografie auf, oder?«

»Darum geht es nicht«, beharrte ich. Heinrichs Gefühllosigkeit ärgerte mich. Sie war geradezu … gefühllos.

»Um was geht es dann?«

»Ach, lass mich in Ruhe!«, rief ich und stapfte aus der Höhle, um den Brief einzuwerfen.

Zwölftes Kapitel

Es läuft wirklich nicht gut für mich

In den folgenden Tagen war die Atmosphäre in unserer Höhle reichlich frostig. Nicht angenehm frostig – also nicht so, wie wenn Heinrich mir den Schreck in die Glieder jagt, mein Herz mit Grauen füllt und meinen Atem zu klirrenden Wolken gefrieren lässt. Nein, die Höhle war erfüllt vom geronnenen Missmut unserer nicht zu Ende geführten Auseinandersetzung. Hätten wir uns wenigstens richtig gestritten, uns angeschrien, ordentlich Dampf abgelassen, dann hätten wir auch, wie es sich zwischen Hobbnix und Geist gehörte, tollen Versöhnungssex gehabt. So jedoch schlichen Heinrich und ich mürrisch durch die Höhle und gingen uns aus dem Weg. Es war kindisch, aber so war es eben.

Ich versuchte, an meiner Autobiografie weiterzuschreiben, doch die Worte weigerten sich herauszukommen. Also saß ich einfach nur in meinem Arbeitszimmer und starrte das weiße Blatt Papier an, bis es zurückstarrte.

Klopf-klopf-klopf. Da war jemand an der Tür.

Vermutlich der Postbote. Ich trottete den Flur hinunter. Der seltsame Geruch in der Luft hätte mich eigentlich schon darauf hinweisen müssen, wer mich da besuchte, noch bevor ich die Tür öffnete, aber ich war viel zu sehr mit meinem Selbstmitleid beschäftigt, um ihn wahrzunehmen.

Draußen im hellen Licht der Sonne stand der Landstreicher, dem ich vor einer Woche begegnet war – der alte, verwitterte Kerl, der sich Graham nannte.

»Ah, der Gärtner«, sagte ich unangenehm überrascht. »Was wollen Sie?«

»Es hat sich unauslöschlich eingeprägt, Maann«, murmelte er geheimnisvoll, den starren Blick auf irgendetwas hinter mir gerichtet.

»Das einzige, was sich hier unauslöschlich eingeprägt hat«, erwiderte ich schlagfertig, »ist der Gestank von Koanabis und Schweiß. Sind Sie hier, um zu betteln? Ich habe kein Geld für Sie. Verlassen Sie bitte mein Grundstück.«

»Die Bäume«, murmelte Graham. »Du musst mit den Bäumen sprechen, Mann.«

»Sprechen Sie doch mit den Bäumen – und lassen Sie mich in Ruhe.« Ich knallte die Tür zu.

Ich wollte gerade wieder zurück in mein Arbeitszimmer, als Grahams Stimme durch die geschlossene Tür drang. »Ist Heinrich zu Hause?«, fragte er.

Ich blieb stehen. Dann drückte ich mein Ohr an die Innenseite der Tür. »Woher kennen Sie Heinrich?«, rief ich.

»Zauberer, Mann«, kam es durch das Holz. »Ich *weiß*. Graham der Grüne, Mann.«

Ich war viel zu schlecht gelaunt, um auf irgendeine positive Weise darauf zu reagieren. Seine träge Stimme, sein Gestank, seine ganze unangenehme Erscheinung – das alles brachte den spießigen kleinen Aualänder in mir zum Vorschein. Rückblickend wünschte ich mir natürlich, ich hätte damals die Tür geöffnet und Graham hereingebeten. Ich wünschte, wir hätten uns gemeinsam mit Heinrich ins Wohnzimmer gesetzt und er hätte das Feuer gesehen. Wir hätten die Katastrophe abwenden können!

Ja, wenn ich das getan hätte – wie glücklich wäre ich heute. Aber meine Gefühle waren mir im Weg. Meine Gefühle und mein Ego.

»Er empfängt keine Besucher«, rief ich und stapfte zurück ins Arbeitszimmer.

Es dauerte fast eine Viertelstunde, bis ich mich wieder beruhigt hatte. Ich ging in die Küche und setzte Tee auf. Auch Heinrich flatterte dort herum, ließ das Geschirr klirren und malte mit ektoplasmatischem Schleim geheimnisvolle Zeichen an die Wand. Ich ignorierte ihn. Der kleine Auäländer in mir sagte: Diesmal nicht. Diesmal muss er sich zuerst entschuldigen.

Ich nahm den Tee mit ins Arbeitszimmer und setzte mich an den Schreibtisch. Einmal mehr betrachtete ich das, was ich bisher geschrieben hatte.

Ich wurde geboren
Ich wuchs auf
Ich erlebte ein großes Abenteuer – siehe auch: »Der Hobbnix«
Ruhestand!

Es wirkte wie ein Gedicht. Von der eher deprimierenden Sorte.

War das wirklich mein ganzes Leben? Viele, viele Jahre, in denen nichts von Belang geschehen war, unterbrochen von einem kurzen, völlig unbeabsichtigten Abenteuer, gefolgt von vielen weiteren Jahren, in denen nichts von Belang geschehen war. Ich seufzte.

Wieder klopfte es an der Tür. In der Annahme, dass es immer noch Graham der Grüne war, der meine Ruhe störte, eilte ich in die Küche und füllte einen Eimer mit Seifenlauge. Der Plan war, die Tür zu öffnen und ihm die Lauge ins Gesicht zu schütten – auch wenn das bedeutete, dass ich mit einer Hand die Tür und mit der anderen den durchaus schweren Eimer halten musste.

Es war der Postbote.

»Was machen Sie da mit dem Eimer?«, fragte er argwöhnisch.

»Äääh. Ich dachte, Sie wären jemand anders«, erwiderte ich. »Sie wünschen? Wieder ein überteuertes Telegramm von meinen Tanten?«

»Brief«, sagte der Postbote und tippte mit dem Finger an die Mütze. Dann reichte er ihn mir. Auf dem Umschlag stand: *Der Perverse, Hoppler-Ahoi!*. Sonst nichts.

»Ja, Sakra!«, rief ich und knallte den Eimer auf den Boden, dass das Wasser nur so spritzte. »Das darf ja wohl nicht wahr sein! Warum bringen Sie diesen Brief ausgerechnet *mir*?«

»Aber er ist doch an Sie adressiert«, sagte der Postbote.

»Nein, ist er nicht«, erwiderte ich zornig. »Wie kommen Sie darauf? Da steht nirgendwo mein Name. Wenn ich ihn öffne …« Ich riss den Umschlag auf und zog den Brief heraus. »… werden Sie sehen, dass …«

Der Brief begann mit: *Lieber Bingo*.

»Kein Grund, sich zu schämen«, sagte der Postbote und kratzte sich an der Nase. »Wissen Sie, mein Cousin steckt sich immer Silvesterraketen in den Allerwertesten und zündet sie an. Und ich habe einen Onkel, der …«

Ich knallte die Tür zu. Dann atmete ich tief ein. Und wieder aus. Natürlich war der Brief von Freudo Siggins:

> *Lieber Bingo,*
> *leider habe ich den Zettel verloren, auf dem ich Ihre Adresse notiert habe, aber ich bin sicher, der Brief findet auch so sein Ziel. Ich wäre Ihnen dankbar, wenn Sie die nächsten elf Sitzungen im Voraus bezahlen und wenn wir eine halbe Stunde früher beginnen könnten, damit ich noch*

rechtzeitig zum Frühschoppen ins Wirtshaus komme.
Ich habe das Gefühl, wir stehen vor einem Durchbruch.
Auch ein anderer meiner Patienten, Tony »Die Mücke« Maroni, sieht das so. Er war ganz fasziniert von Ihrem Fall! Damit meine ich: Er hat sich halb totgelacht. Wie auch immer, wir werden Ihrer Neurose schon zu Leibe rücken. Es hat bestimmt mit Ihrer Mutter zu tun – es hat immer mit der Mutter zu tun. Trotzdem sollten wir alle zwölf Sitzungen absolviere, nur um sicherzugehen.
Mit psychedelischen, nein, haha, psychiatrischen Grüßen
Freudo Siggins

Der Brief machte mich eher traurig als wütend. Ich spürte, wie sich DIE GROSSE SINNLOSIGKEIT auf meinen Schultern niederließ und mich mit ihrem tonnenschweren Gewicht nach unten drückte. Ich zerknüllte den Brief und warf ihn in Richtung des Papierkorbes neben der Eingangstür. Er prallte am Rand des Korbes ab und landete auf dem Boden, und dieses kleine, völlig unbedeutende Missgeschick brachte den Vulkan in mir endgültig zum Ausbruch. Wie konnte es dieses Stück Papier nur wagen, sich meinem Willen zu widersetzen? Ja, ich würde es ungespitzt in den Papierkorb rammen, *ob es ihm gefiel oder nicht*. Ich würde es dem verdammten Papierkorb *ins Maul stopfen!*

Ich ging auf das Papier zu, aber bevor ich danach greifen konnte, stolperte ich über den Eimer und schlug mit dem Gesicht voran auf dem Boden auf, sodass sich meine untere Zahnreihe in die obere Lippe bohrte. Gleichzeitig schwappte das ganze seifige Wasser über mich hinweg.

Ich setzte mich auf. Meine Lippe blutete. Ich war – ich gebe es offen zu – den Tränen nahe. Wieder klopfte es an der Tür. »Verschwinden Sie, Postbote!«, rief ich.

»Bin isch Postbote oder was?«, kam es von der anderen Seite der geschlossenen Tür.

»Verschwinden Sie, stinkender Landstreicher!«

Eine kurze Pause, dann: »Aber isch hab *Eau de Gnom* drauf.«

Stöhnend rappelte ich mich auf, wobei ich das Blut in meinem Mund schmeckte, und öffnete die Tür. Es war Til.

»Stör isch disch beim Baden, Alda?«, fragte er, als er sah, dass ich klatschnass war und auf den Boden tropfte.

»Du siehst doch«, erwiderte ich, »dass ich angezogen bin.«

»Korrekt.«

»Ich nehme wohl kaum ein Bad, wenn ich angezogen bin.«

»Hey, wie sonst?«

Ich dachte darüber nach. »Willst du damit sagen, dass Zwerge *angezogen* baden?«

»Korrekt, Alda, isch schwör. Wir ham auch so konkrete ...«

»Schon gut, Til«, sagte ich mit müder Stimme. »Was willst du?«

»Isch, äh, hab krass schlechte Nachrichten.«

»Und zwar?«

»Die Palantefau-Serie«, seufzte er.

Es half wohl nichts, ich musste ihn hereinlassen. Er machte es sich im Wohnzimmer gemütlich, während ich mir trockene Sachen anzog. Dann setzte ich mich ihm gegenüber.

»Des war so klar, Alda«, sagte er. »Von dem Moment an, als Dieter den Namen von der Serie geändert hat, weisstu? Isch mein, da geht's um Bier, also um misch. Isch sag, des geht so net, aber der kriegt voll den Anfall, ey.«

»Er hat den Namen der Serie geändert?«

»Isch schwör, Alda. Die heißt jetzt *Nackte Lesbierinnen in kritischem Dialog*. Isch sag, das is ein bescheuerter Name. Endbescheuert! Isch mein, wer will sich'n so was anschaun?«

»Das fasse ich einfach nicht«, sagte ich mehr zu mir selbst als zu Til.

»Und dann hat er alle männlichen Schauspieler gefeuert und so. Weil die passen nicht mehr in das künstlerische Konzept von NLKD. So heißt das jetzt bei dem, Alda: NLKD. So Akronyme sind voll das Ding, sagt er.«

»Aber unsere Investition ist doch sicher, oder?«, fragte ich leicht nervös.

»Sicher wie nur sonst was«, strahlte Til mich an. »Krass sicher, Alda! Wobei, man kann jetzt net ganz genau sagen, wie sicher ›sonst was‹ so is, weisstu?«

»Sag mir einfach die Wahrheit.«

»So Wahrheit und so? Hm. Alda, wo soll isch da anfangen?«

Nach und nach erfuhr ich Folgendes: Die Produktionsfirma hatte die Serie gekippt, weil sie angeblich nur für ein Nischenpublikum geeignet war. Also hatte Dieter seine eigene Firma gegründet: HBO (*Hot Bottoms Only*). So weit ich es verstand, war die Idee dabei, sich auf weibliche Hintern zu konzentrieren, vor allem auf solche Hintern, die so unnatürlich heiß waren, dass sie durch das Ablegen der Kleidung gekühlt werden mussten. Und wenn das nicht funktionierte, würde der Hintern mit kaltem Wasser abgespritzt und mit Eiswürfeln abgerubbelt. Und so weiter. Das alles sollte professionell aufgezeichnet und dann gesendet werden.

»Unsere *Investition*, Til«, fragte ich besorgt. »Was ist mit unserem Geld?«

»Äh, ja, das Ding is – die Schauspieler waren jetzt mehr so unglücklich, weil man sie entlassen hat. Die haben Dieter korrekt verklagt. Und der Richter hat Dieter so Schadensersatz zugesprochen.«

»Er hat *Dieter* Schadensersatz zugesprochen?«

»Korrekt, Alda. Des hat Mark und ›Mister‹ Bean krass angepisst, und die ham Dieter krass Schaden gemacht, Alda. Da brauchte er die Kohle von der Serie wegen fett Krankenhausrechnung und so.«

Ich lehnte mich zurück. Mir war schwummrig, in meinen Ohren fiepte ein heller Ton, und meine Arme fühlten sich leicht taub an. »Du willst damit also sagen, dass ich alles verloren habe.«

»Nein, nein, Alda. Isch mein, du hast jetzt net gleich so hundert Prozent verloren.«

»Nun, das ist ja eine halbwegs gute Nachricht. Wie viel habe ich denn verloren?«

»Neunzig Prozent.«

Das war eine bittere Pille, aber ich beschloss, mich auf den positiven Aspekt zu konzentrieren. »Also habe ich immer noch zehn Prozent der ursprünglichen Summe. Das ist besser als nichts.«

»Genau, das is korrekt«, rief Til, hob den einen Finger an die Nasenspitze und deutete mit dem anderen auf mich. »Nix.«

»Wie?«

»Du hast so gesagt, besser als nichts, und genau das kriegst du.«

»Aber *du* hast gesagt, ich hätte nur neunzig Prozent verloren.«

»Logisch, Alda. Weil du hast ja auch nur neunzig Prozent *investiert*.«

Ich versuchte, ruhig zu bleiben und nicht zu laut mit

den Zähnen zu knirschen. »Ich habe dich gefragt, wie viel ich *von meiner Investition* verloren habe.«

»Isch hör disch. Du hast neunzig Prozent Investition verloren. Isch hab nur zehn Prozent verloren. Obwohl ja meine Investition eh nur zehn Prozent war.«

»Til«, sagte ich mit gefährlich ruhiger Stimme, »wäre es angemessen zu sagen, dass du keine Ahnung von Prozentrechnen hast?«

»Endsangemessen, Bruder«, rief er. »Das is echt voll fair von dir, Kollege.« Er stand auf. »Aber isch muss jetzt los. Da is dieses Vorsprechen für *Basketball – Der Film*. Isch glaub, isch hab fett die Chance auf die Hauptrolle, den Ball. Man sieht sich, Alda.«

Nachdem Til gegangen war, blieb ich für längere Zeit im Wohnzimmer sitzen und bemitleidete mich selbst. Ja, ich gebe zu, dass ich mich im Selbstmitleid förmlich suhlte, was im Lichte dessen, was bald mit Hoppler-Ahoi! geschehen sollte, besonders unverzeihlich war. Aber so fühlte ich mich eben in diesem Moment. Ich versuchte, mich aufzumuntern: Ich hatte jede Menge Geld verloren, soviel stand fest. Aber da war immer noch der *Hobbnix*-Film – und der würde bestimmt ein Riesenhit werden. Außerdem standen die Tantiemen für die Ganzalt-Biografie noch aus. So schlimm war es doch gar nicht …

Klopf-klopf-klopf. Die Tür. Ich öffnete und sah in die glasigen Augen von Orson Wels.

»Dingo, mein Freund!«, begrüßte er mich. »Kann leeeeider nicht reinkommen, bin nur zufällig in der Gegend. Aber ich wollte Ihnen die groooße Neuigkeit nicht vorenthalten.«

»Welche Neuigkeit?« Ich spürte, wie mein Herz schneller schlug.

»Ich war gerade mit den ersten Takes zur *Hobbnix*-Diologie beschäftigt.« Wels gab ein mächtiges Blubbern von sich. »Sorry. Jeeedenfalls, da hatte ich eine Eingebung. Hier direkt in meinem Kopf. Zwei Filme? *Zwei?* Nee.«

»Neee?«

»Neeee«, bestätigte Wels in einem tiefen Basston. »Höören Sie zu. Drei Filme. Drei! Eine Triologie. Der erste: *Der Hobbnix*. Der zweite: *Hobbnixer*. Der dritte: *Hobbgoarnix*. Is das nicht crazy? Das wird ein Abräumer. International, sag ich Ihnen. Natüüürlich hab ich die aktuelle Crew rausgeschmissen und die Sets abreißen lassen. Wir müssen da gaaanz neu rangehen.«

»Mr. Wels ...«, hob ich mit einer Stimme an, aus der meine gesammelte Verzweiflung sprach.

Mit einem kurzen Winken der rechten Bauchflosse brachte er mich zum Schweigen. »Keine Uuursache, Kumpel. Ich muss weiter. Zeit ist Geld. Wenn uns zwei Filme reich machen, dann machen uns drei ... reichst.« Ich hatte keine Ahnung, wovon er da sprach, aber es war ja auch egal. »Schööönen Tag noch.« Er drehte sich um und watschelte den Gartenweg hinunter.

Ich ging zurück ins Wohnzimmer. »Zumindest«, sagte ich zu mir selbst, »kann es heute nicht noch schlimmer werden.«

Aber es wurde noch schlimmer.

Ich ließ mich in den Sessel fallen und versuchte, die Lage, in der ich mich befand, ganz rational zu evaluieren, doch die ätzende Säure des Selbstmitleids machte aus meinem Verstand eine Art zischenden Schaum, der giftige Dämpfe von sich gab. Das *Bier am Feuer*-Geld war also futsch – na gut. Aber was, wenn – ich schluckte, als ich mich dem Gedanken näherte – Wels den *Hobbnix*-Film oder die Dilogie oder die Trilogie oder was auch immer nie drehen würde? Was dann? Nun, dann hatte ich immer noch die Tantiemen aus den großartigen Verkäufen des Ganzalt-Buches. Und natürlich den sagenhaften Vorschuss, den mir mein Verleger für meine Autobiografie zahlen würde. Andererseits sah es ganz danach aus, dass mich meine Tanten mit ziemlicher Sicherheit aus meiner Höhle werfen würden – denn um keinen Preis der Welt würde ich meine Sitzungen mit Freudo Siggins wieder aufnehmen. Aber vielleicht sollte ich das nicht als Unglück, sondern als eine einzigartige Gelegenheit betrachten. Vielleicht wollte mir das Schicksal damit sagen, dass ich meine Familie endlich hinter mich lassen sollte. Dass ich woanders hinziehen und ein neues Leben beginnen sollte. Ja, vielleicht könnte ich mir mit dem Geld, das ich noch hatte, eine Wohnung in der Großen Stadt kaufen. Oder wenn nicht gleich eine ganze Wohnung, dann den Teil einer Wohnung. Entweder eine Woh- oder eine -nung. Warum nicht? Schüttle den Staub dieses bigotten Provinznestes ab, Bingo, und zieh in die Große Stadt, wo die Leute zu Dingen wie einer Hobbnix-Geist-Beziehung eine viel tolerantere Einstellung haben!

Ich stand auf und suchte nach Heinrich. Es war höchste Zeit, sich mit ihm zu versöhnen und über diese Möglichkeit zu sprechen.

Ich suchte in jedem Zimmer der Höhle, an jedem Ort, an dem sich Heinrich gerne verbarg, um mich zu erschrecken. Aber ich fand ihn nirgends. Zuerst wurde ich wütend auf ihn. Mit lauter Stimme rief ich: »Lass den Unsinn!« Und: »Das ist nicht lustig, Heinrich. Dein Sinn für Humor ist so tot wie dein früherer Körper.« Dann jedoch schlug die Wut in quälende Sorge um. »Bitte, Heinrich«, rief ich. »Es tut mir leid, dass wir uns gestritten haben. Ich entschuldige mich, wenn ich dich verletzt haben sollte. Bitte komm raus!«

Er war nirgendwo in der Höhle zu finden.

Schließlich fiel mir auf, dass die Hintertür nicht abgeschlossen war – und wir schlossen diese Tür *immer* ab. Ich öffnete sie so vorsichtig wie möglich und sah in den Garten. Das Gras musste mal wieder gemäht werden; kein Wunder, war mir doch der Gärtner abhandengekommen. Die Rosenstöcke wiegten sich im Nachmittagswind. Jenseits unseres Grundstücks erstrahlten die Bäume im Sonnenlicht. Alles schien so friedlich. Doch dann bemerkte ich eine Person, die auf einem Baumstumpf saß.

Schorsch Ratzinga.

Und plötzlich fiel es mir wie Schuppen von den Augen. Mir wurde schlagartig klar, was geschehen war. Und meine Welt brach zusammen.

Natürlich war das Erste, was ich tat, voller Wut auf den Exorkisten zuzulaufen. Der Baumstumpf war etwa sechs Meter hoch. Ein Baum war vor einigen Jahren so stark gewachsen, dass er nur einen Sturm vor einer Kollision mit meinem Dach entfernt gewesen war, und ich hatte einen Baumchirurgen gebeten, eine Amputation durchzuführen. Und nun war nur noch ein plattformartiger Stumpf übrig.

Auf dem Ratzinga im Schneidersitz thronte.

Und mich mit selbstgefälligem Blick fixierte.

»Was haben Sie nur getan?«, rief ich zu ihm hinauf.

»Es gibt keinen Grund, sich so zu echauffieren, Mr. Beutlgrabscher«, schnurrte er in papalem Tonfall.

Ich ließ mich davon nicht einlullen. »Was haben Sie mit Heinrich gemacht, Sie Verbrecher?«

»Beruhigen Sie sich doch, Mr. Beutlgrabscher.«

»Sagen Sie mir nicht, ich soll mich beruhigen«, zischte ich. »Ganz im Gegenteil. Ich *ent*ruhige mich.«

»Wenn Sie sich an meiner Anwesenheit hier stören,

dann schlage ich vor, dass Sie das mit Ihren Tanten besprechen. Ich bin kein unbefugter Eindringling. Ich habe die Erlaubnis, auf diesem Grundstück meiner Arbeit nachzugehen. Ihre Zustimmung ist dabei nicht notwendig.«

»Ich bringe Sie um«, schrie ich und hüpfte auf und ab, um ihn zu erreichen. Ich glaube, in diesem Moment hätte ich ihn tatsächlich mit meinen bloßen Händen erwürgt. Oder mit meinen bloßen Füßen totgetreten. Oder ihn mit meinen bloßen Armen im griechisch-römischen Stil in den Schwitzkasten genommen. Wenn ich nur an ihn herangekommen wäre.

»Mr. Beutlgrabscher«, sagte er mit dem hochnäsigen Tonfall dessen, der sich außer Gefahr wähnt, »Sie sollten wirklich mit Ihren Tanten sprechen.« Doch dann – als ich nämlich damit begann, an dem Baumstumpf hochzuklettern – wechselte seine Stimmlage von hoch- zu unternäsig (immerhin kam ich von unten auf seine Nase zu). »Nein! Nicht! Lassen Sie mich in Ruhe!«

Ich bekam seinen schwarzen Kittel zu fassen und streckte die Hand nach seinem Hals aus, aber er trat nach mir und ich verlor das Gleichgewicht. Nur die Tatsache, dass ich mich an seinem Kittel festhielt, verhinderte, dass ich hinunterstürzte. Er versuchte, sich zu befreien, und in einer Serie von Knallgeräuschen, die in einem anderen Zusammenhang durchaus lustig gewesen wären, lösten sich seine Silberknöpfe von den Nähten und schossen durch die Luft. Ich hielt mich weiterhin an dem Stoff fest, aber Ratzinga wand sich so heftig, dass seine Arme schließlich aus dem Kittel rutschten, er vom Rand des Baumstumpfes stürzte und dumpf unten aufschlug. Den Kittel in der Hand rappelte ich mich mühsam auf – und sah, wie er durch das hohe Gras in den hinteren Teil des

Gartens rannte. Es hatte keinen Sinn, ihm hinterherzujagen. Er war jung und flink; ich war alt und vor Kummer wie gelähmt.

»Heinrich ist weg«, rief ich ihm nach. »Die Liebe meines Lebens – weg.«

Im nächsten Moment war der Exorkist in einer Lücke in der Hecke verschwunden. Ich setzte mich auf den Baumstumpf und begann zu weinen.

Dreizehntes Kapitel

Von Tanten und Toten

Schmerz und Trauer überwältigten mich. Hätte sich im selben Moment ein Olifant auf mich gesetzt oder wäre der Dunkle Herrscher mit einer Armee stinkender Orks einmarschiert oder hätte DER MANN, DER FÜR ALL DAS VERANTWORTLICH IST der Geschichte einen völlig neuen Verlauf gegeben – ich hätte es nicht bemerkt, so sehr nahm mich der Verlust meines geliebten Geistes mit. Immer noch weinend kletterte ich langsam vom Baumstumpf herunter und schlich zurück in die Höhle. Dort legte ich mich auf das Sofa im Wohnzimmer und schluchzte so heftig, dass die Polsterung ächzte.

Es ging mir unaussprechlich elend; ja, ich vermochte es nicht einmal mehr, das Wort »elend« auszusprechen, so elend ging es mir.

Irgendwann schlief ich erschöpft von dem ganzen Greinen und Weinen ein, und als ich wieder erwachte, war es dunkel. Die Sonne war untergegangen, und das einzige Licht in der Höhle war das orange Flackern des ewigen Feuers in meinem Kamin.

Mein Mund war ausgetrocknet, also stolperte ich in die Küche und trank ein Glas Wasser. Und in dem Moment, in dem ich es ausgetrunken hatte, wurde ich mir des Elends, in dem ich mich befand, erneut bewusst. Es ist eine merkwürdige Sache mit dem Elend – nach dem Aufwachen gibt es eine kurze Zeit, in der man nahezu vergessen hat, dass man unglücklich ist. Nicht dass man plötzlich glücklich wäre, aber die unglücklichen Träume, aus denen man erwacht, verschmelzen mit dem *realen* Unglück, sodass man sich für einen Moment nicht daran erinnern kann, was es eigentlich war, das einen in ein solches Unglück gestürzt hat. Dann fällt es einem wieder ein – und ein Speer bohrt sich durch das Herz und der ganze Körper sackt zusammen.

Sie hatten mir Heinrich genommen. Sie hatten ihn *ermordet*.

Ich schleppte eine Keramikflasche Apfelwein aus dem Keller hoch und trank sie aus. Da die Flasche etwa halb so groß war wie ich, hatte ich reichlich Alkohol im Körper, aber genau das brauchte ich, um mein Elend zu betäuben. Die Folge war, dass ich jede Menge Rülpser von mir gab und an die sieben Mal auf die Toilette rennen musste, aber eine nennenswerte Milderung meines Unglücks bewirkte es nicht. Wieder und wieder musste ich daran denken, dass die letzten Tage mit Heinrich von einem sinnlosen Streit überschattet gewesen waren. Natürlich glaubte ich nicht, dass es mir in irgendeiner Weise »besser« ginge, wenn diese letzten Tage von Wärme und Zärtlichkeit geprägt gewesen wären und nicht von Zorn und Bitterkeit. Aber zusammen mit meinem Verlust war es eine kaum zu ertragende Mischung. Als die Sonne den östlichen Horizont rot färbte – ganz so als wollte sie einem planetengroßen Teekessel eine Feuerstelle bereiten – schlief ich wieder ein.

Irgendwann um die Mittagszeit wachte ich mit einer ganzen Reihe von Beschwerden auf: einem fürchterlichen Kater, dem dringenden Bedürfnis, meine Blase zu entleeren, und einem gebrochenen, perforierten Herzen. Ich kümmerte mich zunächst um zweiteres, dann mixte ich mir ein altes Hobbnix-Rezept gegen ersteres: eine Achtelunze Alka-Seltzer, vermischt mit einem kleinen Glas Grapefruitsaft, geschüttet in ein großes Glas und mit starkem Rotwein aufgefüllt. Ich leerte es in einem Zug. Und tatsächlich fühlte ich mich besser. Aber sich körperlich besser zu fühlen war nur die Voraussetzung dafür, sich emotional schlechter zu fühlen.

»Es hat keinen Sinn, hier herumzuhängen, Bingo«, sagte ich mir. Die Worte laut auszusprechen verlieh ihnen seltsamerweise eine gewisse Überzeugungskraft. »Du musst etwas tun.«

»Aber was?«, erwiderte ich mir. Damit es sich mehr wie ein tatsächlicher Dialog zwischen zwei Personen anfühlte, legte ich die Erwiderung etwa eine halbe Oktave höher an. Ich weiß nicht genau, warum ich das tat, vermutlich war die Vorstellung, allein zu Hause zu sitzen und mit mir selbst zu reden, einfach zu deprimierend.

»Eine Sache, die du tun könntest«, sagte ich mit einer tieferen Stimme als gewöhnlich, »wäre, deine Tanten zur Rede zu stellen. Was sie getan haben, war falsch. Ja, schlimmer als falsch. Es war *böse*.«

»Böse«, stimmte ich in dem leicht mädchenhaften Quietschton zu.

»Geh nach Hoppler-Ahoi! und stell sie zur Rede. Wer weiß, vielleicht …« Und das war das Schlimmste, die letzte Drehung des Messers in meinem Herzen: die *Hoffnung*. »… vielleicht können sie den Exorkisten dazu bringen, das, was er getan hat, rückgängig zu machen. Irgendwie. Ich weiß nicht, wie das funktionieren könnte, aber vielleicht kann er Heinrich zurückbringen.«

Wenn ich jetzt auf all diese Ereignisse zurückblicke, dann wird mir klar, was ich in diesem Moment durchlebte. Es waren die sieben Stufen der Trauer. Zuerst:

Schock – das plötzliche Bewusstwerden eines Verlustes, das sich in meinem Versuch manifestierte, Schorsch Ratzinga auf dem Baumstumpf zu erwürgen. Dann: der Verlust selbst. Die Trauer bedrängt, überwältigt, lähmt dich. Dann: der mentale Zustand, der (auch alphabetisch) der Bedrängung folgt – Verdrängung. Die Weigerung (und jedem Hobbnix war dieser Wesenszug tief in die Psyche eingeschrieben), die Dinge so zu akzeptieren, wie sie waren.

»Womöglich«, sagte ich mit hoher Stimme, »war es keine so gute Idee, auf diesen Exorkisten loszugehen.«

»Wie meinst du das?«, erwiderte ich mit immer noch hoher Stimme, worauf ich schnell mit tiefer Stimme hinzufügte: »Äh, 'tschuldigung. Wie meinst du das?«

Hohe Stimme: »Wenn du willst, dass er das, was er getan hat, rückgängig macht, dann musst du ihn dir gewogen halten.«

Tiefe Stimme: »Aber vielleicht kann ich ihn ja dazu *zwingen*, zu tun, was ich will. Ihn so einschüchtern, dass er mir gehorcht.«

Hohe Stimme: »Du *ihn* einschüchtern? Du könntest nicht einmal eine Maus einschüchtern. Schau dich doch an. Selbst eine Kreatur, die bereits eingeschüchtert auf die Welt gekommen ist, wäre von dir nicht eingeschüchtert.«

Tiefe Stimme: »Kein Grund, persönlich zu werden.«

Hohe Stimme: »Oh, es gibt jede Menge Gründe, persönlich zu werden. Du warst jedenfalls nicht der Einschüchternde in eurer Beziehung.«

Mit diesen Worten endete der Zustand der »Verdrängung«, und ich begann wieder zu weinen.

Trotzdem: Meine Tanten zur Rede zu stellen, war, wenn nicht unbedingt eine *gute* Idee, doch zumindest eine

Idee. Und weinend und trinkend in der Höhle herumzusitzen brachte mich auch nicht weiter. Also wusch ich mir das Gesicht, zog mir frische Kleider an, probte vor dem Spiegel einige Gesten, die im weitesten Sinne als »einschüchternd« gelten konnten, und verließ die Höhle.

Ein trister Nieselregen hatte sich wie ein dichter Vorhang über die Felder gelegt, aber – und ich traute meinen Augen kaum – der Pfad hinunter nach Hoppler-Ahoi! lag in hellem Sonnenschein und Vogelgezwitscher. Wie ein riesiger bunter mexikanischer Schnurrbart hing im Westen ein Regenbogen am Himmel. Regenbögen waren hierzulande keine Seltenheit, doch dieser hier schien mich geradezu zu verspotten. Wenn ein geliebter Lebender stirbt, trauen wir um ihn – Heinrich jedoch hatte gelebt und war gestorben, *bevor* ich ihn kennengelernt hatte. Was sollte ich nur tun?

Die Weizenfelder wogten im Wind, als würden unsichtbare Riesen in ihnen nach ihren verlorenen Kontaktlinsen suchen. Ich war zu sehr mit mir und meinem Unglück beschäftigt, um zu bemerken, dass gar kein Wind wehte.

Kurz darauf ging ich die Hauptstraße von Hoppler-Ahoi! hinunter. Je näher der Augenblick des Zusammentreffens mit meinen Tanten rückte, desto nervöser wurde ich – was sich auf ungute Weise mit meinem schlechten Allgemeinzustand vermischte (sagte ich schon, dass es mir wirklich elend ging?). Also machte ich einen kurzen Abstecher in das Fahle Kaninchen und stellte mich an den Tresen.

»Servus, Perversling«, begrüßte mich der Wirt. »Was darf's sein?«

Meine emotionale Verfassung war so fragil, dass diese Anrede mir Tränen in die Augen trieb. Ich versuchte, nicht an all die glücklichen Jahre der Perversion mit meinem Geist zu denken, räusperte mich und bestellte ein Glas Alter Zausel.

»Kommt sofort«, sagte der Wirt.

Er stellte mir das Bier hin, und ich trank es in wenigen Zügen aus.

»Wissen Sie schon das Neueste?«, fragte der Wirt dann.

»Nein, was?«

»Die Polizei steht kurz davor, den Mordfall zu lösen. Wenn Sie mich fragen, ich halte das für keine gute Sache. Einige ungelöste Morde verleihen einem Ort doch erst Charakter. Das lockt die Touristen an. Aber Inspektor Barnabas war gerade hier und sagte, sie wären da jemandem auf der Spur.«

»Auf der Spur?« Mein Kopf fühlte sich vom vielen Weinen und von den neun Prozent Alkohol des Alten Zausel etwas seltsam an. »Sie meinen, wie ein Hund?«

»Genau«, nickte der Wirt, während er die Theke mit einem feuchten Tuch abwischte. »Ein Hund auf einer heißen Spur. Ein Spürhund.«

»Sie wissen also, wer der Mörder ist?«

»Noch nicht. Aber sie sagen, sie wären ganz nah dran. Ich habe nicht die ganze Zeit zugehört, aber Barnabas sagte, es wäre doch offensichtlich. *Cui bono.* Das ist der entscheidende Aspekt.«

»Q.E. Bono? Der Sänger? *Er* ist der Mörder?«

Der Wirt, der offenbar an Betrunkene gewöhnt war, lächelte und nickte. »Wer tötet einen alten Gärtner, einen Zwerg und einen Exorkisten? Was haben diese drei gemeinsam? Finde *das* heraus – und du hast den Mörder.«

»Warten Sie«, sagte ich. »Was war *das* gerade?«

»Das? Ein Demonstrativpronomen, das auch gelegent-

lich dazu verwendet wird, einen beschränkten Relativsatz einzuleiten.«

»Nein«, sagte ich aufgeregt. »Was Sie gerade über den Exorkisten sagten.«

»Schorsch Ratzinga? Nicht gerade mein bester Kunde.«

»Ja, ich kenne ihn. Aber Sie sagten, er wäre ebenfalls *ermordet* worden.«

»Ganz richtig. Man hat ihn am Fuß des Hügels gefunden. Mit gebrochenem Genick.«

»Tot?«

»Toter geht's nicht.«

»Er … er hat sich also das Genick gebrochen, als er den Hügel hinunterstürzte?«

»Oh, sein Genick lag nicht am Fuß des Hügels. Sein Genick lag *oben* auf dem Hügel. In der Mitte auseinander gebrochen, gleich unter dem Kinn. Die Gerichtsmediziner haben das bestätigt.«

»Aber«, keuchte ich, »das verstehe ich nicht.«

»Ist doch ganz einfach«, erwiderte der Wirt. »Jemand hat ihm das Genick gebrochen. Dann hat er ihm den Kopf abgerissen und den Körper den Hügel hinunter geworfen. Und der rollte den ganzen Weg nach unten. Wie ein großer Schweizer Käse.«

»Was heißt wie ein großer Schweizer Käse?«, fragte ich. Meine Augen flackerten wie wild. Das war *wirklich* eine sehr verstörende Neuigkeit, und in meiner Verwirrung konnte ich den Vergleichen des Wirtes nicht ganz folgen.

»Das heißt …« Der Wirt hörte zu wischen auf und dachte kurz nach. »Dass keiner von beiden einen Kopf hat. Und beide etwas streng riechen.«

Umständlich erhob ich mich von dem Barhocker. »Ich muss«, sagte ich, »mit meinen Tanten sprechen.«

»Das Seltsame ist«, plauderte und wischte der Wirt weiter, während ich zum Ausgang torkelte, »dass er offenbar oben auf dem Hügel ganz in der Nähe *Ihrer* Höhle ermordet wurde, Mr. Beutlgrabscher.«

»Tanten«, murmelte ich. »Muss sprechen.« Ich konnte es einfach nicht fassen. Schorsch Ratzinga tot? Drei Morde in so kurzer Zeit, und alle drei unweit meiner Höhle? Etwas Schreckliches und Furchtbares – um nicht zu sagen Furchtbares und Schreckliches – ging hier vor sich. Und was noch schlimmer war: Wenn der Exorkist tot war, konnte er den Exorkismus, der mir Heinrich entrissen hatte, nicht mehr rückgängig machen. Vorausgesetzt, dass das überhaupt möglich war.

Ich taumelte die Straße hinunter zum Haus meiner Tanten, stieg die kleine Treppe zur Eingangstür hinauf und betätigte den gusseisernen Türklopfer, der traditionellerweise die Form einer weiblichen Brust hatte. *Bang, bang, bang!* Ich klopfte und klopfte, aber niemand öffnete. »Tante Lobehold, Tante Marlen«, rief ich durch den Briefschlitz. »Macht auf!«

»Die sind nicht da, Mann«, knarzte eine Stimme hinter mir.

Ich drehte mich um. Auf dem Rand des Stadtbrunnens in der Mitte des Platzes saß Graham, der Landstreicher, im Schneidersitz und bemühte sich, die Balance zu halten.

»Sie schon wieder«, zischte ich.

»Die sind den Hügel rauf, Mann. Alle. Den Hügel rauf«, brabbelte er.

Sogar auf die Entfernung konnte ich den einzigartigen Mief riechen, den er verströmte. »Was reden Sie da?«, rief ich.

»Der Inspektor. Er hat den Weg gewiesen. Bingo! Hast du mit ihnen gesprochen?«

»Was?« Der Tag entwickelte sich zunehmend verwirrender. Obwohl dieser ungewaschene Gärtner dieselbe Sprache sprach wie ich und ganz normale Worte verwendete, hatte ich keinen blassen Schimmer, wovon er redete. »Mit wem gesprochen?«

»Mit den Bäumen, Mann.« Seine Augen weiteten sich zu zwei großen O's, und er reckte die Arme in die Luft. »Mit den Bäääuuu...« Es schien, als wäre er im »Äu«-Teil des Wortes »Bäume« steckengeblieben. »... äääääuuuuu ...« Sein Gesicht nahm einen glückseligen Ausdruck an, dann kippte er zur Seite und fiel auf den Boden. »... men.« Er blieb liegen und starrte in den Himmel.

Ich hatte wirklich keine Zeit für diesen Unsinn. So schnell, wie mich meine kurzen Beine trugen, lief ich den Hügel zu meiner Höhle hinauf. Es stimmte: Vor meinem Gartentor hatte sich eine Menge versammelt. Ich sah den Zwergeninspektor, dessen Name mir in meinem bierverhangenen Zustand nicht einfallen wollte, ein halbes Dutzend seiner Leute und eine stattliche Anzahl Hobbnixe aus dem Ort. An ihrer Spitze Tante Lobehold.

»Da ist er!«, rief sie und deutete auf mich.

»Was ist hier los?«, keuchte ich. Ich war vom Aufstieg ganz außer Atem.

Heftiges Murmeln lief durch die Menge. »Was hat er gesagt?« – »Wie? Was?« – »Hat er gestanden?«

Ich atmete ruhig ein und versuchte es noch einmal: »Was ist hier *los*?«

»Lauter, Perversling«, rief jemand.

Plötzlich hatte ich das dringende Bedürfnis, mich hinzusetzen, und da ich keinen Sinn darin sah, mich durch die Menge zu kämpfen, nur um in meinen Garten zu kommen, ließ ich mich einfach auf der anderen Seite des Weges am Rand des Weizenfeldes nieder. Es schien mir eine gemütliche Stelle, wie ein kleiner weicher Erdhügel oder so etwas. Aber eigentlich war es egal, was es war, solange ich nur meine Beine ausstrecken und zu Atem kommen konnte.

Lobehold stapfte zu mir hinüber, wobei ihr Rock auf alarmierende Weise raschelte. »Wo ist deine Tante?«, verlangte sie zu wissen.

»Du bist meine Tante«, erwiderte ich. »Und du stehst gerade vor mir.«

»Du weißt ganz genau, dass ich von *Marlen* spreche.«

»Marlen? Ich habe keine Ahnung, wo sie ist.«

Inspektor Barnabas tauchte neben Lobehold auf. »Bingo, alter Freund«, sagte er. »Ich habe eine Ladung.«

»Eine Ladung?« Die Gedanken wirbelten nur so durch mein benebeltes Gehirn. Eine Ladung Bierfässer? Eine Ladung Baumstümpfe? Eine Ladung Exorkistenköpfe?

»Äh, eine Vorladung, meine ich. Um genauer zu sein: einen Haftbefehl.«

»Haftbefehl?«, murmelte ich matt.

»Ja, für Sie.«

»Für mich?«

Er nickte.

»Lenk nicht ab, Neffe«, schnappte Lobehold. »Ich will wissen, wo Marlen ist. Was hast du mit ihr gemacht?«

»Ich habe gar nichts mit ihr gemacht«, erwiderte ich und sah Barnabas an. »Einen Haftbefehl wofür?«

»Mord«, sagte er. »Widerwärtiger, hinterhältiger Mord.«

Mein Kopf drehte sich. Ich meine: bildlich gesprochen. Nicht dass Sie glauben, mein Schädel hätte eine 360°-Grad-Drehung gemacht wie in diesen Horrorfilmen. Nein, meine mentale Orientierung vollzog ein bedeutendes, um nicht zu sagen verheerendes Wendemanöver.

»Sie wollen *mich* wegen Mordes verhaften? Das glaube ich einfach nicht.«

»Ratzinga hat mir erzählt, dass du versucht hast, ihn zu töten«, heulte Lobehold. »Und jetzt ist er tot! Was sagt uns das? Es sagt uns, dass du es ein zweites Mal versucht hast – mit Erfolg!«

»Aber das habe ich nicht. Ich meine, ja, ich habe es *versucht*. Aber nur, weil er meinen geliebten Geist exorkiziert hat.«

Die Menge zuckte zusammen wie ein einziger Mann, als sie das hörte. Einer von ihnen schrie »Ihhh«, und sogar in meinem von Trauer und geistiger Verwirrung geprägten Zustand wurde mir klar, dass ich hier kein Mitleid zu erwarten hatte.

»Ich habe ihn nicht getötet«, sagte ich. »Ihr müsst mir glauben! Bis vor einigen Minuten wusste ich gar nicht, dass er tot ist.«

»Die Indizien sind eindeutig«, sagte Barnabas und schüttelte schwermütig den Kopf, als würde er damit den Fall endgültig abschließen.

»Ist das alles, was Sie haben? Indizienbeweise?«

»Indizien sind die besten Beweise«, erklärte der Inspektor. »Sie deuten in Richtung der Beweise und sagen: Da sind die Beweise. Deshalb nennt man sie ja auch so.«

»Nein«, sagte ich. Es gelang mir nur schwer, nicht verzweifelt zu klingen. »Ganz und gar nicht. Indizien sind lediglich Vermutungen und Unterstellungen. Was Sie für eine Anklage brauchen, ist ein handfester *Beweis*.«

»Vermutungen *und* Unterstellungen, hm?« Barnabas nickte. »Wer hätte gedacht, dass wir den Fall so schnell lösen …«

»Schluss jetzt!«, kreischte Lobehold. »Ich will endlich wissen, wo Marlen ist.«

»Keine Ahnung«, entgegnete ich. »Wieso glaubst du, ich wüsste es?«

»Sie ist heute früh hier heraufgekommen, um dich zur Rede zu stellen. Seither hat sie niemand mehr gesehen.«

»Nun«, sagte ich und rappelte mich mühsam auf. Es war besser, Lobeholds lächerliche Anschuldigung stehend abzuwehren. »Ich weiß nicht, wo sie ist.« Ich sprach bewusst laut, damit mich die ganze Menge hören konnte. »Es sei denn …« Plötzlich hatte ich ein mulmiges Gefühl im Magen. »… es sei denn …« Ich sah nach unten. »… ich hätte gerade, *rein zufällig*, auf ihrer Leiche gesessen.«

Lobehold gab einen Schrei von sich, der wie eine Schiffspfeife klang. Die Menge rief kollektiv »Ahhh« und machte einen einzigen, perfekt koordinierten Schritt rückwärts.

Ich hatte mich nun zur Gänze erhoben. Ohne es zu bemerken, hatte ich auf dem leblosen Körper meiner Tante gesessen. Dort lag sie: inmitten des Weizens, direkt gegenüber meiner Höhle.

Barnabas Gehilfen hoben sie hoch und trugen sie auf den Kiesweg. Ihre Augen waren schmale Schlitze, die Lippen waren zusammengepresst. Eigentlich sah sie nicht viel anders aus als in lebendigem Zustand. Außer dass ihr Körper an unzähligen Stellen von spitzen Weizenstängeln durchbohrt war – der Mörder hatte sie damit entweder wie mit einem Messer erstochen oder wie mit Dartpfeilen beworfen.

Zwergeninspektor Ahzgnza Khazazdzaz – genau, *so* hieß er – trat vor. »Bingo Beutlgrabscher«, sagte er mit voluminöser Stimme. »Im Gnomen des Gesetzes verhafte ich Sie wegen Mordes an Azhgnha Khzazzdz.«

»Nein«, meldete sich Barnabas und versuchte, den

Zwerg zur Seite zu drängen. »*Ich* verhafte ihn im Gnomen des Gesetzes.«

»Sie können ihn nicht im Gnomen des Gesetzes verhaften«, erwiderte der Zwergeninspektor. »Das können nur Zwerge.«

»Im *Namen* des Gesetzes«, korrigierte sich Barnabas. »Das wollte ich sagen.« Er sah mich an. »Bingo Beutlgrabscher, ich verhafte Sie im Namen des Zwerges, äh ...«

»Gesetzes?«, schlug ich vor.

»Gesetzes«, bellte Barnabas. »Gesetzes, Gesetzes, Gesetzes. Wegen Mordes an Samuel Grünspan, Schorsch Ratzinga und Marlen ... Marlen ... Wie war ihr Nachname?«

»Dietrich natürlich«, zischte Lobehold. »Geborene Beutlgrabscher.«

»Tun Sie das bitte nicht«, jammerte ich.

»Marlen Dietrichnatürlich«, schloss Barnabas. »Sie haben das Recht, die Aussage zu verweigern, aber alles, was Sie aussagen, *sollten* Sie etwas auszusagen haben, was Sie nicht *müssen*, aber wenn Sie das *Bedürfnis* haben, etwas auszusagen ... Warten Sie, ich habe den Faden verloren.«

»Ich bin unschuldig«, rief ich.

»Ich muss nachdrücklich darauf hinweisen«, meldete sich der Zwergeninspektor, »dass der Mord an einem Zwerg in meine Zuständigkeit fällt.«

»Er hat nur *einen* Zwerg ermordet«, erwiderte Barnabas. »Aber *drei* Hobbnixe. Also habe ich dreimal mehr Recht, ihn zu verhaften als Sie.«

»Ich habe niemanden ermordet«, protestierte ich.

»Hm.« Der Zwergeninspektor kratzte sich am Bart. »Ich mache Ihnen einen Vorschlag. Ich verhafte ihn, bringe ihn in die Zwergenrepublik Khazadztan, werfe ihn in das Bodenlose Verlies von Murks, unterziehe ihn unseren traditionellen Verhörmethoden – und Sie können ihn danach haben.«

»Hm.« Barnabas rieb sich am Kinn. »Ich mache Ihnen einen Gegenvorschlag. Wir stecken ihn in das Gefängnis von Hoppler-Ahoi!, das durchaus einen Boden hat, und stellen ihn vor Gericht. Sie können ihn *danach* haben.«

Für einen Moment sah es so aus, als würde die Angelegenheit in einer diplomatischen Sackgasse feststecken. Doch es dauerte nicht lange, da erzielten die beiden pflichtbewussten Gesetzeshüter eine Einigung: Ich würde in das Gefängnis von Hoppler-Ahoi! gebracht werden, und gleichzeitig sollten die Behörden des Aualands Verbindung mit dem Botschafter der Republik Khazadztan aufnehmen, um zu klären, wer nach internationalen Vereinbarungen das Recht hatte, mich *zuerst* vor Gericht zu stellen.

Man konnte wirklich nicht sagen, dass die Woche gut für mich verlaufen war. Ganz im Gegenteil: Sie hatte schlecht begonnen, war immer schlechter geworden und hatte schließlich den schlechtesten aller möglichen Zustände erreicht. Und dann, in einer überraschenden Wendung, hatte sie unter Beweis gestellt, dass es *noch* schlechter ging.

Vierzehntes Kapitel

Das lange, viel zu lange Käfig-Kapitel (zu lang für mich, wohlgemerkt)

Ich wurde den Hügel hinuntergebracht und in eine Zelle gesperrt. Um genau zu sein: in einen Käfig. Denn in Hoppler-Ahoi! wurden die Gefangenen üblicherweise in einem fünf Meter hohen rechteckigen Käfig auf dem Platz vor dem Polizeirevier untergebracht. In diesem Eisenverschlag befand sich nicht mehr als eine Holzpritsche, aber wenigstens hatte mir Barnabas aus alter Verbundenheit eine Decke gegeben.

Das alles war mehr als deprimierend. Der Käfig diente unter anderem dazu, die Delinquenten dem Spott der Öffentlichkeit preiszugeben, und folglich nutzten etliche Bürger den ersten Tag meiner Gefangenschaft, um mich zu begaffen und zu verhöhnen. Allerdings kamen sie nicht allzu nahe an den Käfig heran; offenbar hatten sie Angst vor mir, so schien es jedenfalls. Eine Familie reiste den ganzen Weg aus Winzlingen an, nur um mit verfaulten Tomaten auf mich zu werfen. Die Sache lief jedoch nicht so, wie sie sich das vorgestellt hatten. Vor Aufregung warfen sie nämlich die frischen Tomaten auf mich, die sie sich als Proviant mitgebracht hatten, und als sie das bemerkten, baten sie mich höflich darum, ihnen die Tomaten zurückzugeben. Aber ich ignorierte sie – und so blieb ihnen nichts anderes übrig, als die verfaulten Tomaten zu essen.

Zwei Tage nach meiner Inhaftierung besuchte mich Inspektor Barnabas.

»Alles in Ordnung, Bingo?«, fragte er.

»Was sollte nicht in Ordnung sein?«, fragte ich zurück. »Ich bin in einem Käfig eingesperrt.«

»Schon gut.« Barnabas machte eine beschwichtigende Geste. »Kein Grund, sarkastisch zu werden.«

»Die Liebe meines Lebens wurde exorkiziert, die einzige Person, die sie mir hätte zurückbringen können, ist tot, ich werde mehrerer Verbrechen beschuldigt, die ich nicht begangen habe, und ich bin in einem Käfig eingesperrt. Wenn das nicht der richtige Zeitpunkt ist, um sarkastisch zu werden, wann dann?« Ich drehte ihm den Rücken zu und verschränkte die Arme.

»Na, wie auch immer«, sagte Barnabas mit der Stimme eines Mannes, der froh war, keinen Smalltalk machen zu müssen. »Ich dachte, ich halte Sie auf dem Laufenden. Bringe Sie auf die Höhe der Ereignisse, wenn Sie verstehen, was ich meine.«

»Nein.«

»Nun, die Wahrheit ist, dass wir, was Ihren Fall betrifft, gewisse Schwierigkeiten bei der Ausstellung eines präzisen Haftbefehls haben. Die Zwerge sind nicht so, äh, kooperativ, wie wir uns das wünschen würden. Für die Behörden des Aualands steht fest, dass in dieser Angelegenheit der Hobbnix-Stolz berührt ist und dass wir keinesfalls nachgeben können. Doch die Zwerge bestehen auf Ihren Kopf, und wir bestehen ebenfalls auf Ihren Kopf, und …« Er hielt inne und dachte kurz nach. »Nicht, äh, dass es wirklich um Ihren Kopf geht. So funktioniert unser Justizsystem nicht.« Er lachte nervös. »Ich meine, wir hängen Sie vielleicht auf. Aber Ihr Kopf bleibt unangetastet.« Ich hörte, wie er hinter mir hin und her schlurfte. »Was bestimmt eine große Erleichterung für Sie ist. Ja, hm.«

Ich schwieg.

»Jedenfalls«, sagte er in einem Lasst-uns-die-Dinge-zum-Abschluss-bringen-Ton, »dachte ich, das würde Sie interessieren.«

Ich hörte, wie er sich über den Kiesweg entfernte. Ich drehte mich nicht um.

Das Schlimmste an meiner Situation war die Trennung – die *endgültige* Trennung – von Heinrich. Das mag Ihnen seltsam vorkommen, aber in einem Käfig an den Pranger gestellt zu werden war nichts im Vergleich zu diesem Schmerz. In gewisser Weise hatte ich das Gefühl, das alles verdient zu haben. Nicht weil ich mir, was die Morde betraf, irgendeiner Schuld bewusst war, sondern weil mein Geist verschwunden war. Ein Teil von mir glaubte offenbar, ich wäre ein durch und durch verdorbener Hobbnix und hätte diese Strafe verdient.

Das Dach des Käfigs hielt den Regen weitgehend ab, aber da die Seiten offen waren, blies der Wind ständig Feuchtigkeit herein. Ja, manchmal regnete es richtiggehend von der Seite. Auf der harten Pritsche in die Decke gewickelt schlief ich schlecht, und wenn ich schlief, träumte ich von Heinrich. Die Erinnerungen an ihn wirbelten an mir vorbei. Plötzlich sah ich das monströs aufgeblähte Gesicht von Schorsch Ratzinga, das vom Himmel auf mich herabgrinste. Dann – mit der Unmittelbarkeit, wie sie Träumen nun mal eigen ist – stand er in normaler Größe vor mir, und ich legte die Hände um seinen Hals und drückte so fest ich konnte zu. Sein Gesichtsausdruck wechselte von »überrascht« zu »panisch«, und seine Augen quollen aus den Höhlen. Und mit derselben Unmittelbarkeit erwachte ich keuchend und war wieder in der Dunkelheit des Käfigs. Und ich keuchte nicht, sondern weinte.

Aber auch das Elend nutzt sich ab, wenn man ihm nur lange genug Zeit gibt. Am dritten Tag langweilte es die Bürger Hoppler-Ahois! bereits, mich zu verspotten, und sie wandten sich anderen Dingen zu. Zweimal am Tag, morgens und abends, öffnete Barnabas den Käfig, leerte meinen Eimer und brachte mir einen Krug Wasser und ein Tablett mit Brot, Käse und Früchten. Die Monotonie ließ mich jedes Zeitgefühl verlieren; die Stunden trieben an mir vorbei wie Wolken. Am fünften Tag schließlich wurde mir langweilig. Nicht, was die Umstände betraf, sondern was mich selbst betraf. Meine innere Leere, mein Unvermögen, mich zu langweilen … langweilte mich.

Nehmen wir also an, ich geriet ins Grübeln – nur so zur Abwechslung. Nehmen wir an, ich wollte aus dem Käfig ausbrechen. Wie würde ich das anstellen?

Die Gefängniswärter von deiner Unschuld überzeugen.

Und wie konnte ich das tun?

Das sollte nicht allzu schwer sein – vorausgesetzt natürlich, dass du tatsächlich unschuldig bist.

Das ließ mich innehalten. War ich wirklich unschuldig? Normalerweise war ich kein gewalttätiger Hobbnix, aber in dem Moment, als mir klar wurde, dass Heinrich verschwunden war, und ich Ratzinga mit diesem unerträglichen Ausdruck auf seinem Gesicht vor mir auf dem Baumstumpf sah, da … befiel mich für den Bruchteil einer Sekunde der Drang, ihn zu töten. Ich war also dazu fähig – alle Lebewesen waren das vermutlich. Was, wenn ich ihm nachgejagt war, ihn umgebracht hatte und dann die Erinnerung daran verdrängt hatte? (Nein, sagte ich mir, das konnte nicht sein.) Und was war mit den anderen? Warum sollte ich einen Zwerg töten? Warum sollte ich meinen eigenen Gärtner umbringen? Und auch wenn ich Meinungsverschiedenheiten mit meiner Tante gehabt hatte – der Gedanke, ich hätte Dutzende von Weizenstängeln gesammelt und sie damit erdolcht, war absurd. Unvorstellbar! Ich drehte und wendete dieses Wort in meinem Kopf, und je länger ich das tat, desto klarer wurde mir, dass es diesen Mord akkurat beschrieb. Ich konnte mir einfach nicht vorstellen, wie man die Stängel von ungeschältem Weizen dazu verwendete, jemanden zu ermorden. Zugegeben, diese Stängel waren hart und spitz genug, um die Haut zu durchbohren. Aber sie als *Waffe* zu gebrauchen? Sie waren viel zu biegsam, um damit zuzustechen, also musste der Mörder irgendeine Apparatur benutzt haben – eine Pistole oder eine Armbrust oder eine Art Schlinge … Nein, es war unvorstellbar.

Am Morgen des sechsten Tages war Barnabas nicht allein, als er zum Käfig kam, um den Eimer zu leeren. »Sie haben Besuch«, sagte er.

»Wirklich?«, krächzte ich. Ich hatte seit Tagen nicht laut gesprochen, sodass meine Stimme etwas außer Übung war. Ich blickte auf und sah eine riesige Erscheinung neben dem Inspektor: so groß wie der größte Mensch, vielleicht sogar größer. Im Morgenlicht hatte die Haut des Wesens eine merkwürdig blau-grüne Färbung.

»Das ist … *Uff!*«, sagte Barnabas. Offenbar hatte ihm jemand in den Magen geboxt, bevor er seinen Satz zu Ende bringen konnte.

»Wie bitte?«, keuchte ich.

»Das ist … Uff!«, wiederholte er. Er genoss es sichtlich, dieses Wort auszusprechen – er lehnte sich dabei nach vorne, riss die Augen auf, spitzte die Lippen und presste die Luft aus seinen Lungen. Dann drückte er den

Rücken durch und wandte sich dem Riesen zu. »Spreche ich das richtig aus?«

»Schon okay«, brummte der Bursche.

Der Inspektor lachte etwas nervös. »Wie auch immer, ich lasse euch jetzt allein. Uff!, ich bitte Sie nur darum, davon abzusehen, mit Ihrer außerordentlichen Ogerkraft die Stäbe des Käfigs aufzudrücken, in dem Bingo sitzt. Er würde sonst fliehen, und das wäre überaus unangenehm für alle Beteiligten. Tschüss!« Gut gelaunt ging er zurück in das Polizeigebäude.

Eine längere Zeit stand Uff! einfach nur da. Leichter Morgenregen begann zu fallen und legte sich auf seine Lederweste und seinen massigen Körper. Er rührte sich nicht. Ich erhob mich von der Pritsche und näherte mich den Käfigstäben, um ihn besser sehen zu können. Es war gar nicht das Licht – seine Haut war tatsächlich blaugrün. Die Muskeln seiner Oberarme waren so groß wie Delfine. Und wenn ich sage, dass sein Nacken breiter als sein Kopf war, dann heißt das nicht, dass sein Kopf in irgendeiner Weise schmal gewesen wäre. Er war, in nur jeder vorstellbaren Hinsicht, ein Hüne.

»Hallo«, sagte ich nach einer Weile. »Ich bin Bingo Beutlgrabscher.«

»Uff!«, erwiderte er, auch wenn es aus seinem riesigen Mund (seine Lippen sahen so aus, als würde eine Python eine andere Python Huckepack nehmen) mehr wie ein Seufzen klang.

»Na schön, Uff!. Was kann ich für Sie tun?«

»Interview«, sagte er mit einer Stimme, die sich anhörte, als würden Felsbrocken einen Berg hinunterrollen – einen Berg, der aus nichts anderem als aus Pauken bestand.

»Ah ja. Sie sind also Journalist? Dann kommen Sie bestimmt von der *Voger*, der Oger-*Vogue*?«

Er nickte.

»Und Sie sind hier, um mir einige Fragen zu stellen?«

Er nickte wieder.

»Nun, Sie finden mich leider in einer etwas unglücklichen Situation vor. Man hat mich für ein Verbrechen festgenommen, das ich nicht begangen habe. Aber wie auch immer, hier bin ich – und ich freue mich, Ihre Fragen zu beantworten. Schießen Sie los!«

Eine lange Stille trat ein. Der Regen ließ nach. Wind kam auf und verwirbelte die grünen Haare, die zwischen Uff!s abstehenden Ohren sprossen. Lange Zeit rührte er sich nicht. Schließlich öffnete er seinen höhlenartigen Mund und sagte: »*Voger* hält *Der Hobbnix* für Meisterwerk.«

»Das ist sehr nett«, erwiderte ich. »Vielen Dank!«

Wieder eine Pause. Dann sagte er: »Viele Zwerge sterben.«

»Ja«, nickte ich. »Tragisch, nicht wahr?«

Uff! machte ein Geräusch, das ich nicht gleich identifizieren konnte. Es dauerte eine Weile, doch dann begriff ich, dass das dumpfe Dröhnen, das von den Stimmbändern der Kreatur kam, ein Lachen war. »Tote Zwerge lustig«, brummte er.

»Aha«, war alles, was mir dazu einfiel.

»Beutlgrabscher schreibt Meisterwerk mit toten Zwergen. Hahaha!«

»Nun, das war nicht mein Hauptthema …«

»Film von *Der Hobbnix*?«, unterbrach er mich.

Das war offenbar die erste konkrete Frage, die er an mich richtete, auch wenn mir nicht ganz klar war, was er genau wissen wollte. Ich wartete erst einmal, damit er den Satz vervollständigen konnte, aber er schien sich wieder in seinen vorherigen Zustand der massigen Bewegungslosigkeit versetzt zu haben. Also sagte ich: »Ja, die Verfilmung meines Romans wird mit großer Spannung erwartet. Tatsächlich habe ich mich letzte Woche mit dem Regisseur getroffen, Orson Wels, und er sagte mir, dass der Film eine Trilogie werden wird. Stellen Sie sich das nur vor. Drei Filme über mein Abenteuer, meine Reise und … äh, tote Zwerge …«

»Hahaha!«, lachte Uff!. Dann eine Pause. Dann fügte er hinzu: »*Voger* mag keine Zwerge.«

»Ich verstehe.« Wieder eine lange Stille. Es war nicht so, dass ich etwas anderes vorgehabt hätte, aber so langsam wurde die Situation unangenehm. »Haben Sie noch andere Fragen?«

Offenbar nicht. Aber Uff! machte auch keine Anstalten zu gehen; wie angewurzelt stand er über eine Stunde lang da. Schließlich wurde es mir zu dumm. Ich legte mich wieder auf die Pritsche und schlief ein. Als ich erwachte, war der Oger verschwunden.

Ein Tag nach dem anderen verging.

»Es gibt gewisse diplomatische Verzögerungen bei der Ausarbeitung der Anklageschrift«, erklärte mir Barnabas eines Abends. »Ich fürchte, solange die Fragen der Zuständigkeit nicht restlos geklärt sind, können wir nichts tun.«

Ich erwiderte nichts.

Ich begann damit, Striche in das untere Ende eines der Käfigstäbe zu ritzen, um die Tage zu zählen. Ich arbeitete mich von unten nach oben vor.

Mein ganzes Leben war ich mehr oder weniger ein Stubenhocker gewesen, gewöhnt an den Komfort einer warmen Hobbnixhöhle. Der Schock meiner Inhaftierung und die Tatsache, dass ich nun Wind und Wetter ausgesetzt war, hinterließen Spuren an meinem Körper.

Irgendwann in der zweiten Woche bekam ich Fieber und lag – für wie lange, weiß ich nicht mehr genau – zitternd und halluzinierend auf der Pritsche. Wieder sah ich Heinrich vor mir und weinte und streckte die Arme nach ihm aus, aber er flog über den Platz und verschwand in der Mauer des Rathauses. Ich sah auch meine Tante Marlen; sie lebte, auch wenn sie mit den Weizenstängeln in ihrem Körper einem Stachelschwein ähnelte. Sie schwebte wenige Meter vor dem Käfig in der Luft und schüttelte traurig den Kopf. Ich sah Orson Wels. Er schien eine etwas solidere Halluzination zu sein als die anderen – ja, er tauchte in hellem Tageslicht auf und hatte einen Hocker mitgebracht, auf dem er sich niederließ.

»Bingoooo«, sagte er in seinem üblichen ausladenden Ton. »Ich war bei Ihnen zu Hause. Aber man sagte mir, Sie wären jetzt hier.«

»Oh, Halluzination!«, japste ich, die Augen voll heißer Fiebertränen. »Wenn ich nur der tief in den Kosmos eingewebten Traurigkeit Ausdruck verleihen könnte! Oh Dunkelheit, Dunkelheit, Dunkelheit – alle gehen sie in die Dunkelheit zwischen den Sternen, in das unendliche Nichts der Gedanken …«

»Oookay«, murmelte Wels etwas verwirrt. Dann hellte sich seine Miene auf. »Also, Bingo, hören Sie zu. *Eeeine* Triologie? Nein, eine Triologie wird Ihrer Story nicht gerecht. Blubb. Wir brauchen *zweeei* Triologien! Aber dann dachte ich mir: Weeer produziert zwei Triologien, von was auch immer?«

»Niemand«, keuchte ich. »Niemand.«

»Gaaaanz genau, mein Freund! Deshalb brauchen wir *dreeei* Triologien! *Neun* Filme! Ich denke noch über die Titel nach, aber Sie müssen zugeben, Bingo, das ist geeeeniös.«

»Das ist was?«

»Geniös. Ich bin ein Geeenie, weil mir das eingefallen ist. Natürlich habe ich sofort die Crew rausgeschmissen und die Sets abreißen lassen. Wir brauchen einen gaaaanz neuen Start!«

Ich schloss meine müden Augen und schlief offenbar ein, denn als ich sie wieder öffnete, war Wels nicht mehr da.

Das Fieber erklomm seinen Zenit, und ich fühlte mich, als hätte man mich in ein Meer aus Elend geworfen. Ich weiß nicht, wie lange ich in diesem Zustand auf der Pritsche lag, aber irgendwann zog sich die Krankheit wieder zurück. Ich setzte mich auf und verspürte einen rasenden Durst. Nachdem ich ihn gestillt hatte, verspürte ich einen rasenden Hunger. Meine Kleidung schlackerte nur so an meinem abgemagerten Körper.

Ein Gedanke beschäftigte mich jetzt wie kein anderer: Unschuld. Ich war an den Gestaden des Todes vorbeigesegelt und wäre beinahe in den Tiefen des Wahnsinns versunken, aber nun war ich zurückgekehrt, und die Vorstellung, ich hätte einen vierfachen Mord begangen und danach vergessen, erschien mir im hellen Licht des Tages als genau das, was sie war: absurd. Doch wenn ich sie nicht ermordet hatte – wer dann? Jeder Tag, den ich hier unschuldig im Käfig verbrachte, bedeutete einen weiteren Tag Freiheit für den wahren Mörder!

Eines Morgens sprach ich Barnabas darauf an. »Ich bin *wirklich* unschuldig, Inspektor«, sagte ich.

»Bis zum Beweis Ihrer Schuld«, stimmte er zu.

»Aber meine Schuld kann nicht bewiesen werden, weil ich es nicht getan habe.«

»Das wird uns nicht aufhalten«, sagte er mit leicht trauriger Stimme.

Das war natürlich ziemlich demoralisierend; umso mehr, als es offensichtlich stimmte. Aber ich ließ nicht locker. »Ursprünglich hatten Sie Mo Lat verhaftet«, sagte ich. »Gleich nachdem der arme alte Samuel Grünspan ermordet wurde, erinnern Sie sich? Doch dann mussten Sie ihn freilassen, weil er unschuldig war. Mit anderen Worten: Sie haben sich schon einmal geirrt, Inspektor. Warum sollten Sie sich nicht ein zweites Mal irren?«

»Ja, der arme Mo«, sinnierte Barnabas.

»Der arme … was? Er hat einen Tag und eine Nacht hier im Käfig verbracht. Ich bin seit Wochen hier drin und wäre fast am Fieber gestorben. Warum ist er der arme Mo? Was ist mit *mir*?«

»Sie? Ihnen geht es besser als ihm.«

»Das verstehe ich nicht. Wieso?«

Barnabas kratzte sich am Kinn und dachte kurz nach. »Na ja«, sagte er dann. »Zum Beispiel atmen Sie noch.«

Es dauerte einen Moment, bis ich begriff, was er damit zum Ausdruck bringen wollte. »Mo ist tot?«

»Letzte Woche. Wir haben ihn an seinem Gartentor gefunden, von einem Ast aufgespießt. Und wenn ich aufgespießt sage, dann … nun, Sie wollen nicht wissen, welcher Teil seines Körpers von der hölzernen Spitze durchbohrt wurde.«

»Welcher Teil?«, fragte ich entsetzt und neugierig zugleich.

»Wie ich sagte, das wollen Sie nicht wissen.«

»Ich will es aber wissen. Deshalb frage ich Sie.«

Barnabas schüttelte den Kopf. »Sie wollen es nicht wissen.«

»Doch, will ich!«

»Ihr Mund sagt, Sie wollen es. Aber Ihr Gehirn ist anderer Meinung.«

»Nein, ist es nicht. Es verwendet meinen Mund, um mit der Außenwelt zu kommunizieren. So funktioniert das.«

»Nuuun«, erwiderte Barnabas. »Wenn ich sage, Sie wollen es nicht wissen, dann will ich damit ausdrücken, dass, äh, ich es Ihnen nicht sagen will.«

»Aber verstehen Sie nicht?«, sagte ich mit fester Stimme. »Das beweist meine Unschuld! Ich kann Mo unmöglich ermordet haben – ich war die ganze Zeit über hier im Käfig.«

Barnabas nickte langsam. »Es ist der Beweis für Ihre Unschuld. Aber es ist kein Indiz, nicht wahr?«

»Es ist mehr als das – es ist ein *Beweis!*«

»Sie haben recht, mein Freund. Es ist ein Beweis, und das ist eine gute Sache. Aber bevor ich nicht ein wasserdichtes, hieb- und stichfestes Indiz habe, kann ich Sie nicht entlassen.«

»Es ist genau *umgekehrt,* Inspektor!« Ich war zugegebenermaßen etwas aufgewühlt. Der ganze Vorgang war überaus frustrierend. »Ein Beweis ist *besser* als ein Indiz, nicht andersherum. Beweis sticht Indiz, verstehen Sie?«

Barnabas schüttelte verschmitzt den Kopf und sagte: »Das hier ist ja wohl kaum ein Kartenspiel.« Er schlenderte davon, und ich bekenne, dass ich ihm einige wenig schmeichelhafte Ausdrücke hinterher rief, darunter das Wort »Volltrottel«. Dann packte ich mit beiden Händen die Käfigstangen und rüttelte heftig daran. Aber es war sinnlos.

Eine weitere unruhige Nacht.

Am Morgen brachte mir Barnabas wieder einen Besucher, einen untersetzten Hobbnix mit Halbmondbrille. »Mein Name ist Anward«, sagte er. »Ich bin Anwalt.

Nach den Gesetzen des Aualands haben Sie unmittelbar nach Ihrer Verhaftung Anspruch auf Rechtsbeistand.«

Ich sah Anward den Anwalt an. »Ich bin *seit Wochen* in diesem Käfig«, erklärte ich.

»Ja, äh, gut Ding will Weile haben«, erwiderte er. »Jedenfalls, ich habe den Haftbefehl gegen Sie studiert und muss nur noch wissen, wohin ich die Rechnung schicken soll.«

»Die Rechnung wofür?«

»Für meinen Rechtsbeistand natürlich«, sagte er leicht überrascht.

»Was für einen Beistand?«

»Das Studieren des Haftbefehls. Außerdem mein Besuch jetzt.«

»Aber ich habe Sie weder um das eine noch das andere gebeten.«

»Nichtsdestotrotz habe ich diese Aufgaben nach bestem Wissen und Gewissen erfüllt und Ihnen dabei meine ganze juristische Expertise zur Verfügung gestellt.«

»Na dann, Mr. ›Die Expertise‹ Anward – lecken Sie mich an meinem *Hobbnixus gluteus maximus*.«

»Geht es hier um Anatomie?«, fragte er zögerlich. »Ich habe leider keine Kenntnisse in Anatomie. Nur Recht und Gesetz – da weiß ich Bescheid. Die Adresse bitte.«

»Grabsch-End, oben auf dem Hügel«, erwiderte ich. »Aber ich fürchte, Sie haben die lange Reise umsonst gemacht, Mr. ›Matlock‹ Anward.«

»Äh, es tut mir leid, das sagen zu müssen«, warf Barnabas ein. »Aber Grabsch-End ist nicht mehr länger Ihr Wohnsitz.«

»Ganz genau«, sagte ich fröhlich. »Da ich ja gerade hier wohne.«

»Nein, nein, das meine ich nicht. Grabsch-End befindet sich nun im Besitz der Behörden.«

»Was soll das heißen?«

»Ihre Tante Lobehold hat den Antrag gestellt, Ihnen sämtliche Besitzansprüche an dem Grundstück zu entziehen – mit der Begründung, dass Sie ein schlechter Hobbnix sind. Das Gericht hat dem zugestimmt.«

»Dann bin ich also obdachlos«, rief ich. »Das ist einfach *wunderbar!*«

»Rechtlich gesehen«, erläuterte Anward, »sind wunderbare Dinge vor Gericht nicht zulässig – wie alles, was mit Magie zu tun hat. Aber können wir jetzt zur Sache zurückkommen?«

»Aber sicher, Mr. ›Die Sache‹ Anward«, schnappte ich. Ich gebe zu, ich war etwas schnippisch.

»Ich fürchte, ich habe eine sehr schlechte Nachricht«, sagte er.

»Tatsächlich? Bin ich zum Tode verurteilt?«

»Sie werden aus dem Gefängnis entlassen.«

»Das ist ja furchtbar!«, rief ich. Dann dachte ich kurz nach. »Nein, warten Sie – das ist nicht furchtbar. Das ist großartig!«

»Wohl kaum«, sagte Barnabas und sah mich mit ernstem Blick an. »Zwischen dem Aualand und der Zwergenrepublik von Khazadztan herrscht Krieg.«

»Kreizdeifi!«, erwiderte ich verdutzt. »Das wiederum ist furchtbar. Aber doch bestimmt nicht wegen meiner lächerlichen Inhaftierung.«

»Es gab diplomatische Verwerfungen mit den Zwergen«, sagte Barnabas. »Sie wissen ja, was Verwerfungen mit Zwergen sind. Sie haben bestimmt schon einmal beim Zwergenwerfen mitgemacht.«

»Sicher. Aber was ist passiert?«, fragte ich.

»Unser Botschafter und ihr Botschafter lieferten sich eine heftige Diskussion, wobei sie eher Fäuste als Worte verwendeten und sich für geraume Zeit auf dem Boden wälzten. Dann wurden wir über die üblichen Kanäle darüber informiert, dass sich unsere beiden Länder von nun an im Krieg miteinander befinden.«

»Aber das ist schrecklich!« Ich spürte, wie mein Herz vor Angst raste. Vor meinem geistigen Auge sah ich eine Armee aus muskelbepackten, geifernden Zwergen durch die Täler des Aualands marschieren und mit riesigen Äxten um sich schlagen, sodass sich die Flüsse rot vor Blut färbten und sich die Felder mit Hobbnix-Leichen füllten. Und dann sah ich den feisten Zwergenkönig auf dem Stuhl unseres höchsten demokratisch gewählten Wahlbeamten sitzen. »Wir müssen eine Armee ausheben«, rief ich. »Eine Miliz formieren. Alle Hobbnixe zwischen dreißig und hundertdreißig müssen sich versammeln und …«

Barnabas rieb sich am Kinn. »Äh, ja. Vielleicht sollten wir nichts überstürzen.«

»Aber wenn eine Horde wutentbrannter Zwerge kurz davor steht, eine Invasion …«

»Das ist nicht die Art, wie Zwerge Kriege führen, wissen Sie«, sagte Barnabas. »Nicht ihr *Stil.* Sie ziehen es vor, unter dem feindlichen Lager einen Tunnel zu graben und die dadurch entstehenden Kammern mit Baumharz zu füllen. Sehr leicht entzündbar, dieses Baumharz. Man nennt diese speziellen Tunnelausheber deshalb auch ›Harzer‹. Na ja, und da die Zwergenrepublik von Khazadztan etliche hundert Meilen vom Aualand entfernt ist, wird es wohl eine Weile dauern, bis sie hier sind.«

»Mindestens sechzig Jahre«, bestätigte Anward.

»Oh«, sagte ich.

»Und bis dahin haben wir uns in dieser Sache bestimmt längst geeinigt«, sagte Barnabas. »Wir könnten uns sofort einigen, wenn sich die beiden Botschafter beieinander entschuldigen würden. Tatsächlich hat unser Botschafter versucht, sich bei ihrem Botschafter zu entschuldigen. Aber ihr Botschafter hat unserem Botschafter eine derart geschwollene Lippe verpasst, dass sein ›Ich entschuldige mich, Sir‹ wie ›Ish enzzul mee-zee‹ klang, was in der Zwergensprache bedauerlicherweise eine tödliche Beleidigung ist.«

»Aber das heißt doch«, sagte ich, »dass dieser ganze Krieg vorbei ist, sobald die Lippe unseres Botschafters so weit abgeschwollen ist, dass er sich förmlich – und verständlich – entschuldigen kann?«

»Ja. Trotzdem: Krieg ist Krieg«, sagte Anward. »Vom rechtlichen Standpunkt aus.«

»Und er beeinflusst meine Inhaftierung?«

Anward nickte. »Es ist lediglich eine Formsache. Es hat nichts damit zu tun, ob Sie für die Verbrechen, derer man Sie beschuldigt, verantwortlich sind oder nicht. Aber …« Er seufzte. »Nun, Sie wurden auf Grundlage eines Haftbefehls für vier Morde festgenommen. Dieser Haftbefehl enthielt die Namen von drei Hobbnixen und einem Zwerg – und im gegenwärtigen Ausnahmezustand sind alle Anklagen von Seiten der zwergischen Jurisdiktion gegen einen Bürger des Aualands nichtig.«

»Null und nichtig«, wiederholte ich. »Das klingt gut.«

»Nur nichtig«, korrigierte mich Anward. »Null ist eine andere Sache, wie Sie sicher wissen.«

»Gibt es da einen Unterschied, Mr. ›Erbsenzähler‹ Anward?«

Anward machte ein überraschtes Gesicht. »Natürlich

gibt es den. Haben Sie etwa noch nicht von der großen rechtlichen Null gehört?«

»Jetzt ja«, murmelte ich.

»Ihr juristisches Unwissen ist schockierend. Wie auch immer, die Tatsache, dass auf dem Haftbefehl der Name eines Zwerges steht, macht die rechtliche Grundlage Ihrer Inhaftierung nulltig, äh, nichtig. Sie können gehen.«

Barnabas öffnete die Käfigtür, und ich trat heraus. Mein Herz machte einen Sprung. Frei! Obdachlos und meiner Liebe beraubt, aber … frei!

»Und jetzt«, sagte Barnabas, griff nach meinem Ellbogen und schob mich zurück in den Käfig, »wieder hinein.«

»Warten Sie«, rief ich verwirrt, als die Tür zufiel und Barnabas den Schlüssel umdrehte. »Warum bin ich wieder im Käfig?«

»Sie haben mein Honorar nicht bezahlt«, sagte Anward nüchtern.

Meine Augen weiteten sich. »Wie viel ist es?«

»Neunzig Gulden.«

Das schien mir ein wenig überteuert – aber wenn es Freiheit bedeutete, war ich gerne bereit, es zu bezahlen. »Ich gebe Ihnen das Geld, Mr. ›Ich-krieg-den-Hals-nicht-voll‹ Anward«, sagte ich.

»Ich bitte darum«, sagte Anward.

Er wartete.

»Nun, es ist wohl offensichtlich«, sagte ich, »dass ich Sie nicht *jetzt* bezahlen kann. Ich habe kein Geld bei mir.«

Anward schüttelte den Kopf. »Folglich werde ich nicht bezahlt. Und Sie müssen im Käfig bleiben.«

»Aber wie soll ich Sie von hier aus bezahlen? Lassen Sie mich raus, und ich gehe sofort zur Bank. Sie haben das Geld innerhalb einer Viertelstunde.«

»Ich fürchte«, sagte Barnabas, »ich kann Sie nicht aus dem Käfig lassen, bevor Sie nicht Ihren Anwalt bezahlt haben.«

»Aber ich kann ihn erst bezahlen, wenn Sie mich aus dem Käfig lassen«, rief ich.

»Das ist eine harte Nuss«, sinnierte Anward. »Erinnert mich an diesen Fall mit den zweiundzwanzig Katzen. Einer meiner Klienten hatte eine Lizenz, die es ihm erlaubte, genau zweiundzwanzig Katzen zu halten, nicht mehr, nicht weniger. Aber in den Zusatzbestimmungen zur Lizenzvereinbarung stand, dass jemand, der so verrückt ist, zweiundzwanzig Katzen zu halten, nicht die Befähigung dazu hat, zweiundzwanzig Katzen zu halten. Indem er also einwilligte, dass er keine zweiundzwanzig Katzen halten durfte, wurde es ihm zugleich rechtlich erlaubt, sie zu halten. Aber als er …«

»Lassen Sie mich mit Ihren Katzen in Ruhe!«, schrie ich. »Ich will hier raus. Sie *wollen* doch bestimmt bezahlt werden, nicht wahr, Mr. ›Repetitorium‹ Anward?«

»Natürlich. So verdiene ich meinen Lebensunterhalt.«

»Dann lassen Sie mich raus. Oder«, fügte ich hinzu, als mir eine Idee kam, »holen Sie den Bankdirektor hierher. Er kann das Geld direkt von meinem Konto zum Käfig bringen.«

»Oh, ich hätte es wohl bereits früher erwähnen sollen«, sagte Barnabas und wechselte in einen vertraulichen Tonfall. »Die Klage Ihrer, äh, verbliebenen Tante hatte zur Folge, dass Ihr gesamtes Vermögen eingezogen wurde.«

»Wie bitte?«

»Laut Gerichtsbeschluss wurde Ihr Geld von Ihrem Konto auf ein Sperrkonto übertragen. Und von dort auf ein Leerkonto. Das ist ein Konto, das von den Behörden für Börsenspekulationen verwendet wird. Bedauerlicherweise ist ein Teil Ihres Geldes dabei verloren gegangen.«

»Ein Teil? Wie viel?«

»Nun, zusammengezählt beträgt der Verlust … hundert Prozent.«

Die Information sickerte langsam in mein Bewusstsein. »Sie wollen mir also damit sagen, dass ich sowohl meine Höhle als auch mein Geld verloren habe.«

»Bingo, Bingo!«, erwiderte Barnabas. »Äh, ich meine, ja, ganz genau.«

Meine Gedanken überschlugen sich. Das waren wirklich sehr schlechte Nachrichten. Doch andererseits: Ich war *frei* – ich musste nur noch diese leidige Sache mit der Anwaltsrechnung regeln. Und sobald ich hier raus war, würde ich mir noch etwas mehr Geld leihen und den Zug in die Große Stadt nehmen. Mein Verlag würde mir ganz sicher einen Vorschuss auf die Autobiografie bewilligen. Oder endlich die Tantiemen überweisen, die sie mir für das Ganzalt-Buch schuldeten. Mit diesem Geld würde ich in einem Hotel wohnen, bis ich wieder auf den Beinen war. Aber erst mal raus aus diesem Käfig! Ich räusperte mich und sagte: »Könnten Sie bitte einen meiner Freunde bitten, mir das Geld für Mr. Anwards Honorar hierherzubringen?«

»Freunde?«, murmelte Barnabas sichtlich verwirrt. »Welche Freunde?«

Mir wurde schwer ums Herz. Ich sah den Anwalt an und sagte mit einem ordentlichen Maß an Verzweiflung in der Stimme: »Ich möchte Sie bezahlen. Sie möchten bezahlt werden. Was würden Sie vorschlagen, Mr. ›Perry Mason‹ Anward?«

»Mr. Beutlgrabscher«, erwiderte Anward, »Sie haben

mich für meinen bisherigen juristischen Rat noch nicht bezahlt. Da wäre es wohl unklug von mir, Ihnen einen weiteren Rat zu geben. Damit würden Sie Ihre Schulden nur noch erhöhen.«

Und mit diesen Worten ließen mich die beiden allein.

Fünfzehntes Kapitel

Wer hat gesagt, eine Beziehung mit einem Geist sei leicht?

Die darauffolgende Nacht war der absolute Tiefpunkt. Nie zuvor ging es mir so elend. Barnabas' Worte hatten sich tief in mir eingegraben. Er hatte recht: Ich hatte keine Freunde. Mein Lebensgefährte Heinrich war von einem Exorkisten aus dieser Welt vertrieben worden. Mein Nachbar war tot (und er hatte mich sowieso nie gemocht). Das einzige noch lebende Mitglied meiner Familie hatte mich verklagt. Für die meisten Bürger von Hoppler-Ahoi! war ich ein Perversling. Und das Schlimmste war: Für einen kurzen Moment hatte ich den Fuß aus dem Käfig gesetzt, hatte ich freie Luft geatmet – nur um wieder eingesperrt zu werden. Es ist eine Binsenwahrheit, aber nichtsdestotrotz eine Wahrheit: Mit Verzweiflung kann man umgehen; die Hoffnung ist es, die uns bricht.

Ich würde nie aus diesem Käfig herauskommen.

Dass ich nicht länger wegen Mordes hier einsaß, hätte mich eigentlich aufmuntern sollen. Aber dass lächerliche neunzig Gulden zwischen mir und der Freiheit standen, machte es nur noch schlimmer. Wer war es, der den Satz »So nah und doch so fern« geprägt hatte?*

---

* Meinen nachträglichen Recherchen zufolge stammt das ursprüngliche Zitat von dem berühmten Zellbiologen I.Q. Saruman-Sielmann, als er erstmals durch eines dieser magischen Mikroskope einen Blick auf den Gegenstand seiner Forschung warf: »Soma und auch ein Kern!«

Ja, ich hatte so wenig Freunde, dass ich geradezu dankbar dafür war, am nächsten Morgen Graham zu sehen (zu riechen, genauer gesagt). Er mochte ein Landstreicher sein, der, soweit ich wusste, mit den Mächten des Bösen im Bunde stand, er mochte einen widerlichen Geruch verbreiten und nicht ganz richtig im Kopf sein. Aber er war offenbar der Einzige, der die Mühe auf sich nahm, mich zu besuchen.

»Hallo, Graham«, sagte ich so heiter wie nur möglich. »Wie geht es Ihnen?«

»Maaann«, erwiderte er. Er atmete das Wort geradezu aus. Dann ließ er sich im Schneidersitz vor dem Käfig nieder.

»Graham«, fragte ich, »Sie haben nicht zufällig neunzig Gulden bei sich? Oder wenn nicht, gibt es irgendjemanden, von dem Sie sich neunzig Gulden *leihen* könnten?«

Doch es schien, als wäre Graham eingeschlafen.

Den Rest des Tages verbrachte ich damit, der Sonne dabei zuzusehen, wie sie über den Himmel nach Westen wanderte. Am Abend schließlich kam Barnabas, um den Eimer zu leeren und mir Brot und Käse zu bringen.

»Wer ist das«, fragte er.

»Ein Bekannter von mir.«

»Dachte schon, ich hätte eine olfaktorische Halluzination«, sagte er und sah mich verwirrt an. »Kennen Sie das, wenn …«

»Barnabas?«, unterbrach ich ihn.

»Bingo?«

»*Wir* sind doch Freunde, oder?«

»Es ist mir nicht gestattet, mit den Inhaftierten zu fraternisieren«, erwiderte er steif. »Und nein, ich kann Ihnen keine neunzig Gulden leihen. Bei meinem Gehalt? Wissen Sie, ich liebe heiße Schokolade. Ich sollte mir wirklich mal eine heiße Schokolade gönnen. Aber wenn ich mir nicht einmal das leisten kann, wie soll ich Ihnen dann neunzig Gulden leihen?«

»Ich verstehe«, sagte ich leise.

Barnabas ging wieder in das Polizeigebäude, und die Sonne ging unter. Der Himmel färbte sich wie roséroter Wein. Das Rot wurde zu Lila und dann zu Schwarz. Die Sterne kamen heraus. Ich legte mich auf die Pritsche und starrte den Mond an. Wie sehr er doch einem abgeschnittenen Zehennagel glich, dachte ich, und dann dachte ich über mein Leben nach, dachte an all die vergebenen Chancen. Vielleicht (so hoffte ich) würden die Zwerge ja wirklich einen Tunnel graben, direkt unter dem Käfig, und mich in einer gewaltigen Harzexplosion in Stücke sprengen. Es wäre besser als das hier. Ich schloss die Augen in der festen Überzeugung, dass es eine große Erleichterung sein würde, sollte ich sie nie wieder öffnen.

Ich schlief. Einmal wurde ich von dem Ruf einer Eule geweckt und ein weiteres Mal vom Kreischen einer Nachtschwalbe. Schließlich erhellte sich der Himmel im Osten und mir wurde – durch eine graduelle Veränderung der Geruchssituation – bewusst, dass Graham nicht nur wach war, sondern sich mir auch genähert hatte. Ich öffnete die Augen und sah seine Umrisse – es war noch zu dunkel, um Einzelheiten zu erkennen – nahe an den Käfigstangen. Und wieder: So nah und doch so fern![*]

---

* Anderen Quellen zufolge geht der Spruch auf einen Ausruf Freudo Siggins' zurück, den er tat, als er einmal die Schweiz besuchte und in einem dortigen Supermarkt sein Lieblingsgeschirrspülmittel entdeckte: »Somat gibt's auch in Bern!«[**]

** Wir würden ja gerne mit diesen albernen Fußnoten aufhören, aber wenn wir bis zum Ende des Jahres die fünfzig vollkriegen, hat uns die Gesellschaft zur Fuß- und Fußnotenpflege e. V. eine Gratis-Pediküre versprochen.

»Hallo noch mal«, sagte ich von meiner liegenden Position (oder positionierten Liege) aus.

»Maaann«, murmelte er. »Was machst du da drin?«

»Das ist eine lange Geschichte«, erwiderte ich. »Letztlich läuft es darauf hinaus, dass ich keine Freunde habe.«

»Maaann, du musst mit den Bäumen sprechen«, sagte er. Und um dem Satz Nachdruck zu verleihen, fügte er ein weiteres »Maaann« hinzu.

Ich spürte, wie meine Nase leicht zu zucken begann. »Ich bezweifle doch sehr, dass mir die Bäume helfen können.«

Diese Antwort schien ihm nicht zu gefallen. »Maaann«, rief er. »Maa-a-ann!«

Ich setzte mich auf und rieb mir das Gesicht. Da ich mich etliche Wochen nicht gewaschen hatte, bedeutete das Reiben des Gesichts, dass ich kleine wurmförmige Schmutzwürstchen aufrollte und von der Haut kratzte. Aber es war immer noch dunkel, also konnte ich sie nicht sehen. »Ich weiß wirklich nicht, warum Sie mich ständig mit ›Mann‹ ansprechen«, sagte ich. »Ich bin kein Mann. Ich bin ein Hobbnix.«

»Geist«, sagte Graham plötzlich mit verträumter Stimme.

»Nein, auch kein Geist. Ein Hobbnix. Wobei ich nicht mehr lange einer sein werde, wenn das so weitergeht. Vermutlich werde ich erneut krank. Oder der Schimmel auf dem Käse, den Barnabas mir bringt, vergiftet mich. Oder …« Ich stockte, als würde mir gerade die ganze Bedeutung dessen klar, was ich da sagte. »… ich gebe einfach den Geist auf. Den Geist aufgeben! Nie, nie, *nie* hätte ich den Geist aufgeben sollen! Hätten wir uns doch nie gestritten, dann wäre er nicht allein gewesen, als der Exorkist kam …« Ich war den Tränen nahe. Tatsächlich war es im Käfig nicht einfach, sich von den Tränen zu entfernen – wegen den Stäben und so.

»Welcher Exorkist?«, fragte Heinrich mit verwirrter Stimme.

Zuerst dachte ich, es wäre eine weitere Halluzination: Heinrich, der etwa einen Meter über dem Boden direkt vor dem Käfig schwebte. Aber da war etwas Lebendiges an seiner Erscheinung (nun, lebendig im metaphorischen Sinne). Heinrich war *tatsächlich* hier – in all seiner fürchterlichen Schönheit.

Die Tatsache, dass ich meinen Geist doch nicht verloren hatte, traf mich wie ein Schlag auf die Brust. Ich schrie auf und stürzte auf ihn zu, wobei ich für einen Moment vergaß, dass sich Eisenstangen zwischen uns befanden. Ich lief dagegen wie ein Wrestler, und meine Vorwärtsbewegung wurde blitzartig und begleitet von einem lauten *Boing* in eine schmerzhafte Rückwärtsbewegung überführt. Ein zwiefacher Schmerz pochte in meinem Oberkörper, in jeder Schulter einer. Benommen rappelte ich mich auf und stolperte auf meinen Geliebten zu. Ich steckte die Arme durch die Käfigstangen und berührte sein Ektoplasma. Er war es wirklich! »Heinrich«, rief ich. »Du bist es wirklich.«

»Wer sonst sollte hier herumgeistern?«, erwiderte er lächelnd.

»Hab ich's doch gesagt, Mann«, murmelte Graham.

»Aber … du wurdest exorkiziert?«, sagte ich.

»Exorkiziert? Aber bestimmt nicht«, sagte Heinrich. »Wie kommst du darauf?«

»Ich habe überall in der Höhle nach dir gesucht. Du warst verschwunden! Dann sah ich Schorsch Ratzinga im Garten, wie er mich spöttisch angrinste, und da dachte ich …«

»Der?«, schnappte Heinrich. »Der könnte ja noch nicht einmal ein Ei exorkizieren. Egal welcher Größe.«

Natürlich fühlte ich mich mehr als erleichtert, meinen geliebten Geist wiederzusehen, aber irgendetwas an der Situation störte mich. So dankbar ich war, dass ich ihn wiederhatte, so wütend war ich auf ihn, dass er mich die ganze Zeit über hatte *glauben* lassen, ich hätte ihn verloren. Die beiden Emotionen waren zwei Flammen im selben Feuer. Das ist eines der besonderen Merkmale von Liebe, nicht wahr? Oberflächliche Menschen meinen oft, dass »Liebe« und »Hass« Gegensätze seien. Das sind sie natürlich nicht; »Liebe« und »Gleichgültigkeit« wären bessere Gegensätze. Liebe und Hass, beides intensive emotionale Zustände, hatten auf beunruhigende Weise jede Menge gemeinsam. Aber nur jemand, der nicht ganz bei Trost war, würde sie als völlig gleich bezeichnen. Liebe stellt den anderen über dich; Hass stellt ihn unter dich. Verstehen Sie? Oben und unten. FC Bayern und 1860 München. Deshalb »stürzen« wir uns auch nicht in eine Liebe, wie man gemeinhin sagt, sondern schwingen uns zu ihr hinauf … Wie auch immer, Liebe – und ich spreche nicht von einer flüchtigen Schwärmerei, sondern von richtiger, lebenslanger, tiefer Liebe – hat viel mit Ärger und Gereiztheit zu tun. Das ist das Seltsame: dass man seinen Partner so sehr lieben und ihn gleichzeitig – und ohne dass es ein Widerspruch wäre – wirklich nervtötend finden kann.

In diesem Moment zum Beispiel ging mir Heinrich maßlos auf die Nerven. »Warte mal«, sagte ich. »Du warst die ganze Zeit über *am Leben?*«

»Natürlich nicht«, erwiderte er empört, als wäre er noch nie so beleidigt worden.

»Du weißt genau, wie ich das meine. Du warst die ganze Zeit über *tot?*«

»Nun, jedenfalls wurde ich nicht exorkiziert.«

Und wieder machte mein Herz vor Erleichterung einen Sprung. Und wieder schäumte ich vor Ärger. »Ich wäre vor Kummer beinahe gestorben, Heinrich. Du bist einfach abgehauen? Hättest du nicht eine *Nachricht* hinterlassen können?«

»Aber ich habe Dir eine Nachricht hinterlassen«, erwiderte er. »Auf dem Badezimmerspiegel, in Blut geschrieben. Hast du sie nicht gesehen?«

»Nein«, sagte ich trotzig. »Aber das könnte möglicherweise daran liegen, dass ich die letzten drei Wochen hier in diesem Käfig verbracht habe ... Heinrich, wo *warst* du nur?«

»Bingo, weißt du etwa nicht, was geschieht?«

»Doch. Wie ich gerade sagte: Ich bin in einem Käfig seit ...«

Er unterbrach mich. »Die Welt der Hobbnixe – und der Menschen und Elben und Zwerge – ist dem Untergang geweiht. Die gesamte Zivilisation der Entgeisterten steht am Rande der völligen Vernichtung.«

»Oh, tatsächlich? Und *das* ist deine Entschuldigung dafür, einfach so zu verschwinden? Ist das nicht eine ziemlich schwache Ausrede?« Dann, als mein Herz einmal mehr vor Freude überlief, dass ich ihn wiederhatte, fügte ich hinzu: »Oh, ich war wirklich wütend auf dich, ich gebe es zu. Aber kannst du mir das verdenken?«

Jetzt schien auch Heinrich wütend zu werden. »Ich habe dir eine Nachricht hinterlassen! Auf dem Badezimmerspiegel! In Blut!«

»Bist du sicher? Ich habe die ganze verfluchte Höhle durchsucht. Und ich erinnere mich an keine Nachricht auf dem Badezimmerspiegel.«

»Ich habe sie aber geschrieben!«

»Wirklich in Blut? Oder hast du sie einfach in den Spiegelbeschlag geschrieben? Das hast du schon öfter gemacht, weißt du? Unheimliche Botschaften im Beschlag auf dem Badezimmerspiegel hinterlassen.«

»Wo ist denn da der Unterschied? Blut. Beschlag. Beides sind Körperflüssigkeiten.«

»Da ist ein *großer* Unterschied.«

Er sah mich an, als hätte er irgendeinen Idioten vor sich. »Ich glaube, du übersiehst das Eigentliche, Bingo. Das Eigentliche! Das Ende der Welt!«

»Oh«, erwiderte ich. »Das sagst du nur, um dich aus der Affäre zu ziehen. Du weißt, dass du mir eine anständige Nachricht hättest hinterlassen müssen. Der Beschlag auf einem Spiegel hält sich nur für wenige Minuten, weißt du das nicht?«

»Das Ende der Welt«, rief Heinrich. »Geht das nicht in deinen Dickkopf?«

»Besser ein Dickkopf als ...« Ich suchte nach dem geeigneten Wort. »... als, äh, besser als ... *Du* bist ein Dickkopf! Dickkopf! Dickkopf!«

»Jungs«, meldete sich Graham mit schwerer Stimme. »Das bringt doch nichts!«

»Mein Zauberer-Freund hier hat recht«, sagte Heinrich und sah mich scharf an.

»Er ist wirklich ein Zauberer?«, fragte ich verblüfft.

»Natürlich ist er das«, schnappte Heinrich. »Also, wirst du uns jetzt helfen? Oder willst du hier sitzenbleiben, während die Welt untergeht?«

»Du sagst das«, erwiderte ich durch meine zusammengebissenen Zähne, »als hätte ich eine Wahl.«

»Es ist doch nur ein Eisenkäfig.«

»Nur!«

»Eisen ist der Leichnam des Eisenerzes«, erläuterte

Heinrich sachlich. »Das Erz lebt im Boden, bis die Bergleute es herausreißen und töten, um eine solch skelettartige Struktur zu erbauen wie diesen Käfig. Aber wo ein Leichnam ist, ist auch ein Geist.«

»Du willst damit sagen, dass dieser Käfig seinen eigenen Geist hat?«

»Alles hat seinen eigenen Geist. Aber wenn wir uns nicht beeilen, dann wird die ganze Welt bald *nur noch* ein Geist sein. Weil alle Lebewesen darin getötet werden.«

»Und warum sollte dich das stören? Es sind doch nur *Lebe*wesen.«

»Machst du Scherze? Hier ist es schon überfüllt genug! Also, nicht dass du mich falsch verstehst, ich bin nicht gegen *jede* Art von Einwanderung. Ich bin ja kein Rassist. Nun, vielleicht bin ich ein bisschen ein Rassist, wenn es um die Lebenden geht. Aber willst du mir das zum Vorwurf machen? Die Lebenden sind wirklich grauenhaft.« Er sah mein zorniges Gesicht. »Äh, Anwesende natürlich ausgeschlossen. Wie auch immer. Die Sache ist, dass wir einfach keinen Platz für einen schlagartigen Zustrom von hunderttausenden neuen Geistern haben. Wir müssen diese Katastrophe verhindern. Bist du auf meiner Seite?«

»Wenn ›Durch Käfigstangen von dir getrennt‹ als ›Auf deiner Seite‹ gilt – dann ja.«

»Pff!«, machte Heinrich. »Graham?«

Der Zauberer trat einen Schritt nach vorne. »Bazinga!«, rief er und schüttelte die rechte Hand. »Oh, sorry. Falsche Hand.« Er wiederholte den Zauberspruch und schüttelte die linke Hand. Nichts geschah. »Hm, seltsam. Bazinga!« Dieses Mal schüttelte er das rechte Bein – oder um genau zu sein, bewegte er es ruckartig nach vorne. »Okay, Mann«, murmelte er. »Nach dem Ausschlussverfahren … Bazinga!« Er schüttelte sein linkes Bein.

Die Stangen meines Käfigs begannen zu zittern, als würden sie von einem Erdbeben geschüttelt. Dann machte es laut *Plopp,* das Dach flog weg und die Stangen kippten nach außen wie die Blüten einer metallischen Blume.

»Ich bin …«, rief ich. Ich wollte den Satz mit dem Wort »frei« vervollständigen, aber Graham, der plötzlich eine völlig unerwartete Kraft und Schnelligkeit an den Tag legte, stürzte sich auf mich. Wir fielen zu Boden und rollten zur Seite – gerade noch rechtzeitig, um dem schweren Holzdach auszuweichen, das auf den Ort hinunter krachte, an dem ich die letzten drei Wochen verbracht hatte.

»Danke«, keuchte ich. Dann setzte ich mich im gespenstischen Licht der Dämmerung auf und fragte: »Könntet ihr mir jetzt bitte sagen, worum es hier eigentlich geht?«

Sechzehntes Kapitel

Der Unt und ich

»Bingo«, sagte Heinrich. »Ich bin ein Geschöpf der Magie. Ich habe Dinge gesehen, die ihr Hobbnixe niemals glauben würdet. Gigantische Schiffe, die brannten, draußen vor der Schulter des Oberon. Und ich habe blaue Birnbäume gesehen, direkt am Brunnen vor dem Tannenzäpfle-Tor. All diese Momente werden verloren sein, so wie Tränen im Regen ... Aber wie dem auch sei, ich *weiß* Dinge. Und die Dinge, die ich weiß, sind furchtbare Dinge – grässliche, schreckliche Dinge. Ende-der-Welt-Dinge.«

»Und was sind das für Dinge?«

»Das solltest du direkt von der Quelle erfahren. Lass uns einen Spaziergang durch den Wald machen.«

»Ich habe noch nie eine sprechende Quelle getroffen«, sagte ich aufgeregt.

»Ich meine das nicht im wörtlichen Sinne«, erklärte Heinrich. »Ich bringe dich nicht zu etwas so exotischem wie einer sprechenden Quelle.«

»Sondern?«

»Keine Quelle, sondern Bäume. Und sie sprechen nicht – sie gehen.«

»Sie quellen auf?«, fragte ich. Sie müssen das verstehen: Ich hatte drei Wochen in einem Käfig verbracht mit nichts anderem als meinem bemitleidenswerten Ich als Gesprächspartner. Es fiel mir schwer, klar zu denken.

»Vergiss die *Quelle*«, sagte Heinrich entnervt.

Jedenfalls, es war eine große Freude, nach all der Zeit endlich aus dem Käfig raus zu sein! Während die Sonne aufging und ihre rotgoldene Pracht über das Land ergoss, folgte ich Heinrich und Graham über den Polizeihof und dann die verlassene Hauptstraße von Hoppler-Ahoi! hinunter. Als wir den Ort auf der anderen Seite wieder verließen, leuchtete das Licht bereits grün auf den Feldern, ließ die Bäume und Hecken in smaragdenen Glanz erstrahlen und versprach einen wunderbar windigen Morgen. Starenschwärme zogen, vom Wind getrieben, über den Himmel. Als wir am Courvoisier-Fluss vorbeikamen, glitzerte die Sonne wie unzählige Glühwürmchen auf der Wasseroberfläche. Und am Horizont versteckte das Nobelgebirge seine Spitzen in den weichen Falten der Wolken.

Wir gingen in Richtung Wald. Heinrich schwebte voran. Zuweilen wurde sein durchsichtiger Körper vom Licht der Sonne überstrahlt, aber die weiße ektoplasmatische Wolke um seinen Kopf war stets zu erkennen. Links von uns stakste Graham, der schäbige Zauberer. Er schien in seinen Gedanken verloren zu sein (oder einfach nur verloren). Schon bald erreichten wir den Wald.

»Ich warte mal hier«, erklärte Graham, ließ sich am Waldrand auf dem Boden nieder und zog eine verschmutzte Pfeife aus seiner Jacke.

»Sie kommen nicht mit?«, fragte ich.

Er nickte in Richtung Wald. »Das ist Niemandsland, Mann. Land. Mann.« Er nickte wieder und fügte hinzu: »Die Welt des Schmerzes, Mann.«

»Ist es … gefährlich?«

»Natürlich ist es gefährlich«, sagte Heinrich. »Komm jetzt!«

Und so wagten wir uns in den Schatten der Bäume, erst in den Schatten, den die Baumkronen am Rand des Waldes warfen, dann in den tiefen, stillen Schatten des Waldinneren. In der Düsternis gab Heinrich ein fahles Licht von sich und war so deutlich sichtbar.

Nach einer Weile kamen wir auf eine Lichtung. Sie beschrieb einen so perfekten Kreis, dass es fast schien, als wären die Bäume zurückgewichen, um einen Ring um den riesigen Baum zu bilden, der in der Mitte stand. Der Baum breitete hoch über uns sein Dach aus, dass man den Eindruck hatte, sein Stamm würde an einer Art überdimensionalen Kropf leiden. Ich blickte auf und war überwältigt von seiner enormen Größe – wie ein hölzerner Atlas trug er das Gewicht des Himmels auf seinen Schultern.

»Das ist ja mal ein Baum«, bemerkte ich. »Ist das eine Eiche?«

»Nicht ganz«, erwiderte Heinrich mit ehrfürchtiger Stimme. »Ein Verwandter der Eiche, könnte man sagen.«

»Was ist es dann?«

»Ein Unt.«

»Und was?«

»Nein, kein und – ein Unt. Mit t.«

»Ein und mit Tee?«

»Nein«, rief Heinrich. »Noch mal zum Mitschreiben: Ein … *Unt*.«

»Ist das ein Rätsel? Was ist keine Eiche und kommt nachmittags zum Tee?« Meine Albernheit ließ sich wohl dadurch erklären, dass ich mich in dem ganzen Grün zunehmend unwohl fühlte. Wenn man nach oben sah, konnte man in dem Gewirr der Äste noch hier und da das Blau des Himmels erkennen, aber dort, wo wir standen, schien es, als wären wir in einem blassgrünen Meer versunken.

Die Ulmen und Buchen, die den Großteil des Waldes ausmachten, schüttelten sich in einem Wind, den ich allerdings nicht spürte, als würden sie um den besten Platz im Ring um den großen Baum kämpfen. Auf einem Ast saß ein Eichhörnchen und beobachtete mich – sein Schwanz wie der Stachel eines Skorpions gekrümmt.

»Unt«, murmelte Heinrich. »Unt. Unt! Unt!«

»Was ist mit dir?«, fragte ich. »Hast du Husten? Können Geister überhaupt husten? Das habe ich mich übrigens schon immer gefragt. Offenbar kannst auch du dir eine Infektionskrankheit zuziehen, nur dass du Ektoplasma statt Schleim absonderst und …«

»Sei still!«, rief Heinrich. Er klang eingeschnappt, ja mehr als das: Er klang, als würde er gleich *zu*schnappen. »Sei still und hör mir zu. Was ich dir jetzt sagen werde, ist sehr wichtig.«

»Okay«, erwiderte ich und fügte, um der Situation ein wenig den Ernst zu nehmen, grinsend hinzu: »Alles im grünen Bereich.«

Aber Ernst schien Heinrichs bester Freund geworden zu sein. Der Geist deutete mit einem schimmernden Arm auf den Baum. »Das ist einer der Wandelnden Bäume vom Volk der Unts. Sie sind langsame, uralte und sehr seltene Geschöpfe, die es in der Regel vermeiden, die Wege der Bipeden zu kreuzen …«

»Äh, eine Frage«, unterbrach ich. (Immer daran denken: Ich war noch ziemlich verwirrt – der Käfig und so weiter.) »Was ist ein Bipede?«

»Du«, erwiderte der Geist kurz und knapp.

»Hm?«

»Es beschreibt deine Art, dich fortzubewegen.«

»Müsste es dann nicht eher Perpede heißen?«

»Ruhe!«, zischte Heinrich. Der Wind rauschte wieder

in den Blättern der uns umgebenden Bäume, und merkwürdigerweise konnte ich ihn wieder nicht auf meiner Haut spüren. »Du musst still sein. Hör nur – er erwacht.«

Und wirklich: Die unzähligen Äste, Zweige und Blätter des riesigen Baumes erzitterten, als er einen der großen Äste nach vorne schwang und zwei Augen am oberen Ende des Stammes öffnete – Augen, so groß und blau wie die Schilder, die häufig an Häusern angebracht sind, in denen früher berühmte Leute lebten. Als sich der Baum in Bewegung setzte, verfiel ich in eine Art Schockstarre, und es kostete mich einiges an Willenskraft, sie zu überwinden. Eines der Augen des Baumes starrte mich an. Dann streckte er einen Ast aus, und eine vierzehnfingrige Hand aus Zweigen langte nach oben und kratzte die Rinde an der Stelle, wo sich der Stamm zur Krone verzweigte. Dort, wo bei einem Bipeden der Scheitel war, dachte ich. Nach einer Weile öffnete sich ein Mund – eher ein Schnabel als ein Mund, aber gut – im unteren Abschnitt des Stammes, und der Baum stöhnte: »Ahhh. Bee-ss-eer.«

»Tut gut, sich zu kratzen, wenn es juckt, nicht?«, sagte ich mit einem leichten Quietschen in der Stimme.

Das Auge sah mich an.

»Das«, erklärte Heinrich andächtig, »ist der große Unt Fangmichdoch.«

»Ich grüße den großen Undfangmichdoch«, stotterte ich.

»Nur Fangmichdoch«, korrigierte Heinrich genervt. »Fangmichdoch ist sein Name. Unt ist die Gattung.«

»Verstehe«, sagte ich verstehend.

»Ha…«, brummte der mächtige Baum. Wir warteten. Nach einer ziemlich langen Weile fügte der Baum hinzu: »…llo.«

»Hallo«, erwiderte ich. Es schien mir unhöflich, nicht zu antworten.

»Ich …«, begann der Baum.

Ich sah ihn erwartungsvoll an. Wolken zogen an der Sonne vorbei. Irgendetwas erregte meine Aufmerksamkeit: eine Schnecke, die durch das hohe Gras der Lichtung kroch. Ich beobachtete sie, wie sie sich ihren Weg zwischen den Stängeln hindurch bahnte und schließlich im Schatten der Bäume verschwand.

»… habe …«, fuhr der Baum fort.

»Ich glaube«, sagte Heinrich leicht nervös, »Fangmichdoch will dir etwas mitteilen. Etwas von großer Wichtigkeit.«

»Okay«, nickte ich. »Ich bin ganz Ohr. Wichtig, sagst du?«

»Sehr wichtig«, bestätigte der Geist.

»Gebongt.« Ich beugte mich vor, um besser verstehen zu können, was Fangmichdoch mir sagen wollte. Aber das war nicht wirklich bequem, also stellte ich mich wieder gerade hin. »Bin ganz Ohr«, wiederholte ich. »Vom Ohr bis zu den Zehenspitzen!« Ich lachte. Dann hörte ich auf zu lachen.

Wir warteten. Vögel flogen über uns hinweg. Ich sah ihnen eine Weile lang zu. Dann beobachtete ich fasziniert den Vollmond, der bei Tageslicht auch wie ein Geist wirkte und auf den Baumwipfeln zu balancieren schien.

Die Schatten wurden kürzer.

»… dir …«, sagte der Unt.

Die verschiedenen Schattierungen des Grüns, das mich umgab, hatten etwas Faszinierendes. Ich betrachtete es für eine Weile: Das Oliv- und Blaugrün der Blätter, das Dunkel-, fast Schwarzgrün der Schatten zwischen den Baumstämmen, das Limonengrün des Grases unter meinen Füßen. Dann schoben sich Gewitterwolken vor die Sonne, und die Konturen verwischten sich. Es sah aus, als würde es bald regnen.

»... etwas ...«, stöhnte der Unt.

»Meinst du, es wird bald regnen?«, fragte mich Heinrich plötzlich. »Ich hoffe nicht. Mein Ektoplasma verträgt keinen Regen.«

»Aber«, sagte ich, »Regen macht dir doch nicht mehr aus als irgendein anderes physikalisches Objekt?«

»Wasser hat so seine Tücken.« Heinrich huschte die Lichtung rauf und runter. »Wegen dem Weihwasser, verstehst du?«

»Was meinst du mit Weihwasser?«

»Weihwasser verträgt sich nicht mit unserem Spektralwesen.«

»Aber es wird ja wohl kein Weihwasser vom Himmel regnen, oder? Das ist einfach nur ganz normaler Regen.«

»... zu ...«, sagte der Baum.

»Das ist es ja«, erklärte der Geist. »In der Regel ist es normaler Regen. Aber normaler Regen besteht aus Wasser, das verdunstet ist und dann zur Erde zurückfällt. Das meiste davon stammt aus Flüssen und Seen, doch ein kleiner Teil davon auch von woanders. Was denkst du, geschieht mit Weihwasser, nachdem es verwendet wurde?«

»Darüber habe ich noch nie nachgedacht«, gab ich zu.

»Es wird weggeschüttet oder in die Spüle gegossen und landet letztlich in den Flüssen und Meeren. Und das heißt, dass es mit dem restlichen Wasser verdunstet.«

»Aber das ist noch nur eine winzige Portion.«

»Ja.« Heinrich nickte nervös. »Aber es genügt, um einem Gespenst wie mir Ungemach zu bereiten. Und weißt du was? Es verschwindet nicht. Es bleibt für immer Weihwasser. Es fällt als Regen hinunter und verdunstet wieder, und jedes Mal, wenn ein Priester eine Schale Wasser für eine Taufe oder einen Exorkismus oder was auch immer segnet, kommt ein bisschen mehr hinzu. Über viele Jahrhunderte hinweg ist der Anteil des Weihwassers im Regen kontinuierlich gestiegen.«

»... sagen ...«, sagte der Unt.

»Ihh«, rief Heinrich mit ungewöhnlich schriller Stimme. »War das ein Tropfen? Ich glaube, das war ein Regentropfen.«

»Hm«, sagte ich. »Wenn du nicht im Regen sein willst, können wir uns gerne irgendwo im Ort unterstellen.«

»Nein, nein, du musst unbedingt hören, was dir Fangmichdoch zu sagen hat. Es ist von großer Bedeutung für ganz Obermittelerde.«

»Na dann mal raus damit«, sagte ich.

Wir warteten. In den alten Augen des Unts glitzerten die Weisheit und die Leidenschaften längst vergangener Zeitalter. Und doch hatte ich irgendwie das Gefühl, dass das Geschöpf – in den letzten paar Jahrhunderten oder so – etwas den Faden verloren hatte. Die Wolken über uns wurden dicker und schwärzer.

»... Bin ...«, sagte der Baum.

»Na schön«, platzte es aus Heinrich heraus, der offensichtlich langsam die Geduld verlor. »Ich glaube, der ehrwürdige, erhabene Unt Fangmichdoch will dir sagen, dass die Welt in unmittelbarer Gefahr ist.« Ich hatte meinen Geist noch nie so schnell sprechen hören. »Er ist den ganzen Weg von den uralten Wäldern von Fangrohr weit im Süden hierher gewandert, begleitet lediglich von zwei seiner Kameraden, Untsainbolt und Brechsalat, um dich zu warnen ... *Ihh!*« Heinrichs Stimme sprang um eine halbe Oktave höher. »Es regnet«, kreischte er. »Es regnet *wirklich!*«

»Das ist doch nur ein bisschen Niesel«, sagte ich.

»... go ...«, dröhnte der Unt.

Heinrichs Stimme überschlug sich nun beinahe. »Also: In der Alten Zeit waren alle Pflanzen fähig, sich zu bewegen, was immer wieder zu Kriegen führte, Kriege, wie wir sie uns heute überhaupt nicht mehr vorstellen können. Das Leben gegen das Leben. Die mächtigsten Zauberer und Drachen verbündeten sich*, um ... *Ihh! Ahh!* Es gießt in Strömen! Können wir jetzt bitte gehen? *Bitte!*«

Zugegeben: In der Luft war feiner Sprühregen zu erkennen, wie die zarten Schattenlinien einer kunstvollen Radierung. »Ich dachte, du willst, dass ich ...«, begann ich.

Aber Heinrich hatte sich bereits auf den Weg gemacht, und mir blieb nichts anderes übrig, als ihm nachzulaufen.

»Entschuldigen Sie bitte, dass ich so plötzlich aufbrechen muss«, rief ich dem Unt zu.

»... Beutl ...«, brummte Fangmichdoch (es war ja offensichtlich, was nach »Bingo« kommen würde).

So schnell, wie mich meine Hobbnixbeine trugen, rannte ich aus dem Wald hinaus, Heinrich hinterher. Als hätte er irgendetwas verbrochen – und liefe nicht einfach nur Gefahr, nass zu werden –, floh er den ganzen Weg nach Hoppler-Ahoi! zurück und rettete sich ins Wirtshaus zum Fahlen Kaninchen. Ich war völlig außer Atem, als ich ebenfalls dort eintraf. Die Wirtstube war fast leer – bis auf zwei ältere Hobbnixe, die in einer Ecke Domino spielten, und den Wirt, der wie immer den Tresen mit einem Tuch abwischte. Sie alle sahen mich an.

---

* Natürlich wissen Sie, lieber Leser, über die Beziehung zwischen Drachen und Zauberern bestens Bescheid.

»Uff!«, japste ich und stützte mich mit den Armen auf den Knien ab. »Man ist nicht mehr der …«

»Huhuhu«, heulte Heinrich in diesem Moment.

Die Augen der drei versammelten Hobbnixe traten aus den Höhlen, und ihre Münder klappten auf. »Ein Geist!«, schrie einer von ihnen panisch. »Ein Geist! Ein Geist!« Und alle drei stürmten sie Richtung Ausgang, wobei sie Tische umwarfen und Dominosteine von sich schleuderten. Sekunden später war das Wirtshaus leer.

»… Jüngste«, beendete ich den Satz.

Da Heinrich keine Lungenbläschen und kein Blut besaß und somit auch nicht die Notwendigkeit verspürte, das zweitere durch die ersteren mit Sauerstoff zu versorgen, japste er nicht. Aber ich sah ihm an, dass er aufgewühlt war.

»Tut mir leid«, sagte er zu mir. »Ich habe wohl etwas überreagiert. Aber der Regen … *sticht* mich.«

»Jetzt weiß ich«, sagte ich, »warum du dich die ganze Zeit in der Höhle aufhältst. Mir erschien das immer ein wenig seltsam, dass du nie ausgehst. Nicht dass du unbedingt frische Luft brauchst oder so, aber … na ja, du weißt schon.«

»Regen ist kein Segen«, murmelte er.

»Am besten, ich trinke erst einmal was«, sagte ich. Ich ging auf die andere Seite des verlassenen Tresens und studierte die Auswahl. »Ich glaube, ein Met wäre nett.« Mit einem wohlklingenden *Plopp* zog ich den Korken aus der Flasche, und mit einem noch wohlerklingenden *Dup-Dup-Dup* goss ich die goldene Flüssigkeit in ein Glas. Dann wandte ich mich wieder Heinrich zu. »Vielleicht solltest du mir jetzt endlich erklären, worum es hier eigentlich geht.«

»Äh«, erwiderte er. »Ich hatte eigentlich gehofft, du

könntest es direkt von Fangmichdoch erfahren. Wenn er sich nur etwas mehr beeilt hätte, dieser komische Unt!«

»Warum erklärst *du* es mir nicht?«

Heinrich seufzte. »Na schön. Die Unts sind eine uralte Spezies wandernder Bäume. Sie wandern immer noch, wenn auch nicht mehr so viel wie früher, und ihre Wanderungen führen sie weit weg von bewohnten Gebieten. Sie wandern durch Wälder und Buschland, über Felder und Wiesen, vorbei an Flüssen voller Karpfen und Krapfen, vom Hölzchen aufs Stöckchen …«

»Ich glaube, ich weiß, was du meinst.«

»Jedenfalls, der Punkt ist: Unts sind bewegliche Vegetation. Daraus kann man schließen, dass Pflanzen sich bewegen können. Ja? Okay. Aber die meisten Pflanzen bewegen sich *nicht*. Unsere Rasen, unsere Hecken, unsere Felder – sie alle bleiben da, wo sie sind.«

»Natürlich tun sie das«, sagte ich.

»Aber weißt du auch, warum?«

»Weil sie nur Pflanzen sind?«, schlug ich vor.

»Nein. Weil sie unter einem Bann stehen. Einem Zauberbann, der so mächtig ist, dass er die Hälfte aller Lebewesen dieser Welt zur Bewegungslosigkeit verdammt.«

Ich sah ihn ungläubig an.

»Verstehst du, vor langer, langer Zeit waren alle Pflanzen mobil. Jegliches Leben bewegte sich – so wie es die Schöpfung vorsah. Aber dann gab es Streit zwischen dem Fußvolk und dem Wurzelvolk. Wir wagen nicht zu fragen, woher diese Feindschaft rührte, denn die Gründe verlieren sich im nebeligen Abgrund der Zeit …«

»Warum redest du so seltsam?«, unterbrach ich ihn.

»Ich dachte, so wäre es dramatischer«, erklärte er. »Gefällt es dir nicht?«

Ich goss mir noch ein Glas Met ein. Die drei Wochen

im Käfig – ohne Alkohol – hatten mich ganz schön durstig gemacht. »Erzähl es mir einfach gradraus.«

»Nun gut, es gab einen Krieg. Einen schrecklichen, weltweiten Krieg. Die Weiden und Wiesen wurden zu Todesfallen. Ganz wörtlich, meine ich: Die Weiden und Wiesen *töteten*. Ebenso die Wälder. Alle Bäume außer den Unts wandten sich gegen das Fußvolk. Eschen. Ulmen. Koniferen. Kiefern. Ahornbäume. Andentannen. Nordmanntannen. Eiben. Zypressen. Wacholder. Bunya-Bunyas …«

»Bäume«, unterbrach ich. »Schon klar.«

»Äh, ja, der Krieg dauerte viele Jahre. Millionen starben. Das ist der Grund, warum unsere Welt so … nun, *unter*bevölkert ist. Noch Jahrhunderte später haben wir immer noch nicht den Vorkriegsstand erreicht, was die Einwohnerzahl betrifft. Aber wie auch immer, das Wurzelvolk hatte das gesamte Land besetzt. Man konnte über keine Wiese gehen, ohne Gefahr zu laufen, von langen Grashalmen erwürgt zu werden. Armeen von feindlichen Bäumen marschierten über die Felder und rissen jedes Lebewesen, dem sie begegneten, in Stücke. Rosenbüsche jagten ihre Opfer wie Greifvögel und bohrten ihre Nadeln in das weiche Fleisch. Es war ein Gemetzel – ein einziger, gigantischer Tag des fleischlosen Gerichts. Die Völker Obermittelerdes standen vor der völligen Auslöschung. Doch dann wurden sie gerettet.«

»Wie?«

»Durch Magie. Das war unser einziger Vorteil gegenüber dem Wurzelvolk – wir hatten magische Kenntnisse und sie nicht. Und so kämpfte sich ein mächtiger Kriegermagier seinen Weg in das Herz des Pflanzenreiches, wo der Gurkenkönig residierte. Und mit einem Zauberbann versetzte er die ganze Vegetation in einen, nun, vegetativen Zustand. Er lähmte sie, wo immer sie gerade waren. Verwurzelte sie in der Erde, wo sie hingehörten. Und damit rettete er die Welt.«

»Wie war der Name dieses mächtigen Kriegermagiers?«, fragte ich etwas kleinlaut.

»Sein Name war …« Heinrich machte eine Kunstpause. »… Graham.«

»Meinst du Graham, den übelriechenden Landstreicher?«

»In jenem Moment, als er die Welt vor dem Untergang bewahrte, verlor er beinahe alle magischen Kräfte. All seine Magie floss in diesen Zauberbann. Und so wurde er zu der gebrochenen, jämmerlichen und, ja, übelriechenden Figur, die wir kennen. Es liegt in der Natur der obermittelirdischen Existenz, dass sein Opfer bald vergessen wurde. Nicht, dass ihn das verbittert hätte.«

»Dafür ist er zu edelmütig«, sagte ich mit einer Träne in den Augen und einem Kloß im Hals. Ich schenkte mir noch ein Glas Met ein.

»Ja«, nickte Heinrich. »Das – und weil er die allermeiste Zeit bekifft ist. Wie auch immer, das ist nicht das, was Fangmichdoch dir sagen wollte. Oder nicht *nur* das.«

»Was wollte er mir dann sagen?«

»Er wollte dir sagen, dass der Zauberbann immer schwächer wird. Dass er sich langsam aber sicher auflöst. Er ist an der Grenze …«

»Das will ich hoffen, dass er an der Grenze ist. Jede Menge Pflanzen gedeihen im Grenzland. Stell dir vor, die würden sich alle auf einmal erheben!«

»Nein, der Zauberbann ist an der Grenze zum *völligen Zusammenbruch*.«

»Oh.« Ich dachte kurz darüber nach. »Aber das ist ja furchtbar.«

»Es geschieht«, deklamierte Heinrich. »Und es geschieht jetzt.«

Langsam wurde mir das gesamte Ausmaß dessen klar, was Heinrich da sagte. (Verzeihen Sie mir meine geistige Trägheit – oder schieben Sie es einfach auf den Met.*)

»Die Morde!«, rief ich.

»Es gab keine Morde«, erklärte Heinrich. »Oder besser gesagt: Die Morde waren vegetativ.«

»Vegetativ«, wiederholte ich mit gedämpfter Stimme.

»Und das bedeutet, dass der Zauberbann rapide an Kraft verliert. Nimm nur Tante Marlen. Sie muss neben diesem Weizenfeld direkt gegenüber unserem Gartentor gestanden haben, um dich zu besuchen und – jede Wette – zu beschimpfen. Und die Pflanzen haben sie mit einer Ladung harter Stängel *beschossen,* haben sie getötet wie im Gefecht einen Krieger mit Pfeilen. Und der Zwerg – wie war noch sein Name?«

»Azzhzzh Zhhzhha?«, riet ich.

»Ja. Er rannte in die Hecke – um mir zu entkommen! Ich habe ihn verjagt. Ich fühle mich beinahe verantwortlich, dabei habe ich nur ein wenig mit ihm geflirtet. Aber er lief in die Hecke. Und kam nicht wieder heraus.«

»Kann man den Zauber nicht wieder, äh, aufladen oder so?«, fragte ich. »Wir müssen doch dafür sorgen, dass dieses Gemüse im Boden bleibt.«

»Ob man den Zauber wieder neu aktivieren kann – das weiß ich, ehrlich gesagt, nicht«, erwiderte Heinrich. »Die Wahrheit ist, dass er schon seit einer oder mehr Generationen schwächer wird. Die größeren Pflanzen versuchen längst, ihn abzuschütteln. Sind dir nicht die Bäume im Wald aufgefallen, die sich so schwerfällig bewegten?«

---

* Außerdem war ich drei Wochen lang in einem Käfig, falls ich das noch nicht erwähnt haben sollte.

»War das nicht, du weißt schon, der Wind?«

»Wind?«, rief Heinrich verächtlich. »Was für ein Unsinn!«

»Also, ich weiß nicht. Bäume bewegen sich nun einmal im Wind.«

»Du armes naives Kind!«, sagte Heinrich. »Du denkst, der Wind würde die Bäume bewegen? Die Bäume *machen* den Wind!«

»Bist du dir da ...«, sagte ich zögerlich, »sicher?«

»Wo sonst sollte der Wind herkommen? Wenn nicht von den Bäumen, die ihre fächerförmigen Köpfe bewegen?«

»Hm, ich dachte, es läge an der warmen Luft, die über dem Meer aufsteigt, oder der kalten feuchten Luft, die absinkt, wenn ... Na ja, ich bin kein Experte. Aber es liegt nicht an sich bewegenden Bäumen, soviel weiß ich.«

»Schnickschnack«, sagte Heinrich mit einer wegwerfenden Handbewegung. »Fakt ist: Bevor die Bäume mit ihrem Headbanging anfingen, um Grahams Zauberbann abzuschütteln, gab es in diesen Breiten gar keinen Wind. Aber solange es nur das war – ein paar rauschende Bäume oder Kornfelder, die die La-Ola-Welle machten –, bestand kein Grund zur Sorge. Und so blieb es etwa ein Jahrhundert lang. Aber dann nahmen die Dinge eine entscheidende Wende zum Schlechteren. *Etwas* hat die Auflösung des Großen Zauberbanns plötzlich beschleunigt. Und in den letzten Jahren ist er so schwach geworden, dass er uns jeden Moment um die Ohren fliegen kann. Nun, um deine Ohren. *Ich* habe ja keine.«

»Aber was können wir nur tun?«

»Wir müssen herausfinden, warum das alles geschieht. Und Grabsch-End liegt im Zentrum dieses Rätsels. Alle Morde sind in oder um die Höhle herum geschehen.«

»Dann lass uns dorthin gehen«, sagte ich. »Obwohl … die Höhle gehört mir ja nicht länger. Lobehold hat Klage eingereicht und mich rausgeworfen.«

»Diese *Tante!*«, zischte Heinrich giftig. »Damit hat sie ja schon die ganze Zeit gedroht. Aber gut, hoffen wir, dass die Schlösser noch nicht ausgewechselt wurden. Wir müssen uns in der Höhle umsehen. Irgendetwas Übles ist dort.«

»Du meinst, ich habe etwas zu lange im Kühlschrank stehen lassen?«

»Nein, nein, nicht im Kühlschrank. In der Höhle selbst. *Etwas* ist dort.«

»Äh, ja. Gut. Dann lass uns mal gehen.«

Ich kippte das letzte Glas Met hinunter, und gemeinsam traten wir hinaus auf die Straße.

Siebzehntes Kapitel

Einiges mehr geschieht

Und im selben Moment wurde mir klar, dass einfach so auf die Straße hinauszutreten keine wirklich kluge Entscheidung war. Denn etwa zwanzig Meter vom Fahlen Kaninchen entfernt stand Inspektor Barnabas mit zwei Hilfstrollen und zeigte auf mich. »Da ist er«, rief er, wobei sich seine Stimme nahezu überschlug. »Ergreift ihn!«

Die Trolle setzten sich schwerfällig in Bewegung und kamen auf uns zu.

»Du lieber Gott«, sagte Heinrich, was keine große Hilfe war.

Ich drehte mich um und sah die Straße hinunter. Einige Fußgänger waren stehengeblieben und blickten neugierig in unsere Richtung. Sie erweckten nicht den Eindruck, als würden sie uns so ohne Weiteres vorbeilassen.

»Kannst du sie erschrecken und verjagen?«, fragte ich Heinrich.

»Im grellen Sonnenlicht?«, erwiderte er. »Wohl kaum.«

»Dann schnell wieder rein!«, rief ich und rannte zurück ins Wirtshaus. Dort griff ich nach der zu zwei Dritteln leeren Flasche Met auf dem Tresen und lief Richtung Hinterausgang. Hinter mir ertönte ein Lärm, als würde etwas zersplittern. Ich blickte über die Schulter: Einer der Trolle hatte sich in der Tür verkeilt.

»Komm schon!«, rief ich Heinrich zu, der an der Decke entlang flog.

Ich lief einen dunklen, holzgetäfelten Gang hinunter, an den Toiletten vorbei, und gelangte durch den Notausgang in einen kleinen Hinterhof. Von Weitem hörte ich, wie Barnabas seinen Trollen Befehle erteilte. Ich drückte mich durch den schmalen Durchgang und erreichte eine kleine Gasse. Ich lief sie hinunter und bog nach rechts ab. Die Straße führte an der Bäckerei und der Podologenfachschule vorbei direkt zu einem kleinen rechteckigen Marktplatz. Wir mussten ihn nur noch überqueren, dann könnten wir um die Cordwestenfabrik herumlaufen und den Hügel zu Grabsch-End von der anderen Seite erklimmen.

Ich lief los, doch genau in diesem Moment kam Barnabas um die Ecke geschossen und stellte sich zwischen mich und den Marktplatz.

»Stopp!«, rief er und hielt mir seine rechte Handfläche entgegen. »Im Namen des Gesetzes!«

Ich stoppte und reichte, ohne groß darüber nachzudenken, dem Inspektor die Metflasche. Barnabas griff danach und sah sie verwirrt an – und ich nutzte seine Verwirrung, um ihm einen Schlag auf die Nase zu versetzen. Es war kein harter Schlag, eher ein zarter, trotzdem taumelte er nach hinten und rief: »Uh! Ah! Au!« Dann stolperte er über eine Unebenheit im Kopfsteinpflaster und fiel auf den Hintern. »Wie gemein, Sie haben mich geschlagen«, jammerte er, während er sich die Nase hielt.

Ich hatte leider keine Zeit für seine Wehwehchen. Ich flog über das Pflaster (nicht wörtlich natürlich, aber für einen Hobbnix machte ich ganz schön große Sprünge), peste am Rathaus vorbei, und fünf Minuten später hatte ich Hoppler-Ahoi! hinter mir gelassen und lief, so schnell es meine strapazierten Lungen erlaubten, den Hügel zu meiner Höhle hinauf. Ich begegnete niemandem, und es dauerte nicht lange, dann stand ich auf der Spitze des Hügels – das heißt, ich *lag* auf der Spitze des Hügels und schnappte keuchend nach Luft.

Ich lag eine ganze Weile so da und blickte in den blauen Himmel. Die Knöchel meiner rechten Hand schmerzten an der Stelle, an der sie mit Barnabas' Nase in Kontakt gekommen waren. Ich versuchte, zur Ruhe zu kommen. Ich hörte nichts, was darauf hindeutete, dass sie mir folgten.

Eine weiße Wolke trieb langsam über den Himmel. Ich sah ihr dabei zu. Dann hielt sie plötzlich an, machte kehrt und flog im Zickzack zu mir hinunter. Es war Heinrich.

»In der Höhle ist niemand«, rief er mir zu. »Ich war gerade dort. Offenbar hat ein Polizist Wache gestanden, aber er ist wohl in den Ort hinunter, um zu sehen, was dort los ist. Das ist unsere Chance.«

Ich rappelte mich auf. »Wonach suchen wir eigentlich genau?«, fragte ich.

»*Etwas* hier hat Grahams Zauberbann entscheidend geschwächt«, sagte Heinrich. »Hier ist das Epizentrum. Hier in unserer Höhle. Oder im Garten.«

Ich hatte das Gartentor erreicht und hielt inne. »Warte mal. In unserem Garten?«

»Ja.«

»Vier Leute wurden in unserem Garten ermordet – *von* unserem Garten. Und du meinst wirklich, wir sollten uns *in unserem Garten* umsehen?«

»Natürlich besteht ein gewisses Risiko«, gab Heinrich zu. »Aber die Zukunft der ganzen Welt steht auf dem Spiel.«

»Für *dich* ist es kein Risiko«, grummelte ich und drückte das Tor auf. »Du bist ja schon tot.« Vorsichtig ging ich den Gartenweg hinunter zur Eingangstür. Sie war immer noch mit Absperrband beklebt.

Es fühlte sich merkwürdig an, nach so langer Zeit nach Hause zurückzukommen. Tatsächlich fühlte es sich gar nicht mehr wie ein Zuhause an. Ich betrat die Höhle und schlich den Flur entlang. Die Dielen knarzten unter meinen Füßen, was mir einen ziemlichen Schreck einjagte. »Es wäre wirklich hilfreich«, flüsterte ich, »wenn ich wüsste, wonach wir suchen.«

»Ich weiß es ja auch nicht«, flüsterte Heinrich von der Decke zurück.

Mein Arbeitszimmer: die vertrauten Stöße unbeschriebenen Papiers. Doch der Gedanke, mich an den Schreibtisch zu setzen und die Geschichte meines belanglosen Lebens aufzuschreiben, schien nun zu einer völlig anderen Existenz zu gehören. Ich überprüfte den Safe. Er war unberührt. Ich öffnete ihn und nahm das ganze Geld heraus, das ich dort für Notfälle deponiert hatte – nur hundert Gulden, aber besser als nichts.

Wir sahen in der Küche nach. Das Brot war hart wie Stein, und der Käse hatte sich entweder als Schlumpfix verkleidet oder aus einem anderen Grund die Farbe gewechselt. Aber ich entdeckte ein Glas Essiggurken und etwas Pökelfleisch. Gierig schlang ich alles hinunter.

»Bingo«, sagte Heinrich plötzlich vom Wohnzimmer aus. »Ich glaube, ich habe es gefunden.«

Ich eilte hinüber. »Wasch isches?«, fragte ich (ich hatte noch den Mund voller Gurken).

»Das Feuer«, erwiderte er.

Beide blickten wir in die nie verlöschenden Flammen.

»Ich weiß noch, wie ich hier eingezogen bin«, sagte der Geist. »Es hat mich wirklich verwirrt, dass in deiner Höhle das ganze Jahr über ein Feuer brennt, egal wie heiß es im Sommer ist. Aber dann hast du es mir erklärt – es ist ein magisches Feuer, und du weißt nicht, wie man es ausmacht. Das erschien mir schlüssig. Deshalb kann ich nämlich seine Hitze spüren. Ein normales Feuer würde ich nicht spüren, aber *diese* Flammen sind eindeutig magischen Ursprungs. Ein Zauberer hat sie entzündet, nicht wahr?«

»Ein Drache«, sagte ich.

»Ja«, sagte Heinrich. »Selbstverständlich weiß ich über die Beziehung zwischen Zauberern und Drachen Bescheid.«

Durch das Fenster sah ich, wie die Sonne durch die Wolken über den Ausläufern des Nobelgebirges fiel – helle Strahlen vor einem dunklen Hintergrund.

»Du meinst also, dieses Feuer hat etwas mit der Schwächung des Bannes zu tun?«

Der Geist sah mich an. Dann öffnete er seinen Mund. Und schloss ihn wieder. Dann öffnete er ihn erneut. Und schloss ihn. Er sah aus wie ein Fisch. Ein Geisterfisch.

»Was machst du da?«, fragte ich.

»Ich nicke«, sagte Heinrich.

»Du nickst?«

»Besser kriege ich es nicht hin. Schließlich habe ich kein Genick.«

»Aha.«

»Es ist nur eine Kleinigkeit«, sagte Heinrich. »Das Feuer, meine ich. Aber selbst ein kleiner Tropfen kann einen Stein aushöhlen, wenn er nur genug Zeit dafür hat. Dieses Feuer ist wie ein Hahn, der tagein, tagaus vor sich hin tropft. Irgendwann ist das Reservoir leer.«

»Und Reservoir bedeutet in diesem Fall …«

»… Grahams Zauberbann. Magie ist keine unendlich verfügbare Ressource. Ein Bann muss immer wieder aufgefrischt werden, sonst verliert er seine Wirkung. Und ohne dass wir es bemerkten, hat dieses Feuer die Wirkung des Zauberbanns aufgebraucht. Wie ein Leck im großen Motor der Magie – *tropf, tropf, tropf*. Und so wurde der Bann immer schwächer – und am schwächsten in deiner Höhle. Das erklärt, warum es gerade hier zu den Morden kam.«

»Dann müssen wir das Feuer ersticken!«, rief ich.

»Ganz genau. Ich hoffe nur, es ist noch nicht zu spät.«

»Wie stellen wir das an?«

»Keine Ahnung.«

»Sollen wir Graham fragen?«

»Ja, Graham«, sagte Heinrich mit fester Stimme. »Natürlich! Wir haben ihn im Wald zurückgelassen. Er ist manchmal etwas weggetreten.«

Ich nickte. »Das ist mir nicht entgangen.«

In diesem Augenblick klopfte es an der Tür.

Achtzehntes Kapitel

Kurz bevor ich den Geist aufgebe, rettet mich – na, wer wohl?

»Die Polizei«, flüsterte ich.

»Oder auch nicht«, flüsterte Heinrich zurück. »Vielleicht ist es Graham der Grüne. Wenn ja, dann sollten wir ihn lieber reinlassen.«

»Aber wenn es die Polizei ist, dann werden sie uns verhaften.«

»Aber wenn es Graham ist, dann kann er uns mit dem Feuer helfen.«

»Hm. Er ist schon früher mal hier vorbeigekommen«, gab ich mit einem gewissen Schuldgefühl zu. »Aber ich habe ihn nicht in die Höhle gelassen. Hätte ich das doch nur getan!«

»Wir müssen es riskieren«, sagte Heinrich. »Wenn es die Polizei ist, dann schlägst du ihnen einfach die Tür vor der Nase zu und wir türmen durch den Hinterausgang. Aber wenn es Graham ist …«

Widerwillig willigte ich ein. Ich trippelte den Flur hinunter, stellte mich an die geschlossene Tür und rief: »Wer ist da?«

»Der Postbote«, kam gedämpft die Antwort.

Ich öffnete die Tür. Und tatsächlich blickte ich in das verschmitzt grinsende Gesicht des Postboten. Wie üblich legte er zur Begrüßung den Finger an den Schirm seiner Kappe. In der anderen Hand hielt er einen Brief.

»Was ist das?«, fragte ich. »Wieder ein Telegramm?«

»Brief«, erwiderte er lakonisch.

Ich nahm den Brief entgegen. Auf dem Umschlag stand: *Bingo Beutlgrabscher, Grabsch-End*. Ich riss ihn auf, zog das Pergamentpapier darin heraus, faltete es auseinander und las: ICH BIN HIER, UM SIE ZU TÖTEN.

»Nun ja«, sagte ich. »Das ist nicht sehr nett.«

»Nein«, bestätigte der Postbote. »Ist es nicht.«

Ich drehte das Blatt um. »Es steht nirgends, von wem der Brief ist.«

»Er ist von mir«, sagte der Postbote.

»Klar. Sie haben ihn mir gerade gebracht.«

»Nein, *ich* habe ihn geschrieben.«

»Sie?«

»Ja«, sagte der Postbote. Er kramte in seinem Postsack, zog einen doppelschneidigen Brieföffner* hervor und hielt ihn so, als wollte er ihn mir in die Brust rammen.

Zum Glück besaß ich die Geistesgegenwart, die Tür zuzuwerfen – wobei die Spitze der Klinge sauber durch das Holz fuhr.

»Ist es Graham?«, rief Heinrich aus dem Wohnzimmer. »Bitte ihn doch herein.«

»Es ist der Postbote«, erwiderte ich. »Er hat mir einen Brief geschrieben. Er ist hier, um mich zu töten.«

Der Brieföffner zitterte in der Tür und begann, durch das Holz zu schneiden wie ein Messer durch ein Stück

---

* Eine ebenso mächtige wie magische Waffe. Der legendäre Krieger Bürokrates, so heißt es, schwang eine ähnliche Klinge, mit der er die Heerscharen des Dunklen Frankierers in der Schlacht von Paravion regelrecht ausweidete. Seit der Einführung der praktischen Aufrissschnur im Zweiten Zeitalter galten diese Zauberwaffen jedoch als verschollen.

Butter. Es war ein furchtbares Geräusch: Holzsplitter flogen durch die Gegend, und Sägemehl rauschte wie Wasser zu Boden. Im Nu – haben Sie sich eigentlich auch schon immer gefragt, warum es »Nu« heißt und nicht »Na« oder »No« oder, was ja noch passender wäre, nur »N«? – jedenfalls, im N hatte die Klinge einen großen Kreis in die Mitte der Tür geschnitten. Und in diesem Kreis erschien das grinsende Gesicht des Postboten.

»Die Poost iist daaa«, rief er sardonisch gedehnt.

»Das«, sagte Heinrich, der sich neben mir manifestiert hatte, »ist ein Brieföffner, eine ebenso mächtige wie magische Waffe.«

»Ehrlich?«, fragte ich sarkastisch zurück.

»Ich habe eine wichtige Nachricht für Sie«, rief der Postbote in einer Art manisch amüsierten Stimme. »Sie werden sterben!«

Während er damit beschäftigt war, den Rest der Tür zu zerschneiden, wich ich langsam in den Flur zurück.

»Es wäre vermutlich anzuraten«, sagte ich, »dass wir sobald wie möglich *das Weite suchen*.«

Wir rannten durch die Küche zur Hintertür. Aber im selben Moment, als ich sie öffnete, wurde mir klar, dass sich die Situation in meinem Garten grundlegend verändert hatte. Der Rasen war zum Leben erwacht. Jeder einzelne Grashalm – einen Monat lang nicht gemäht und schon beträchtlich höher als die empfohlenen zweieinhalb Zentimeter – neigte sich drohend in meine Richtung, und die Hecke am hinteren Ende des Gartens ruckte und zuckte, als wollte sie ihre Wurzeln herausziehen und mir ins Gesicht springen. Meine Pflanzen wollten mich töten – das konnte ich spüren.

Der Schwung, mit dem ich die Tür aufgestoßen hatte, trug mich beinahe über die Schwelle auf den Rasen. Nicht auszudenken, was passieren würde, wenn ich einen Fuß auf das mörderische Grünzeug setzte. Die Halme würden ihn wie Tentakel umklammern und die Haut wie hundert Nadeln durchbohren. Grasbüschel würden sich um meine Knöchel wickeln und mich am Davonlaufen hindern. Und wenn ich stürzen würde, würde die Wiese kurzen Prozess mit mir machen …

Ich ruderte heftig mit den Armen, um nicht das Gleichgewicht zu verlieren, doch die kinetische Energie trug mich unaufhaltsam vorwärts. Im letzten Moment schlang Heinrich einen ektoplasmatischen Arm um mich und zog mich wieder hinein. »Da gehen wir besser nicht raus«, sagte er.

Ich rannte in den Flur zurück. Aber dort stand nun der Postbote. Von der runden Eingangstür hinter ihm war nichts mehr übrig. Sein Brieföffner funkelte vor böser Magie.

»Hobbnix!«, rief er. »Zeit für die letzte Zustellung!« Er hob die Klinge. »Das soll heißen: Ich werde Sie töten«, fügte er überflüssigerweise hinzu.

Als der Brieföffner nach unten zischte, sprang ich zur Seite. Es war vermutlich die dreiwöchige Diät im Käfig, die mir das Leben rettete – die Klinge schnitt durch meine Kleidung und hinterließ einen Kratzer auf meinem Bauch. Wäre ich noch so pummelig wie vor der Inhaftierung gewesen, hätte die Klinge meinen Unterleib aufgeschnitten wie einen manilabraunen DIN C5/6-Umschlag nach ISO 269. Ich heulte vor Schmerz auf, aber die eigentliche Wunde trug meine Kleidung davon.

Blitzartig hechtete ich durch die Wohnzimmertür, landete recht ungeschickt auf meiner Schulter, rollte mich ab, stieß mir das Schienbein am Couchtisch, bellte wie ein Hund (das befreit, sollten Sie auch mal versuchen) und stellte mich mühsam auf die Hinterbeine. Auf die Beine, meine ich.

Der Postbote stand in der Tür zum Wohnzimmer und grinste. Ich sah durch das Fenster – auch im Garten vor der Höhle wimmelte es nur so vor zappelnder, mordlüsterner Vegetation. Ich saß in der Falle.

Langsam entfernte ich mich von dem Postboten, aber für jeden Schritt, den ich weg von ihm machte, machte er einen auf mich zu.

»Ah«, rief er mit psychotischer Freude, als er das Feuer erblickte. »Jahrelang habe ich Ihnen die Post zur Tür gebracht, und ich habe es nie gesehen! Sie haben mich nie hereingebeten!«

Diese letzte Bemerkung hatte einen leicht vorwurfsvollen Ton, sodass ich mich zu einer Antwort genötigt sah. »Aber Sie sind der Postbote. Man lädt den Postboten nicht auf eine Tasse Tee ein.«

»Wieso eigentlich nicht?«, fragte er. »Ach, ihr seid doch alle so hochnäsig! Nun, zu Ihrer Information: Ich bin mehr als nur ein Postmann. Haben Sie sich nie gefragt, was ›Postmann‹ eigentlich heißt? Oder warum er zweimal klingelt? Oder was Kevin Costner damals geritten hat, diesen bescheuerten Film zu drehen?«

»Äh, um ehrlich zu sein, nein.«

»Post-mann bedeutet: der *letzte* Mann! Schon bald werde ich der einzige noch lebende Zweibeiner sein. Buahahaha! Ich habe einen Pakt mit den Pflanzen geschlossen. Sie töten euch alle – und dann wird die Welt mir gehören. Und dann … dann … wird niemand mehr einen Brief schreiben! Und ich muss nicht mehr mit diesem verdammten Sack herumstapfen und sie ausliefern! Buahahaha!«

»Sie sind ja völlig abgedreht. Durchgeknallt. Ausgetickt. Um nicht zu sagen wahnsinnig.«

»Ich glaube, da könnten Sie recht haben, mein Lieber. Buahahaha! Ha!«

»Damit kommen Sie nie durch!«, rief ich, nicht weil ich es wirklich glaubte, sondern weil es das zu sein schien, was man in einer solchen Situation eben sagte.

»Ach, nicht? Ich bin fünfhundert Jahre alt, Hobbnix. Fünfhundert!«

»Sind Sie etwa auch ein Zauberer?«

»Ein böser Zauberer, um genau zu sein. Und wissen Sie, wie viele offene Stellen es für böse Zauberer gibt? Null! Nada! Genau so viele. Also muss ich mir meinen Lebensunterhalt als Postbote verdienen. Das ist so demütigend! Aber ich spürte, dass in dieser schäbigen kleinen Hobbnixhöhle etwas Magisches vor sich ging. Etwas Magisches von großer Bedeutung.«

»Schäbig?«, erwiderte ich empört. »Kein Grund, unhöflich zu sein.«

»Kein Grund, unhöflich zu sein?«, schnappte der Postbote zurück. »Jede Menge Gründe, *tot* zu sein!« Er schlug mit dem Brieföffner nach mir, und ich wich noch weiter zurück. »Bis jetzt«, sagte er mit dröhnender Stimme, »war ich mir nicht sicher, was genau den alten Zauberbann zum Verschwinden brachte. Aber jetzt kann ich es mit meinen eigenen Augen sehen. Es ist *wundervoll!*«

In diesem Moment ertönte eine zweite Stimme. »Maaann!«, sagte sie.

»Graham!«, rief ich. »Der Postbote ist ein böser Zauberer, der sich mit den Pflanzen verbündet hat, um alles nicht-pflanzliche Leben zu vernichten.«

Graham stand in der Wohnzimmertür. »Maann«, wiederholte er langsam. Er machte einen leicht verwirrten Eindruck. Er drehte sich um und blickte in die Richtung, aus der er gekommen war. »Die Tür war, äh, offen. Also bin ich einfach rein. Und wenn ich sage offen, dann meine ich, die Tür war … *urrgh!*«

Das letzte Wort begleitete den Moment, in dem der Postbote Graham den Brieföffner in den Bauch stieß.

»Graham!«, schrie ich.

Aber es war zu spät. Der Postbote zog die tödliche Klinge wieder heraus, und Grahams Bauch gab ein blubberndes, schmatzendes Geräusch von sich. Dann gab Grahams Mund ein »Hey, warum so aggressiv?«-Geräusch von sich. Und dann fiel er auf die Knie. Von meinem Standpunkt aus konnte ich ein lila-schwarz gefärbtes Oval auf dem Stoff seines schmutzigen Hemdes erkennen. Graham der Grüne, womöglich der mächtigste Zauberer, den die Welt je gesehen hat – getötet von einem Postboten in der Höhle eines Hobbnix von geringer Bedeutung. Ja, vermutlich wusste der Postbote nicht einmal, wen er da getötet hatte. Und warum sollte er auch? Ich hatte Graham auch nicht wirklich gut behandelt in der kurzen Zeit, in der ich ihn gekannt hatte. Sein letztes Wort war (wie sollte es anders sein): »Maann!«

»Ha!«, höhnte der Postbote und blickte auf das, was er getan hatte. »Ein weiteres Opfer für die Götter der Photosynthese!«

»Opfer?«, keuchte ich.

»Mit jedem Tod«, erklärte er, drehte sich um und kam mit erhobener, blutgetränkter Klinge auf mich zu. »Mit *jedem* Tod eines Angehörigen des Fußvolkes wird der Bann schwächer. Und die Grünen werden ihre Ketten abwerfen und Furchen und Schrecken in die Welt bringen.«

»Furchen?«

»Äh, Furcht. Auf jeden Fall: Die Zeit der Zweibeiner ist vorbei! Die Ära der Wurzler beginnt!« Mit seiner freien Hand griff er in den Postsack und zog ein kleines Fläschchen hervor. »Was habe ich hier?«

»Ein kleines Fläschchen?«

»Bingo!«

»Ja bitte?«, erwiderte ich automatisch.

»Ich meine: ganz richtig! Und was ist *in* diesem Fläschchen?«

Ich beschloss, einfach zu raten. »Ein magisches Pulver, das den schwächenden Effekt des Kaminfeuers auf den Zauberbann, der die Angehörigen des Wurzelvolkes davon abhält, das Fußvolk zu vernichten, verstärkt?«

»Hm«, sagte der Postbote sichtlich beeindruckt. »Das stimmt. Haben Sie das geraten oder … wussten Sie das?

»Geraten.«

»Nun denn, Mr. Beutlgrabscher. Bedauerlicherweise – für *Sie* bedauerlicherweise – funktioniert dieses Pulver nur, wenn ich es im selben Moment in das Feuer werfe, in dem ich eine zweibeinige Kreatur opfere. So eine wie Sie. Es heißt also: Zurück an den Absender, Mr. Beutlgrabscher! Aber es mag ein kleiner Trost für Sie sein, dass Ihnen durch Ihr Ableben der Anblick Ihrer vom Großen Pflanzenaufstand verwüsteten Welt erspart bleibt.«

»Der ist aber wirklich klein«, sagte ich. »Ich meine, der Trost. Geradezu mikroskopisch klein.«

»Ja«, nickte der Postbote.

»Ich könnte ein Mikroskop unter ein größeres Mikroskop stellen – und immer noch keinen Trost erkennen.«

»Ja, ja«, schnappte der Postbote. »Ist schon gut. Nun, die Zeit ist gekommen, Ihnen mit meinem Zweiöffner die Kehle durchzuschneiden.«

»Zweiöffner? Sie meinen wohl Ihren zweiseitig geschliffenen Brieföffner. Sie haben ja nur *einen* Brieföffner. Obacht, auch die Sprache kann zweischneidig sein …«

»Halten Sie den Mund! Äh. Wo war ich? Genau.« Er hob die Klinge. »Ich werde Ihnen mit meinem Brieföffner die Kehle … *Ihh!*«

Das *Ihh!* war die Reaktion des Postboten auf das plötzliche Auftauchen meines geliebten Heinrichs. Er mochte vielleicht ein jahrhundertealter böser Zauberer sein, aber er erschreckte sich wie jeder Normalsterbliche vor einem Geist. Und Heinrich zog alle Register: Er ließ zwei ektoplasmatische Flügel aus seinem Rücken wachsen und flatterte damit wie wild herum. Dann öffnete er seinen Mund zu einem riesigen Schlund und gab ein knochenmarkerschütterndes »Huuuuuuuu« von sich. Sogar ich hatte Angst, und ich hatte das schon hunderte Male gesehen. Der Postbote hatte keine Chance.

Das war das *Ihh!*. *»Ahh!«*, machte der Postbote, als er über den Beistelltisch stolperte, und das nächste Geräusch, das er von sich gab, war ein wildes Kreischen – als er nämlich in das Feuer fiel. Es ist nicht möglich, dieses Geräusch in Buchstaben auf Papier darzustellen, aber glauben Sie mir, es war nicht gerade angenehm, es zu hören.

Vermutlich wäre der Postbote mit einigen kleineren Verbrennungen davongekommen, hätte das Pulver in dem Fläschchen, das er in der Hand hielt, nicht so explosiv reagiert. Die Flammen schossen so hoch aus dem Kaminrost, dass ich die Arme nach oben riss und zurücktaumelte. Und dann stürzte ich. Und als ich mich wieder aufgerappelt hatte, brannte die Hälfte des Wohnzimmers. Es war heiß wie in einem Ofen.

Ich stolperte zur Tür, drehte mich um und sah, wie

meine Vorhänge in Flammen aufgingen. Der Lärm, den das Feuer erzeugte, war ohrenbetäubend.

»Lauf!«, schrie mir Heinrich ins Ohr. »Wir müssen hier raus!«

»Graham«, rief ich, kauerte mich auf den Boden und versuchte, den schwelenden Körper des Zauberers aus dem Wohnzimmer zu ziehen. Aber ich musste ihn wieder loslassen – die Hitze des Feuers war eindeutig zu stark, Grahams Körper eindeutig zu leblos, und sein Gewicht eindeutig zu schwer.

»Lass ihn«, rief Heinrich. »Er ist tot. Schau – sein ganzer Körper raucht. Und als jemand, der ihn kannte, kann ich mit Fug und Recht behaupten, dass er *genau das* gewollt hätte.«

Inzwischen brannte auch die Wohnzimmertür, und Heinrich und ich liefen den Flur hinunter, dessen Dielen bereits verdächtig knisterten. Ein Schwall schwarzen Rauchs wälzte sich an der Decke entlang. Es war klar, dass er bald die gesamte Höhle füllen und mich ersticken würde. So gebückt wie möglich lief ich durch das, was einmal meine Eingangstür gewesen war.

Draußen angekommen nahm ich einen tiefen Atemzug frischer Luft. Aber die Erleichterung war nur kurz – denn ich sah, dass der gesamte Vorgarten von bösartigen Lebensformen nur so wimmelte. Sobald ich meinen Fuß auf die Veranda gesetzt hatte, funkelten mich die Blumen hasserfüllt an, schüttelten sich die Büsche vor Wut und verdrehten die Gräser ihre tödlichen Tentakel in einem Anfall von Jähzorn. Jede einzelne Pflanze in meinem Garten wollte mich umbringen.

»Ich denke«, sagte ich hustend zu Heinrich, »es ist wohl das Vernünftigste, auf der Veranda zu bleiben …«

»Nein«, unterbrach er mich. »Wir müssen weg!«

Mit meinen vom Rauch getrübten Augen blickte ich den Gartenweg hinunter. Ein Dutzend tellergroße, in recht willkürlichen Abständen platzierte Trittsteine lag dort – wie ein Weg über einen reißenden Fluss. Mein Problem war Folgendes: Da ich meinen Gärtner verloren hatte, hatte sich über einen Monat lang niemand um meinen Garten gekümmert. Und so war das Gras lang genug, um jeden Punkt auf den Steinen erreichen zu können. Und das Gras hatte mörderische Absichten. Nur ein Idiot hätte seinen nackten Fuß in diese wimmelnde grüne Masse gesetzt.

»Auf keinen Fall«, sagte ich mit krächzender Stimme und räusperte mich. »Ich verlasse diese Veranda nicht.«

»Und wenn du ganz schnell läufst?«, schlug Heinrich vor.

»Ja, wenn ich *Schuhe* hätte«, erwiderte ich. »Dann vielleicht. Aber mit bloßen Füßen – niemals!«

»Du musst aber!«

»Kannst du nicht mit mir rüberfliegen?«

»Nein. Dafür ist es zu weit.«

»In diesem Fall«, erklärte ich und nahm all die Würde zusammen, die mir noch verblieben war, »bleibe ich hier.«

Das war der Moment, in dem meine Hobbnixhöhle explodierte.

Da sie sich, wie es Höhlen so an sich haben, weitgehend unter der Erde befand, war die Explosion eher gedämpft. Aber aus dem gleichen Grund war es auch eine heftige, durch die Erde fokussierte Explosion. Flammen und heißes Gas schossen aus dem Vordereingang und – so nahm ich jedenfalls an – aus der Hintertür. Ich wurde von den Füßen gerissen und in den Garten geschleudert.

Hätte es mir nicht den Atem verschlagen, hätte ich geschrien. Ich fiel auf den Rücken, aber die Landung war so heftig, dass ich vom Boden abprallte, mich in der Luft drehte, weiterflog und schließlich auf dem großen Stein zwischen den beiden Pfosten meines Gartentors landete, wobei ich das Tor halb aus den Angeln riss.

Für kurze Zeit war ich völlig benommen. Ich saß, mit dem Rücken an das Tor gelehnt, auf dem Stein und betrachtete das Inferno, das meine geliebte Höhle verschlang. Ein plötzlicher Schmerz jedoch vertrieb die Benommenheit: Ich hatte meine Beine ausgestreckt und damit dem Gras die Möglichkeit eröffnet, hunderte von Halmspitzen in meine Fußsohlen zu bohren. Ich schrie auf und zog ruckartig meine Beine zurück. Die Halme waren nicht allzu tief in die Haut eingedrungen, aber es gab keine Stelle auf meinen Sohlen, die sie nicht perforiert hatten. Es tat höllisch weh.

»Au!«, rief ich und bemühte mich, ruhig zu atmen. Was mich über etwas Anderes in Kenntnis setzte: Es schien, als hätte ich mir einige Rippen geprellt oder gar gebrochen. »Au!«, rief ich als Reaktion auf diese Neuigkeit. Was eine Welle aus Schmerz durch meinen malträtierten Brustkorb jagte. Was mich wiederum dazu veranlasste, abermals »Au!« zu rufen.

So ging das einige Zeit lang, während die von Magie genährte Feuersbrunst in den Überresten meiner Höhle wütete. Dicke Rauchwolken quollen heraus und stiegen in den Himmel. Ich versuchte, mich zu orientieren. Ich saß auf einem fünfzig mal fünfzig Zentimeter großen flachen Stein, den die zappelnden Grashalme um mich herum nicht erreichen konnten. Hinter mir das gesplitterte Gartentor. Und über mir der flatternde Heinrich.

»Alles in Ordnung?«, rief er nach unten. »Lebst du noch?«

Plötzlich schoss mir ein Gedanke durch den Kopf: Ich musste weg von den Pflanzen. Nicht nur weg von meinem Garten, sondern von der Vegetation überhaupt. Ja, vermutlich war es am besten, in einer Wüste Zuflucht zu finden. Da die nächste Wüste jedoch ziemlich weit entfernt war, beschloss ich, erst einmal nach Hoppler-Ahoi! zu fliehen.

»Ich bin okay«, rief ich nach oben und bemühte mich, den Schmerz in meinen Rippen zu ignorieren. »Aber ich kann hier nicht bleiben.«

»Lauf in den Ort!«, rief Heinrich.

Ich rappelte mich auf. Beinahe wären meine blutgetränkten Fußsohlen auf dem glatten Stein abgerutscht und ich in das mörderische Gras gefallen, aber ich konnte mich gerade noch rechtzeitig am Pfosten festhalten.

Ich atmete tief durch.

Dann hörte ich zwei Geräusche. Das erste war ein pfeifendes Zischen (oder zischendes Pfeifen). Das zweite war Heinrichs Stimme, die »Achtung!« rief. Und plötzlich spürte ich einen heftigen Schmerz in Nacken und Rücken. Die Pflanzen hatten mich mit einem Dutzend spitzer Dornen oder etwas Ähnlichem beschossen.

»In Deckung!«, rief Heinrich.

Ich ließ mich auf den Hintern fallen und drängte mich an das Gartentor, um mich vor der Attacke zu schützen. Dann zog ich einen der Dornen aus meinen Genick. Und sah, dass es gar kein Dorn war, sondern die Spitze eines Weizenstängels. »Ährloses Kroppzeug!«, brüllte ich. Es dauerte recht lange, bis ich alle Spitzen aus der Haut gezogen hatte (eine hatte sogar meine Hand erwischt). Noch länger dauerte es, um herauszufinden, was ich nun tun sollte. Mit einem erneuten Zischen und einem darauf folgenden *Tschock, Tschock, Tschock* schlug eine weitere

Ladung Stängel in das Holz des Gartentors ein. »Sie haben mich hier festgenagelt«, rief ich zu Heinrich hinauf. »Im wahrsten Sinne des Wortes.«

Er flog zu mir hinunter, wobei die Dartpfeile aus Weizen nur so durch seinen Spektralkörper hindurchsausten. »Du musst hier weg«, flehte er mich geradezu an. »Benutz das Gartentor als Schild.«

»Was?«

»Halt das Tor vor deinen Körper und benutz es als Schutzschild. Anders kommst du nie an dem Weizenfeld vorbei.«

Ich atmete flach. Immer wieder durchzuckte mich Schmerz. Blut floss meinen Nacken hinunter. Auch meine Füße waren vor Blut ganz klebrig. »Bist du verrückt?«, fragte ich.

»Hast du vielleicht eine andere Idee?«, fragte er zurück. »Weißt du, Bingo, ich liebe dich *lebendig*. Ich könnte jeden langweiligen Toten als Partner haben, aber das will ich nicht. Du musst von diesem Hügel hinunter! Das Feuer, das gerade deine Höhle zerstört, ist nun eine noch viel intensivere Form der magischen Flammen, die Grahams Bann über viele Jahre hinweg geschwächt haben. Jetzt ist es so groß, dass es den Bann *auffressen* wird. Schon bald werden diese Pflanzen zu weitaus mehr imstande sein als nur herumzuzappeln. Sie werden ihre Wurzeln aus dem Boden reißen und sich auf dich stürzen!«

Eine weitere Salve Weizendarts prasselte auf das Tor nieder. Ich atmete ein, aus, wieder ein und versuchte, irgendein Gegenargument zu dem zu finden, was Heinrich gerade gesagt hatte. Schmerz und Panik erschwerten jedoch die Konzentration. Außerdem wusste ich ohnehin, dass er recht hatte.

»Okay«, rief ich. »Aber wenn ich dabei getötet werde, dann bin ich wirklich, *wirklich* sauer auf dich.«

»Lauf!«, rief er.

Ich nahm einen so tiefen Atemzug, wie es meine schmerzenden Rippen erlaubten, dann packte ich das untere Ende des Gartentores und versuchte, es aus den Angeln zu heben. Wieder hörte ich das Zischen einer Ladung Weizenstängel in der Luft und Zehntelsekunden später den Einschlag im Holz. »Autsch!«, rief ich. Eines der Dinger hatte mich doch tatsächlich an der Fingerspitze erwischt. Fluchend zog ich den Stängel aus der Haut. Eine Perle aus Blut bildete sich dort, wo er mich getroffen hatte.

»Mach schon!«, drängelte Heinrich.

Ich konzentrierte mich wieder, griff ein zweites Mal nach unten und zerrte an dem Gartentor. Es bewegte sich keinen Millimeter, also versuchte ich es noch einmal mit mehr Kraft. Rückblickend und in der komfortablen Lage, nicht um mein Leben kämpfen zu müssen, ist mir natürlich klar, dass ich *zu viel* Kraft verwendete. Das war der eine Teil des Problems. Der andere war, dass das Gartentor – ein ausländisches Produkt – lange Zeit Wind und Wetter ausgesetzt gewesen war. Es war zwar lackiert (ein recht ansprechendes Grün), aber *eine* Schicht Farbe genügte eben nicht, um es vor dem ständigen Regen und der Feuchtigkeit hierzulande ordentlich zu schützen.

Kurz und gut: Ich riss das Gartentor aus den Angeln, richtete mich auf, hielt es wie ein Schild vor meinen Körper, und im selben Moment löste sich das Holz des Tores unter meinem festen (viel zu festen) Griff in seine bröckeligen, herunterbröselnden Bestandteile auf. Und ich stand ohne Schutz vor meinem tödlichsten Gegner: dem Weizenfeld.

»Ja, mei«, sagte ich mit leicht enttäuschter Stimme. Dann vernahm ich das Zischen hunderter Weizenpfeile, die von dem Feld abgeschossen wurden und nun in meine Richtung unterwegs waren. Ich schloss die Augen und hatte gerade noch Zeit, über die Frage zu sinnieren, ob »Ja, mei« wirklich die allerbesten letzten Worte waren, da hörte ich das mannigfaltige *Tschack* des Einschlags. Ich zuckte zusammen, aber spürte nichts. War *das* der Tod? Ein erwarteter Schmerz, der *nicht* eintraf?

Nein, ich war nicht tot.

Ich öffnete die Augen. Vor mir, direkt zwischen meinem zitternden Körper und dem todbringenden Weizenfeld stand ein riesiges Geschöpf. Und auch wenn ich nicht von hunderten Pfeilen durchbohrt worden war, sagte ich trotzdem: »Uff!«

»Interview für *Voger* nicht zu Ende«, sagte der Oger. Ein weiterer Schwarm Weizenspitzen prasselte auf seinen Rücken ein, aber er zuckte nicht einmal mit den Augenbrauen. »Noch Fragen.«

»Aber klar«, keuchte ich, ging auf ihn zu und legte meine Hand auf seinen überdimensionalen Ellenbogen. »Ich beantworte jede Frage, wenn Sie mich den Hügel hinunter nach Hoppler-Ahoi! begleiten.«

Es brauchte noch einige weitere Aufforderungen und einige weitere Weizendarts in Uff!s Rücken, aber schließlich trottete er den Hügel hinab Richtung Hoppler-Ahoi! und ich begleitete ihn, peinlich darauf bedacht, dass sich sein massiger Körper stets zwischen mir und dem Feld befand.

Wie wir so hinunterliefen, sagte Uff!: »Keine Oger in *Hobbnix*. Warum? Hat Bingo *Vorurteile?*«

»Ein peinliches Versehen«, sprudelte es aus mir hinaus. Ich musste ihn mir ja auf jeden Fall gewogen halten. »Ein unverzeihliches Ärgernis, da haben Sie ganz recht. Ich verspreche, dass das in der nächsten Auflage korrigiert wird.«

Uff! schien eine Weile darüber nachzudenken. Aber zum Glück ging er dabei weiter, und so kamen wir schließlich im Ort an. Als wir auf der Hauptstraße standen, wandte sich Uff! zu mir um und fragte: »Ein Ogernis?«

Neunzehntes Kapitel

Stellt euch vor, es ist Krieg und alle gehen hin

In Hoppler-Ahoi! herrschte ein ziemlicher Aufruhr. Je weiter sich der Riss oder Spalt oder Graben oder was auch immer in Grahams Zauberbann öffnete, desto mehr verbreiterte sich die Zone rund um meine so tragisch ausgebrannte Höhle, in der jegliches pflanzliche Leben zum, nun ja, Leben erwachte – voller Hass auf das Fußvolk, also auf uns.

Und ehe sich die Bürger Hoppler-Ahois! versahen, da wurden sie auch schon von der städtischen Vegetation attackiert und, in einigen Fällen, getötet. Zwei Hobbnixe etwa wurden von einer Ligusterhecke verschlungen, und ein Gemüsehändler fand sein vorzeitiges Ende durch seine eigenen Waren. Der Bürgermeister verließ verwirrt sein Büro, um nachzusehen, was es mit dem Gezappel in den Blumenbeeten vor dem Rathaus auf sich hatte – Laubazaleen schnappten mit ihren orange-gelben Mündern, *Hepacita nobilis* und *Kirengeshoma palmata* zischten. In Verkennung der Gefahr winkte er mit seiner Amtskette, und als eine bösartige *Abeliophyllum distichum* danach griff, weigerte er sich loszulassen. Im darauffolgenden Gezerre verlor er den Halt, fiel in die Beete und starb auf grässliche Weise. Andere liefen panisch aus ihren Gärten, wo sie vom Rasen attackiert worden waren; Löwenmäuler bissen wild um sich; Fleißige Lieschen warfen unermüdlich unreife Haselnüsse auf unschuldige Passanten.

Eine alte Dame wurde von ihrem Benjamin so fest umarmt, dass sie erstickte.

Als ich im Ort eintraf, vom Feuer versengt und vom Weizen verwundet, versammelte sich gerade eine verstörte und verängstigte Menge auf dem Marktplatz – jene durchgehend gepflasterte Fläche, die sich am weitesten entfernt von jeglichem Pflanzenbewuchs befand.

»Uff!«, sagte ich zu dem Oger. »Sind Sie auf unserer Seite? Werden Sie uns helfen, Hoppler-Ahoi! gegen die Gemüseinvasion zu verteidigen?«

Uff! sah mich ziemlich lange mit festem Blick an. Dann sagte er: »Was?«

»*Du* musst die Bürger dieser Stadt hinter dir versammeln«, hörte ich plötzlich Heinrichs Stimme über mir. »Sie werden nur überleben, wenn sie alle an einem Strang ziehen – und du musst sie anführen!«

»Ich?«, fragte ich überrascht. »Ich bin nicht in der Lage, irgendjemanden anzuführen. Ich bin ein Häuflein Elend, das bin ich.«

»Häuflein oder nicht – du musst es tun! *Ich* … muss jetzt gehen.« Und mit diesen Worten erhob sich Heinrich in die Luft und verschwand als weißer Glimmer im Nachmittagshimmel.

»Warte!«, rief ich ihm hinterher. »Verlass mich nicht!« Aber es war zu spät.

Ich stand allein vor einer großen zitternden Menge Hobbnixe. Dieselben Hobbnixe, die mich gestern noch in einen Käfig gesperrt und des Mordes beschuldigt hatten. Tatsächlich entdeckte ich auch Barnabas unter ihnen – seine rechte, mit einem Lappen umwickelte Hand blutete.

Sie brauchten jemanden, der sie anführte. Heinrich hatte recht: Wir hatten nur eine Chance, wenn wir gemeinsam handelten, wenn wir wie ein Mann alle Sensen und Äxte und anderen Gartengeräte ergriffen, derer wir habhaft werden konnten. Nur so konnten wir den Krieg ins Beet des Feindes tragen. Alles, was es dazu noch brauchte, war ein Anführer – und ich konnte dieser Anführer sein.

Ich musste nur daran glauben. Das heißt: Ich musste nur an *mich* glauben. Dann würden wir gemeinsam die Pflanzen mit Stumpf und Stiel ausrotten. Ja, die Idee hatte – verzeiht das Selbstlob – etwas Geniales: eine Bürgermiliz aufstellen! Wenn Hobbnixe in einer Sache wirklich gut waren, dann war es die Gartenarbeit. Mit ein bisschen Disziplin sollte es uns doch gelingen, uns aus dieser Katastrophe herauszugärtnern.

Ich atmete tief ein (meine Rippen schmerzten immer noch) und versuchte, so laut zu sprechen, dass mich alle hören konnten. Unglücklicherweise war jedoch schon eine Silbe genug, um meine rauchgeschädigten Lungen zu einem längeren Hustenanfall zu verleiten. Eigentlich wollte ich »BÜRGER!« rufen. Stattdessen sagte ich »Bür…« und brach in heftigen Husten aus. Als er schließlich abklang, blickte ich auf und sah, dass sich die versammelte Menge auf den Boden gesetzt hatte.

Mir wurde klar, dass die verängstigten, unsicheren Hobbnixe vor mir beeinflussbarer, ja formbarer waren, als ich bisher gedacht hatte.

»Hört mir zu«, sagte ich.

»Lauter!«, rief jemand in den hinteren Reihen.

»Hört mir zu«, sagte ich lauter und ignorierte den Schmerz in Rippen und Lunge. »Ihr kennt mich: Bingo Beutlgrabscher. Bis gestern war ich im Käfig eingesperrt, weil man mich des Mordes beschuldigte, aber jetzt könnt ihr sehen, *wer* hier wirklich gemordet hat – die Pflanzen!«

»Die Pflanzen sind lebendig«, rief jemand.

Jemand anderes – eine weibliche Stimme – erwiderte: »Sie waren schon immer lebendig, du Idiot!«

»Mein Rosenbusch hat mich zuvor noch nie mit seinen Dornen attackiert«, wandte ein Dritter ein.

»Möglicherweise waren sie schon immer lebendig«, sagte ein Vierter. »Aber jetzt sind sie *noch mehr* lebendig.«

»Ja«, rief die erste Stimme. »Das ist genau, was ich vorher meinte.«

Ich hob die Hände. »Hört mir zu! Vor langer Zeit waren alle Pflanzen der Welt imstande, sich zu bewegen, und …« Wie ging die Geschichte noch? »… da gab es einen Krieg oder so ähnlich. Jedenfalls, ein mächtiger Zauberer belegte die Pflanzen mit einem Zauberbann, sodass sie sich nicht mehr bewegen konnten. Und seither leben wir alle im Schutz dieses Bannes. Ja, wir haben so lange in seinem Schutz gelebt, dass wir vergessen haben, dass es ihn überhaupt gibt. Wir glauben, Pflanzen sind dumm, festgewurzelt und harmlos. Aber das sind sie nicht! Nun wird der Bann immer schwächer – und die Pflanzen erheben sich gegen uns!«

»Dann soll der Zauberer den Bann eben wieder reparieren«, rief jemand aus der Menge.

»Kennen wir ihn?«, fragte ein anderer.

»Graham«, sagte ich.

»Wie? Der alte Penner, der immer auf der Hauptstraße herumlungert und Gas inhaliert?«

»Du meinst Gras«, korrigierte die weibliche Stimme von vorher. »Er raucht Gras.«

»Hab ich doch gesagt«, grummelte die erste Stimme.

»Graham der *Gärtner*?«, rief Inspektor Barnabas. »Sind Sie sicher?«

»Ja«, sagte ich. »Genau der.«

»Aber er ist nur ein Landstreicher«, rief eine Stimme.

Barnabas nickte. »Ja. Ich habe ihn schon mehrere Male wegen Landstreicherei verhaftet. Er ist keiner von den Guten.«

»Doch«, rief ich. »Ist er.«

Die Menge verdaute diese Information einen Moment lang. Dann rief ein dicker Hobbnix, dessen Gesicht ganz zerkratzt war: »Holen wir ihn schnell her, damit er den Bann erneuern kann!«

»Äh«, sagte ich. »Da gibt es nur ein klitzekleines Problem. Er ist tot.«

»Oh«, machte die Menge.

»Warum geschieht das alles?«, rief Barnabas. »Warum jetzt? Warum hier?«

»Ah! Darauf weiß ich sogar die Antwort«, erwiderte ich. »Da gibt es ein magisches Feuer. Es brannte in meinem Kamin, und jetzt ... äh, jetzt brennt es in meiner ganzen Höhle. Und es brennt Löcher in den Bann, der uns so lange vor den Pflanzen geschützt hat.«

»Dann müssen wir es löschen«, erklärte Barnabas. »Es ersticken.«

»Leichter gesagt als getan ...«, begann ich, doch in diesem Moment stand ein bulliger junger Hobbnix auf. Er hatte ein Feuer in der Hand, um genau zu sein: eine Pechfackel, die fröhlich im Licht der Nachmittagssonne flackerte.

»Feuer!«, dröhnte der Hobbnix. Jetzt erkannte ich ihn: Es war Wotsupdoc Doppelbock aus Schussensock. »Wir brauchen Feuer! Lasst uns diese Pflanzen einfach verbrennen! Wer macht mit?«

Die Menge der sitzenden Hobbnixe brach in heftigen Jubel aus. »Ja!«, riefen sie. »Ja!«

»Die Pflanzen wollen sich erheben?«, rief Doppelbock. »Ich sage, wir brennen sie wieder dorthin zurück, wo sie hingehören!«

»Ja!«, rief die Menge. »Wir verbrennen sie!«

Es begann leicht zu nieseln, und innerhalb von zwanzig Sekunden oder so wurde daraus ein richtiger Regen. Doppelbocks Fackel zischte, dann verlosch sie. Er blieb noch für eine Weile stehen, dann setzte er sich wieder hin.

»Ihr müsst das positiv sehen«, rief Barnabas in die bedrückte Stille hinein. »Dieser Regen wird auch das Feuer in Grabsch-End löschen.«

»Äh«, sagte ich. »Ich fürchte nicht. Es ist, wie gesagt, ein magisches Feuer. Es brennt seit vielen Jahren in meinem Kamin und ist nie ausgegangen. Was immer ich versucht habe, um es zu löschen – Tee unter anderem –, es hatte keine Wirkung.«

»Oh«, machte Barnabas. »Was können wir dann nur tun?«

»Nun«, sagte ich und richtete mich zu meiner vollen Größe auf, »was wir tun können, ist …« Doch mein Kopf war plötzlich völlig leer. »… äh, um ehrlich zu sein, ich habe es vergessen. Aber ich *hatte* eine Idee.«

Eine etwas peinliche Pause trat ein. Dann fragte eine weibliche Stimme: »Was war deine Idee?«

»Ah«, sagte ich. »Jetzt ist es mir wieder eingefallen. Ich muss an mich *glauben*. Das war es.«

»Und?«, rief ein anderer.

»An mich glauben und dann … hmmm. Wartet. Ich hab's gleich.«

Wieder eine unangenehme Stille. Nach einer Weile stand ein weiterer Hobbnix auf – Killerclown Jack, der Kindergeburtstagsorganisator. »Also, wie ich das sehe«, knurrte er, »ist es das Beste, von hier *abzuhauen*.«

»Aber wir können nirgendwo hin«, erwiderte ich. »Der Riss im Zauberbann wird immer größer, bis sich schließlich jede Pflanze Obermittelerdes gegen uns erheben wird.«

»Aber noch ist es nicht soweit?«, fragte Jack.

»Noch nicht, nein, aber …«

»Gut. Dann sehe ich zu, dass ich in die Große Stadt komme und mir einen hinter die Binde kippe, bevor sie uns töten. Macht's gut!« Er stapfte weg.

Jetzt fiel mir wieder ein, was ich sagen wollte. »Wir müssen eine Bürgermiliz aufstellen!«, rief ich. »Holt eure Heugabeln. Eure Sensen. Eure Heckenscheren. Eure Vertikutierer und Gartenschaufeln. Wir müssen gegen die Invasion angärtnern – und wir müssen es gemeinsam tun. Jetzt heißt es: graben oder sterben!«

Um ehrlich zu sein: Ich hatte gehofft, meine Rede würde eine etwas inspirierendere Wirkung haben. Hier und da gab es zwar etwas Applaus, während sich die Hobbnixe aufrappelten, aber niemand schien besonders inspiriert. Ich forderte sie auf, zu ihren Schuppen zu laufen, ihre Gartengeräte zu holen und zum Marktplatz zurückzukommen. »Geht zu euren Wintergärten«, rief ich. »Und bereitet euch auf den *Sieg* vor!«

Die Leute trotteten davon. Später stellte sich heraus, dass etwa zwei Drittel von ihnen Jacks Rat befolgt hatten und in die Große Stadt geflohen waren. Aber eine kleine Gruppe kam tatsächlich nach einer halben Stunde mit unterschiedlichsten Gartenwerkzeugen in der Hand zum Marktplatz zurück. Zur gleichen Zeit hörte es auch auf zu regnen. Ich fasste das als gutes Omen auf.

Ich selbst nutzte die Unterbrechung, um mich so gut es ging zu versorgen. Ich klebte Pflaster auf meine zahlreichen Schnitt- und Schürfwunden und wickelte – da ich nichts Besseres zur Hand hatte – meine Füße in zwei Kopfkissenbezüge, die ich mit Schnüren an meinen Waden befestigte. (Dabei wurde mir bewusst, dass wir *wirklich* bald mal Schuhe erfinden sollten.) Währenddessen liefen die unterschiedlichsten Tiere durch den Ort, alle aufgeschreckt von den sich erhebenden Pflanzen. Ich sah eine rorschachgemusterte Kuh die Großohrstraße herunterstapfen und drei Ziegen auf dem Dach der Eisenwarenhandlung stehen. Unzählige Hühner und Schafe liefen gurrend und blökend auf und ab.

Ich brach einen Schuppen auf – keine Ahnung, wem er gehörte – und bewaffnete mich mit einer großen Heckenschere. Dann ging ich zum Marktplatz zurück, um die tapfere Hobbnixarmee mit ihren improvisierten Waffen zu begrüßen. Mir war klar, dass sie nun eine *wirklich* inspirierende Rede benötigten – etwas, das die Hoffnung in ihren Herzen entzündete. Aber meine eigene Hoffnung sank, als ich die wild zusammengewürfelte Truppe sah. Einige trugen Gartenhacken wie Lanzen auf den Schultern; andere hatten Spaten statt Äxte. Manche hatten tatsächlich Äxte, wie ich erfreut bemerkte; dazu Sensen, Scheren, Zangen und so weiter.

»Bürger von Hoppler-Ahoi!«, rief ich und hob meine Gartenschere hoch in die Luft. »Wir stehen einem Feind gegenüber, der unsere Stadt, unser Land, ja unsere Art zu leben bedroht. Pflanzen, meine Mitbürger – Pflanzen! Jahrhundertelang haben sie stillgehalten, haben uns beobachtet und auf den Tag gewartet, an dem sie uns angreifen können. Jetzt ist dieser Tag gekommen. Aber ich sage: Wir lassen uns das nicht bieten! Wir schlagen sie zurück! Und wenn ihr in vielen Jahren sterbend in eurem Bett liegt, wärt ihr dann nicht bereit, jede Stunde einzutauschen, um ein Mal nur, ein einziges Mal nur wieder hier stehen zu dürfen und unseren Feinden zuzurufen: Ja, sie mögen uns das Leben nehmen, aber niemals nehmen sie uns unsere Wiener Schnitzel! Lasst diesen Tag zu einem Veggie Day werden, noch bevor das Unkraut aufgeht!«

Meine kleine Gruppe von Kriegern applaudierte etwas lau – aber Applaus war Applaus. Also führte ich sie die Hauptstraße hinunter, wobei wir sämtliche Topfpflanzen und Fensterblumen, die es wagten, uns auf dem Weg zu bedrohen, einen Kopf kürzer machten. Ein verängstigtes Pferd galoppierte an uns vorbei, seine Hufe klapperten laut über das Kopfsteinpflaster.

Und dann, im Licht der Nachmittagssonne, sahen wir unseren ersten wirklichen Gegner. Der Zauberbann war noch viel schwächer geworden, als ich es befürchtet hatte. Die Hecken griffen uns an! Es war ein furchtbarer Anblick: Eine Heckenarmee, die in gerader Linie auf den Ort zumarschierte.

»Attacke!«, rief ich und lief los. Zwei Dutzend Hobbnixe rannten mir brüllend hinterher.

Die Hecken wussten offenbar, dass wir kamen. Sie erhöhten ihr Tempo, wobei ihre Wurzeln über den Boden raschelten wie Raupenbeine.

Kurz vor Hoppler-Ahoi! trafen die beiden Armeen aufeinander. Ich schnippte mit der Schere so fest und schnell wie ich konnte; Blätter und Zweige flogen nur so um mich herum. Zu meiner Linken sah ich einen etwas dicklichen Hobbnix, der mit seiner Hacke in das Herz einer Hecke stoßen wollte, das Werkzeug jedoch verlor und von einer Ranke in die Luft gehoben wurde. Schreiend verschwand er zwischen den Blättern. Schnippend bahnte ich mir einen Weg zu ihm, um ihn zu retten – aber dann verstummten seine Schreie und das Grün der Hecke färbte sich rot. »Für das Aualand!«, rief ich und schnitt so hart, wie ich nie zuvor geschnitten hatte. Die Zweige der

Hecke schossen auf mich zu, die scharfen Blätter bohrten sich in meine Haut. Ich spürte, wie sich eine Ranke um meinen Hals wickelte. Mit letzter Kraft setzte ich die Schere an den Hauptast der Hecke und drückte zu. Der Ast brach, und sofort wich alles Leben aus den übrigen Zweigen. Ich riss die Ranke von meinem Hals und trat einen Schritt zurück. Rechts von mir waren zwei weitere Hobbnixe in einen wilden Kampf verwickelt – ich kam ihnen zur Hilfe.

Die Heckenschlacht konnte nicht mehr als zehn Minuten gedauert haben, aber sie fühlte sich länger an – viel länger. Schließlich stand ich inmitten abgeschnittener Zweige und Ranken – es war ein wahres Massaker – und sah auf die Turmuhr von Hoppler-Ahoi!, um herauszufinden, wie viel Zeit tatsächlich vergangen war. »Sieg!«, keuchte ich.

Drei Hobbnixkameraden lagen tot auf dem Boden. Aber die Überlebenden jubelten und schwenkten ihre Gartenwerkzeuge.

»Dort!«, rief Barnabas plötzlich. Wir alle sahen in die Richtung, in die er deutete. »Azaleen!«

Drei riesige Azaleenbüsche, doppelt so groß wie die Hecken, die wir gerade vernichtet hatten, standen bedrohlich auf der Spitze des Hügels. Ihre Zweige schüttelten sich, ihre rot-violetten und gelb-orangen Blüten flatterten im Wind wie die Banner einer feindlichen Armee. Die mittlere von ihnen reckte zwei ihrer Äste in die Luft und gab einen Schlachtruf von sich. Dann kamen sie mit galoppierenden Wurzeln und golden schimmernden Blütenblättern den Hügel hinunter – direkt auf uns zu.

Die Wucht des Angriffs traf uns wie ein Schock. Wir kämpften mit allem, was wir hatten, hieben eine Ranke nach der anderen ab, aber es waren einfach zu viele. Verzweifelt ließen wir uns zur Hauptstraße zurückfallen.

Die Azaleen waren nur die Vorhut – hinter ihnen folgte eine brodelnde Masse aus Gras. »Die Pflanzen sind los!«, schrie ein Hobbnix und trat gegen ein Stück Rasen. »Die Pflanzen sind loooos!«

»Rechen!«, rief ich. Das halbe Dutzend Hobbnixe, das einen Rechen trug, senkte die Waffen und begann die Straße zu rechen. Es war eine mehr als gefährliche Aufgabe – dicke Grashalme wickelten sich um die Zinken der Rechen und versuchten, die Hände der Hobbnixe zu erreichen.

»Sie sind looooos!«, schrie der Hobbnix von zuvor. »Und sie sind auf meinem Fuuuuß!«

Ich schnippte so schnell ich konnte, aber immer mehr Vegetation kam von hinten nach.

Der Hobbnix tanzte wie wild umher, um die sich windende Masse Grün an seinem Fuß abzuschütteln. Dann gab die größte der Azaleen eine Art *Bdoing-doing-doing*-Geräusch von sich und schnappte mit allen Zweigen auf einmal zu – und der Hobbnix verstummte.

Es sah nicht gut für uns aus. Ganz und gar nicht gut.

Plötzlich hörte ich hinter mir eine dröhnende Stimme: »HOBB…«

Ich wandte mich um. Es war der große Unt Fangmichdoch, der die Hauptstraße herunterschritt. Er schritt recht langsam, zugegeben, aber immerhin schritt er. Hob ein mächtiges Wurzelbein. Hielt es ziemlich lange in der Luft. Setzte es wieder auf den Boden. Hob ein anderes mächtiges Wurzelbein. Hielt es in der Luft … Nun, Sie können es sich wohl vorstellen.

Und neben ihm flatterte Heinrich.

»Ich habe dich nicht im Stich gelassen«, rief mir der

Geist zu. »Ich bin in den Wald geflogen, um einen mächtigen Verbündeten zu holen – den stärksten der Unts. Er wird diese Azaleen in Stücke reißen!«

»…NIXE!«, dröhnte der Unt.

Alle hielten inne.

»Kameraden«, rief ich und versammelte die noch stehenden Hobbnixe um mich. »Formiert euch und macht euch bereit! Wir haben in unserem Kampf einen mächtigen Verbündeten gewonnen – einen der wandelnden Bäume aus den uralten Legenden, einen Unt. Fangmichdoch ist sein Name.«

Der Unt machte einen weiteren gewichtigen Schritt. Bei der Geschwindigkeit, in der er sich bewegte, würde es natürlich eine erhebliche Zeit dauern, bis er die Azaleenbüsche erreichte, und so war es in gewisser Weise eine glückliche Fügung für ihn, dass die Rhododendren entschieden, ihn direkt zu attackieren. Aus drei Richtungen stürzten sie sich auf den riesigen Beinahe-Baum, und mit drei gewaltigen Wischern seiner massigen Äste schlug er sie zu Kleingrün.

Die Hobbnixe jubelten. Aber der Kampf war noch nicht vorbei. Weitere zehn Minuten rangen wir mit den Resten der Pflanzenarmee, bis schließlich auch der letzte Grashalm in die Erde getreten oder in Stücke geschnitten war (oder beides).

»Fangmichdoch hat einen Plan«, zischte mir Heinrich ins Ohr, »wie wir den Pflanzenaufstand niederschlagen und den Zauberbann erneuern können.«

Mein Herz füllte sich mit Hoffnung. »Kameraden«, rief ich. »Hört diesen Unt an! Er ist ein alter weiser Unt und weiß so manches.«

Die Hobbnixe formten einen Kreis um den Baum.

»Ich …«, dröhnte Fangmichdochs Stimme, und seine

riesigen Blätter erzitterten. Ich starrte ihn voller Erwartung an. Doch schon bald schweiften meine Gedanken ab, und mein Blick fiel auf den prächtigen Nachmittagshimmel. Die Wolken hatten sich am Horizont versammelt, als hielten sie dort ebenfalls ein Treffen ab. Ist Ihnen auch schon einmal aufgefallen, dass der Wind die Farbe des Himmels hat? Deshalb kann man ihn nicht sehen.

»... grüße ...«, sagte der Unt.

Im Westen waren Regenwolken zu erkennen. Während ich hinsah, schob sich eine dunkle, wie ein Fjord geformte Wolke vor die Sonne. Es war, als würden die weiten Strände des Himmels golden glitzern und die Wolkengebirge in dunklem Lila leuchten.

»... euch ...«, kam es von Fangmichdoch.

»Aargh!«, schrie plötzlich ein Hobbnix, ein Junge namens Perekräcker Tuck, dessen Gesicht von blutigen Kratzern übersät und dessen Kleider zerrissen waren. Seine Augen hatten jenen Zustand angenommen, den die, die den Krieg kannten, das »Tausend-Meter-Starren« nannten – als sähe er jenseits der gewöhnlichen Realität eine tausend Meter hohe Treppe, die er erklimmen musste. Er hob die Axt, lief auf den Unt zu und rief: »Aargh! Pflanzen! Pflanzen!«

»Nein, Perekräcker!«, schrie ich noch, aber zu spät: Er trieb die Axt zitternd in Fangmichdochs hölzerne Flanke.

»... Bürger ...«, dröhnte der Baum ungerührt.

Perekräcker schrie immer noch. Er zog die Axt aus dem Stamm des Unts und schwang sie erneut. In diesem Moment packten ihn zwei ältere Hobbnixe und zogen ihn zurück, aber er befreite sich aus ihrem Griff, hob die Axt und schlug sie ein weiteres Mal in Fangmichdochs Seite.

»... von Hoppler-Ahoi!«, sagte der Unt. Seine großen

umrindeten Augen wandten sich nun langsam, ganz langsam, dem kleinen Wesen mit der Axt zu.

Weitere Hobbnixe kamen, ergriffen Perekräcker Tuck und schleiften ihn einige Meter weg. Er faselte irgendetwas Zusammenhangloses. So schnell ich konnte, lief ich zur verletzten Seite des Baumes.

»Ich bringe …«, dröhnte die Stimme gerade.

»Fangmichdoch kann uns retten«, rief ich den so überraschten wie kampfesmüden Hobbnixen zu. Ein schwacher Abendregen hatte eingesetzt. »Er ist gekommen, um uns zu helfen, die bösartige Magie zu vernichten, die die Pflanzen von dem Bann befreit hat.« Während ich sprach, versuchte ich, die gesplitterten Holzstücke zurück in die Wunde in Fangmichdochs Seite zu stecken, aber sie fielen gleich wieder heraus. Mit einem irren Schrei löste sich Perekräcker erneut aus den Fängen der Hobbnixe, schubste mich beiseite und griff nach seiner Axt.

»… gute …«, dröhnte Fangmichdoch.

Zack! Zack! Zack! Völlig fanatisch hackte der junge Hobbnix nun auf den Baum ein und trieb die Klinge dabei immer tiefer in das Holz. Mehrere Hobbnixe versuchten ihn zu beruhigen, indem sie sich um ihn versammelten und Sachen sagten wie »Jetzt mal ganz ruhig« oder »Hey, schaut euch den an«. Perekräckers Axt schwang so gnadenlos vor und zurück, dass niemand das Bedürfnis verspürte, ihm näherzukommen.

»… Neuigkeiten …«, sagte der Unt. Und dann kippte er mit einem furchtbaren Knacken langsam zur Seite und … stürzte. »Aaaaaahhhh«, dröhnte es noch aus seinem Mund. Dann lag er still da.

Schluchzend ließ Perekräcker die Axt sinken. Nach einer Weile wurde er abgeführt.

Ich blickte auf den großen, sich nun in horizontaler

Lage befindlichen Unt Fangmichdoch, der uns beinahe zu Hilfe gekommen wäre. »Hm«, sagte ich. »Na ja.« Alle sahen mich an. »Hm«, sagte ich wieder. Und dann: »Hmmmm.«

Barnabas deutete auf den wolkenverhangenen Himmel. »Die Sonne geht unter«, sagte er. »Ich vermute, die Pflanzen werden nachts weniger aktiv sein. Die Chance müssen wir nutzen, denn morgen werden sie uns bestimmt wieder attackieren.«

Er hatte natürlich recht. »Und der Bann«, fügte ich hinzu, »wird morgen noch schwächer sein. Die Pflanzen werden noch beweglicher und noch zahlreicher sein. Jetzt oder nie! Uns bleibt nur eine Nacht, um das Aualand zu retten!«

Zwanzigstes Kapitel

Das Ende

Nachdem die Sonne untergegangen war, beruhigten sich die Pflanzen wie erwartet etwas. Nur die Nachtschattengewächse waren auch noch in den Stunden nach der Dämmerung tödlich. Sie schlichen durch die Schatten und stäubten allergene Pollen in die Augen der Wache stehenden Hobbnixe. *Nicotiana* hielt uns vom Schlafen ab; eine ganze Reihe verschiedener *Capsicum*-Sorten hatte es darauf abgesehen, ihre scharfen Früchte in unsere Unterhosen zu streuen. Giftiger Ninjaefeu kroch an den Wänden entlang durch die finsteren Straßen, um über nichtsahnende Hobbnixe herzufallen.

Ich schlug einen Nachtangriff vor, doch meine Mitstreiter waren samt und sonders zu müde. Außerdem hatten sie Angst im Dunkeln. Also beschloss ich, dass wir am nächsten Morgen *sehr, sehr früh* aufstehen würden, um die Schlacht für uns zu entscheiden.

Wir verrammelten uns in unseren Häusern und in anderen Gebäuden. Die größte Gruppe verbrachte die Nacht hinter verbarrikadierten Türen im Rathaus. Andere verkrochen sich in Kellergewölben oder Vorratsschränken. Ich wollte während dieser Verschnaufpause eigentlich die Stadtbefestigungen ausbauen, doch es war vergebliche Liebesmüh, meine Kameraden vom Schlafen abhalten zu wollen. Ehrlich gesagt war auch ich todmüde. Ein ganzer Nachmittag des Kampfes gegen einen unerbittlichen chlorophyllen Gegner erschöpft selbst den größten Helden, und meine Hobbnixe waren weit davon entfernt, große Helden zu sein. Eher Pantoffelhelden.

Und so fiel ich in einen todesähnlichen Schlaf, aus dem ich schweißgebadet etwa eine halbe Stunde vor Sonnenaufgang erwachte. Nachdem Pillepalle, unser Doktor, meine Kratzer und Schürfwunden versorgt hatte, weckte ich weitere Kameraden, und gemeinsam nahmen wir die Bretter von den Türen. Ich spähte hinaus. Auf der Hauptstraße war es beängstigend still. Ein leichter Nieselregen fiel vom Himmel – so dünn, dass er fast magersüchtig wirkte.

»Das ist unsere Chance«, verkündete ich. »Weckt alle auf. Und dann zu den Gartengeräten! Wir müssen den Feind angreifen, bevor die Sonne aufgeht und die Pflanzen aktiv werden. Wir können sie besiegen! Nur Mut – das Überraschungselement ist auf unserer Seite!«

»Überraschung ist kein Element«, warf Pedanto der Penible ein. »Es steht nicht im Periodensystem.«

»Es handelt sich hier um einen militärstrategischen und nicht um einen chemischen Terminus«, belehrte ich ihn.

»Oh«, sagte Pedanto.

»Schnell! Am östlichen Himmel ist bereits ein Silberstreif. Wir müssen zuschlagen, bevor die Sonnenstrahlen unseren Gegner zu neuem Leben erwecken.«

Es dauerte eine gewisse Zeit, die Hobbnixarmee auf die Beine zu bekommen, doch schließlich war es soweit. Grummelnd und jammernd nahmen sie ihre Waffen in ihre starken rechten Hände und schnappten sich Brötchen und Pökelfleisch mit ihren flinken Linken. Wir versammelten uns auf der Hauptstraße und marschierten ostwärts aus dem Ort hinaus – direkt auf das dichte Blattwerk zu, das sich dort versammelt hatte.

Wir näherten uns der schier undurchdringlichen Masse aus Gebüsch, Hecken, Gestrüpp und kleinen Bäumen bis auf etwa drei Meter. Doch ich zögerte, den Befehl zum Frontalangriff zu erteilen.

»Jetzt, Bingo, jetzt!«, drängte mich Barnabas. »Solange sie noch schlafen. Hauen wir sie in Stücke!«

»Irgendetwas stimmt hier nicht«, erwiderte ich. »Das sagt mir mein sechster Sinn.«*

»Das ist doch lächerlich!«, zischte Barnabas. Er hob seine Heckenschere und stolzierte tapfer auf den großen Rosenstrauch vor sich zu. Er beugte sich vor, um den Hauptast zu durchtrennen … und plötzlich war er verschwunden.

Der Haufen tapferer Hobbnixe keuchte unisono auf. Ein dorniges Tentakel war vorgeschnellt, hatte Barnabas im Genick gepackt, vom Boden gehoben und ins Herz des Busches gezerrt. Der Strauch zitterte und raschelte, und Barnabas' Schreie waren einige grässliche Sekunden lang zu hören – bis sie abrupt verstummten.

Es war grauenhaft.

Das Gewusel aus Büschen, Gestrüpp und Bäumchen schüttelte sich in höhnischem Triumph. Schlimmer noch – als weiteres besorgniserregendes Anzeichen dafür, dass der Bann immer schwächer wurde, murmelte die Flora mit deutlich hörbarer Stimme: »Tod! Tod! Tod dem Fußvolk!«

Dann löste sich eine große, unglaublich umfangreiche Ulme aus der Biomasse und baute sich – alle überragend – vor der vegetabilischen Armee auf. Sie schüttelte ihre langen grünen Dreadlocks und lachte ein kehliges Lachen.

---

* Und nicht etwa der siebte – bis zur Einführung des Automobils im Aualand sollten noch ein, zwei Zeitalter vergehen.

»Die dicke Ulmapopken!«, keuchte der Alte Klugscheißer*, der ein Hackebeil in der einen und eine Gartenschaufel in der anderen hielt. »Die alten Geschichten sind also wahr!«

»Natürlich sind sie wahr«, donnerte die Ulme. »Oh, wie ihr euch verkalkuliert habt, ihr Kurzbeinigen! Habt ihr etwa gedacht, das mächtige Pflanzenreich würde des Nachts schlafen? Dachtet ihr, wir könnten uns nur bewegen, wenn das Sonnenlicht auf unsere Blätter fällt? Welch Verblendung! Habt ihr wirklich die photosynthetischen Reaktionszentren in unseren Leibern mit ihren Chloroplasten genannten Organellen, die sich nach der Endosymbiontentheorie aus Cyanobakterien entwickelt haben, vergessen? Sonnenenergie, die zu Adenosintriphosphat wird? Ihr Narren! Ihr habt vergessen, dass $3\ CO_2 + 9\ ATP + 6\ NADPH + 6\ H+ \rightarrow C_3H_6O_3$-phosphat $+ 9\ ADP + 8\ P_i + 6\ NADP+ + 3\ H_2O$. Das ist euer Untergang!«

»Zefix!«, zischte ich. Ich gab nur ungern zu, dass die Ulme recht hatte.

Die anderen Pflanzen schüttelten sich vor botanischem Gekicher und gaben ein kollektives, seltsam insektoides Zwitschern von sich.

»Und *jetzt*«, donnerte die Ulme aus den Tiefen ihres voluminösen Stammes, »werden wir eure völlige Vernichtung herbeiführen. Lasst alle Hoffnung fahren – eure geschredderten Körper werden den Kompost bilden, aus dem wir noch größer und stärker auferstehen werden! Macht euch bereit, recycelt zu werden!«

»Recycling!«, sang die Pflanzenarmee mit einer Stimme.

---

* Und den gibt's ja wohl in jedem Dorf – und sonst auch überall.

Wieder schüttelten sich die Hecken und Büsche und Bäume hinter Ulmapopken vor Lachen. »Tod dem Fußvolk!«, schrien sie.

»Flucht ist zwecklos, ihr jämmerlichen Hobbnixe!«, dröhnte Ulmapopken. »Wenn ihr zu euren kleinen Höhlen rennt, werden wir euch folgen und verschlingen wie eine Sturmflut und euch die Glieder einzeln ausreißen. Ihr seid schlapp und müde und werdet immer schwächer. Wir sind stark, befreit vom magischen Bann und werden immer stärker!«

Zum dritten Mal nun gackerte und johlte die Vegetation. Eine Million Blätter raschelten.

»Und nun«, kreischte die mächtige Ulme und hob die Äste oktopusartig über den Kopf. »Zeit zu sterben! Pflanzenarmee! Angr…«

Sie sollte das »…iff« niemals aussprechen, denn genau in diesem Moment gab es einen grellen Lichtblitz, begleitet von einem ohrenbetäubenden Lärm, als würde eine riesige Tür in der Erde unter unseren Füßen zugeschlagen. Einen Herzschlag später brach ein umgekehrter Wasserfall aus Erde und Feuer aus dem Boden hervor.

Das war der bemerkenswerteste Anblick meines Lebens. Der umgekehrte Wasserfall aus Erde und Feuer stieg vor mir in die Höhe, nur um einen Augenblick später wie ein heftiger Hagel aus Schmutzbrocken auf mich herabzuregnen. Ich weiß noch, wie ich dachte: *Ein umgekehrter Wasserfall aus Erde und Feuer. Donnerblitzchen, das sieht man nicht alle Tage.*

Natürlich waren wir alle etwas perplex. Wir standen dumm in der Gegend herum, während Dreck auf uns herab rieselte. Und als sich die Erde und der Staub lichteten, befand ich mich am Rande eines gewaltigen Lochs im

Boden. Wie aus dem Nichts hatte sich ein Krater geöffnet und die Pflanzenarmee fast vollständig verschluckt. Die Erde bebte und rutschte in das Loch. Ich beugte mich leicht vor und lauschte konzentriert. Von unten waren ganz unverkennbar Schreie zu hören. Und ganz deutlich Hackgeräusche.

Ein paar Minuten später war alles ruhig. Der Rauch verzog sich. Die Hobbnixe hinter mir scharrten verwirrt mit den Füßen.

Ich wollte gerade etwas sagen, als ein entferntes Grollen zu einem grollenden Donner wuchs. Und dann bohrte sich der Schnabel eines gewaltigen Vogels durch die Erde. Nein, kein Schnabel – es war ein kegelförmiges Gebilde, das Ähnlichkeit mit einem Burgturm hatte, sich sehr schnell drehte und Erde in alle Richtungen spritzte.

Mit einem lauten Surren und einem Klacken kam der Kegel zum Stillstand. Eine Luke tat sich darin auf, hinter der ein mit einem Metallhelm bewehrter und mit einem langen Bart ausgestatteter Kopf auftauchte.

»Hallo«, sagte der Zwerg. »Kapitulation, nehme ich an?«

Lange sprach niemand ein Wort. Drei Viertel der Sonnenscheibe standen bereits über den Bergen im Osten und ließen ihre strahlenden, feingliedrigen Finger über die sanften Hügel wandern. Der Himmel über uns war blau. Mit der Morgendämmerung schienen die Wolken westwärts zu ziehen.* Schließlich hatte ich das tiefe Bedürfnis, das Schweigen zu brechen.

»Hallo«, sagte ich. »Könnten Sie die Frage vielleicht wiederholen?«

---

* Und was ist Ihre liebste blumige Beschreibung des Firmaments, wenn wieder einmal eine peinliche Gesprächspause entsteht? Schreiben Sie sie uns (auch schiefe Bilder willkommen): Heini-Verlag, Hoppler-Ahoi!. Stichwort: *Fifty Shades of Morgenröte*.

»Ich bin Ahzznza Khezazdzaz«, verkündete der Zwerg, als er aus der Maschine (denn um eine solche handelte es sich hier ganz offensichtlich) kletterte. »Captain des Dreizehnten Harzerbataillons der unterirdischen Armee der Zwergenrepublik Khazadztan. Wir haben eure Stadt untertunnelt und zerstö… öh … äh«, fügte er hinzu, als sein Blick auf das unversehrte Hoppler-Ahoi! hinter uns fiel. »Nein, wir haben uns *wieder* verrechnet und ein völlig harmloses Stück Wald in Schutt und Asche gelegt! Mistundverflucht!«

»Ein Stück Wald: ja«, bestätigte ich. »Harmlos: eher nicht. Haben Sie denn nicht bemerkt, dass eine Menge mordlüsterner Pflanzen in Ihr Loch gefallen ist?«

»Doch, schon«, sagte Ahzznza Khezazdzaz. »Das kam uns auch komisch vor. Ein lästiger Haufen Grünzeug. Zum Glück hatten wir unsere Äxte gezückt und konnten alles zu Kleinholz verarbeiten. Wieso?«

»Das war das Stück Wald. Es ist zu unheilvollem Leben erwacht, als ein uralter Zauberbann gebrochen wurde.«

»Hm«, sagte der Zwerg gedankenverloren. »Hab ich's mir doch gleich gedacht. Na schön, Leute, kommt rauf. Wir haben die Stadt verfehlt. Am besten, wir ergeben uns sofort dieser Gruppe schwer bewaffneter Hobbnixe. Für uns ist der Krieg vorbei, Männer!«

»Ich bin ziemlich beeindruckt«, sagte ich.

»Beeindruckt?«, fragte Ahzznza Khezazdzaz.

»Von Ihrer Geschwindigkeit. Wir sind noch nicht mal eine Woche im Krieg – und trotzdem haben Sie sich den ganzen weiten Weg von Khazadztan bis hierher durchgetunnelt. Eine außergewöhnliche Leistung! Ich nehme an, dass diese, äh, Maschine nicht ganz unschuldig daran ist?«

»Eine Woche?«, erwiderte der Zwerg verblüfft. »Wir sind seit elf Jahren da unten, Sportsfreund. Was soll das heißen, eine Woche?«

Anward der Anwalt drängte sich durch die Menge der umstehenden Hobbnixe. Seltsam, ich hatte ihn vorher gar nicht bemerkt. »Unglaublich«, sagte er. »Vor elf Jahren fand tatsächlich ein Krieg zwischen dem Aualand und der ZRK statt – der Sechstagebartkrieg. Aber das war seinerzeit nur ein großes Missverständnis. Unser Botschafter entschuldigte sich nach kürzester Zeit für seine ungehörigen Bemerkungen, die Gesichtsbehaarung seines zwergischen Kollegen betreffend, woraufhin wieder Frieden geschlossen wurde.«

Ahzznza Khezazdzaz schien von dieser Neuigkeit tief enttäuscht zu sein. »Wirklich?«, fragte er. »Das sind erschütternde Nachrichten, äußerst demoralisierend. Elf Jahre lang haben wir diesen Tunnel gegraben. Elf Jahre! Und Sie behaupten, dass unsere ruhmreiche militärische Expedition vor zehn Jahren, elf Monaten und achtundzwanzig Tagen beendet wurde?«

»Na ja«, sagte ich hilfsbereit, »wir haben jetzt einen neuen Krieg.« Der arme Zwerg wirkte so traurig, dass ich ihn einfach aufheitern musste.

»Tatsächlich?« Ahzznza Khezazdzaz strahlte. »Na prima!«

»Ich muss Sie leider enttäuschen«, sagte Anward. »Gestern habe ich von einer Chartertaube eine Nachricht erhalten. Die Lippe unseres Botschafters ist soweit abgeschwollen, dass er sich entschuldigen konnte. Auch für seine frühere, etwas missglückte Entschuldigung. Dieser Krieg ist also ebenfalls beendet.«

»Oh«, sagte Ahzznza Khezazdzaz. Er war am Boden zerstört.

»Andererseits«, sagte ich, »wären wir um ein Haar mordlüsternen Killerpflanzen zum Opfer gefallen. Und ihr habt uns vor diesem Schicksal bewahrt. Also was uns angeht – für uns seid ihr Helden.«

Dies munterte Ahzznza Khezazdzaz etwas auf, und er rief seine elf Kameraden aus den Tiefen des gewaltigen Bohrers.*

Ein Teil von mir – derjenige Teil, der ein professioneller Schriftsteller ist (oder es gerne wäre) – hätte nun die Geschichte an diesem Punkt beendet: in der strahlenden Morgensonne, mit einem Schluss, den man mit Fug und Recht als *Zwergus ex machina* beschreiben konnte.

---

* Apropos Bohrer: Wenn Sie die Nummer des Zahnarztes haben wollen, sagen Sie mir einfach Bescheid. Sie wissen schon, wegen der professionellen Zahnreinigung.

Einundzwanzigstes Kapitel

Das Ende vom Ende

Aber das Leben ist ja kein Ponyhof. Womit ich sagen will: Der Krieg mit dem Pflanzenreich war noch lange nicht vorbei. Doch an diesem Tag geschahen zwei Dinge, die das grüne Blatt zu unseren Gunsten wendeten. Zum einen verlöschte das magische Feuer in den Ruinen von Grabsch-End. Ohne seine verheerende Wirkung wurde der magische Bann nicht weiter geschwächt. Natürlich regenerierte er sich nicht, aber immerhin beschränkte sich der Schaden nun auf ein begrenztes Gebiet.

Die angrenzenden Ländereien erkannten bald die Gefahr, die die wild wuchernden Pflanzen in unserer Region darstellten. Sie schickten militärische Unterstützung, darunter zwei Floristenbataillone aus Seebau am Dehner, drei hilfsbereite Trolle aus Trollingen (wo es anscheinend jede Menge Trolle gibt) und – was die größte Hilfe darstellte – drei Ziegenherden aus Banon bei Brie. Die Ziegen fraßen einen Großteil der kleineren Pflanzen. Ihr Fell war dicht genug, um nicht durchstochen zu werden, und sie schienen geradezu unersättlich. Einen Monat später hatte sich das Aualand in eine kahle Wüstenei verwandelt.

Ein umherziehender Zauberer namens Merlindgrün kam uns ebenfalls zu Hilfe. Gegen ein geringes Entgelt wirkte er einen Zauber, der dem ständigen Regen, der bis dahin das Leben im Aualand bestimmt hatte, Einhalt gebot. Die jungen Pflanzen wuchsen heran und trachteten danach, ihre Vorväter und Vormütter zu rächen, doch ohne den Regen trocknete der Boden aus und diese neue Armee feindseliger Vegetation verdorrte an Ort und Stelle. Das Antlitz meines geliebten Heimatlandes änderte sich; grüne Felder färbten sich gelb, aus Schlamm wurde Staub, aus den Auen Ödland. Wir mussten einen Kanal vom Schlaimfluss bis hierher graben, um uns mit Trinkwasser zu versorgen. Doch zumindest waren wir in Sicherheit.

Ahzznza Khezazdzaz und seine elf zwergischen Mitstreiter beschlossen, sich in Hoppler-Ahoi! niederzulassen. Sie waren allerdings nicht bereit, ihre Arbeitsstellen im Zwergenreich zu kündigen, was zur Folge hatte, dass sie recht weit pendeln mussten – möglich wurde dies durch den Aualand-ZRK-Barnabas-Gedächtnistunnel, den sie selbst gegraben hatten.

Ich wurde kurzzeitig noch einmal verhaftet, da ich Mr. »Der-Gag-wird-nie-alt« Anward immer noch neunzig Gulden schuldete. Ich bezahlte ihn aus meiner Notreserve, woraufhin ich wieder freigelassen wurde. Alle anderen Anschuldigungen gegen mich wurden fallengelassen.

Allerdings stellte sich die Frage, wo ich künftig wohnen sollte. Ich stieg den Hügel zu den rauchenden Ruinen von Grabsch-End hinauf und gelangte schnell zu dem Schluss, dass ein Wiederaufbau völlig unmöglich war. »Was wohl mit dem magischen Feuer geschehen ist?«, überlegte ich laut.

»Keine Ahnung«, sagte Heinrich. »Aber zumindest ist es aus.«

Und so fehlte mir ganz wortwörtlich das sprichwörtliche Dach über dem Kopf. Ein Hotel oder eine Mietwohnung kamen nicht in Frage, da ich völlig pleite war. Mir blieb also nichts anderes übrig, als zu Fuß in die Große Stadt zu gehen.

Dafür brauchte ich über einen Tag, und in jener Nacht musste ich unter den mächtigen Bögen der Brücke am Kawai mein Lager aufschlagen. Folglich betrat ich in ziemlich abgerissenem Zustand die Räume meines Verlages – pünktlich zum Arbeitsbeginn um 11:20 Uhr. Wilhelm III. war so überrascht, mich zu sehen, dass er erneut eine Streichholzschachtel auf dem Boden verschüttete.

»Wie man hört, hat sich deine Heimat in ein desolates Krisengebiet verwandelt. Heerscharen von Hobbnixen sollen dahingeschlachtet worden sein«, sagte er. »Schön, schön. Freut mich, dass *du* wohlauf bist, lieber Freund. Darf ich dir eine Tasse Tee anbieten?«

»Das wäre großartig«, sagte ich und setzte mich vorsichtig auf einen wackeligen Stapel von *Graue Gelüste – Die fünfzig geheimen Stellungen von Ganzalt dem Geilen* (27. Auflage). »Wilhelm, ich will direkt zur Sache kommen. Ich brauche Geld.«

»Ah«, erwiderte Wilhelm. Er wirkte nicht mehr ganz so euphorisch.

»Meine Höhle ist abgebrannt und ich auch.«

»Na sowas.« Wieder schien er mir nicht ganz bei der Sache zu sein.

»Aber mir ist nichts passiert, und durch die kürzlich gewonnenen Erfahrungen habe ich eine wichtige Lektion gelernt – sogar eine *sehr wichtige* Lektion, die jedoch so lächerlich offensichtlich ist, dass es ein Leichtes ist, sie nur allzu schnell zu vergessen. Es geht nicht um materiellen Wohlstand oder Besitz. Es geht um die Menschen in deinem Leben. Oder, in meinem Fall, nicht um die materiellen Menschen in meinem Leben, sondern um einen ganz speziellen immateriellen Menschen. Meinen Geist. Ich dachte, ich hätte ihn verloren, doch ich habe ihn wiedergefunden. Und jetzt ist mir klar geworden, dass ich den Rest meines Lebens und den Rest seines Todes mit ihm zusammen verbringen will.«

»Uuund?«, fragte Wilhelm, der etwas konsterniert auf seiner Pfeife herumkaute.

»Nun, selbst die unsterblichste Liebe kann ohne etwas Geld nicht auskommen. Daher habe ich mich gefragt, ob ...«

Wilhelm seufzte befriedigt. Endlich hatte er es geschafft, seine Pfeife anzuzünden. Er lehnte sich behaglich in seinem aus *Graue-Gelüste*-Ausgaben gefertigten Ohrensessel zurück. »Schon besser. Was?« Er sah mich an. »Was?«

»Ich habe mich gefragt, ob ich meine Tantiemen bekomme.«

»Oh, aber natürlich, mein lieber Freund!«, posaunte Wilhelm. »Und das nicht zu knapp!« Er deutete mit dem Pfeifenstiel auf die hohen Bücherstapel in seinem Büro.

Diese Nachricht munterte mich außerordentlich auf. »Großartige Neuigkeiten!«, sagte ich. »Wann darf ich den Scheck erwarten?«

»Nun, er wird dir mit der Abrechnung zum nächsten Quartal übersandt werden.«

»Fantastisch. Das ist also im ... Oktober, richtig?«

»Im Oktober, korrekt«, bestätigte Wilhelm. »Im Oktober 3025.«

»3025?«

»Im Dritten Zeitalter, ja.«

»Aber ... wir schreiben gerade das Jahr 3012.«

»Auch korrekt.«

»Soll das etwa heißen ...« Ich sprach plötzlich sehr langsam. »... dass ich auf meinen Tantiemenscheck dreizehn Jahre warten muss?«

»Eine Quartalsabrechnung ist die übliche Praxis im Verlagsgeschäft«, erklärte Wilhelm.

»Ein Quartal ist ein Vierteljahr!«, rief ich. »Kein Vierteljahrhundert!«

»Ach was, dreizehn Sommer gehen schnell vorbei.«

»Und was ist mit meiner Autobiografie?«, fragte ich. »Könnte ich da vielleicht einen Vorschuss kriegen, der mit den zu erwartenden Einnahmen verrechnet wird?«

»Von welcher Autobiografie sprichst du?«, murmelte Wilhelm, während er qualmte wie ein Schwelbrand auf dem Reetdach einer Dorfhütte.

»Weißt du nicht mehr? Du hast mir grünes Licht gegeben.«

»Grünes Licht, ja?«, sagte Wilhelm. »Woher kommt diese Redewendung überhaupt?«

»Keine Ahnung«, entgegnete ich. »Das ist einfach nur so eine Phrase.«

Wilhelm starrte gedankenverloren aus dem Fenster. »Als ob wir damit der Erfindung eines technischen Geräts zur Erzeugung grünen Lichtes vorgreifen würden«, sinnierte er.*

»Schon möglich. Aber um wieder auf das Thema zurückzukommen: Wie sieht's aus? Du kriegst die Autobiografie und ich den Vorschuss.«

»Nun, da sollte ich doch erst mal einen Blick drauf werfen«, sagte Wilhelm und streckte die Hand aus.

»Was?«

»Nur mal hineinspitzen«, sagte Wilhelm und spitzte die Lippen.

Ich wollte eigentlich »Ich habe sie doch noch gar nicht geschrieben!« sagen, überlegte es mir aber anders. Wenn

* Wilhelm scheint tatsächlich einen siebten Sinn zu besitzen – visionärer Verleger, der er ist.

ich ihm das beichtete, ging die Wahrscheinlichkeit, sein Büro mit einem Scheck in der Tasche zu verlassen, gegen null. Zögerlich griff ich in meine abgewetzte Jacke – die ich seit der Explosion in meiner Höhle und der großen Schlacht von Hoppler-Ahoi! nicht mehr gereinigt hatte, von den Hundehaufen, in die ich während meines nächtlichen Aufenthalts unter der Brücke versehentlich gerollt war, ganz zu schweigen – und zog das zweifach gefaltete Papier heraus.

Ich gab es ihm. Er nahm es mit spitzen Fingern entgegen. Ich beobachtete, wie er es las.

Ich wurde geboren
Ich wuchs auf
Ich erlebte ein großes Abenteuer – siehe auch: »Der Hobbnix«
Ruhestand!

Wilhelm blickte auf. »Schön«, sagte er. »Das sieht doch sehr vielversprechend aus. Möglicherweise muss man es noch etwas aufpolieren – erst kürzlich haben wir einen aufstrebenden Nachwuchsschriftsteller aus dem östlichen Osterhasién unter Vertrag genommen: J.Я.Я. Rasputin, ehemaliger Priester und Ratgeber der Königin. Allerdings gab es einen Skandal mit einigen verschwundenen Dracheneiern oder so ähnlich, sodass er ins Exil gehen musste. Du hättest doch nichts dagegen, wenn er deinem Text sozusagen noch etwas ... Würze verleiht?«

»Kriege ich den Vorschuss trotzdem?«

»Natürlich! Sagen wir tausend Gulden?«

In Anbetracht der Tatsache, dass ich einen neuen Hausstand gründen musste, war das zwar kein Vermögen, aber immer noch besser als nichts. Ich schlug ein, dann unterzeichnete ich den Vertrag und nahm den Scheck entgegen.

»Servus Bingo, altes Haus«, sagte Wilhelm und schüttelte mir die Hand.

»Auf Wiedersehen, Wilhelm.«

Und dann trat ich mit einem Lächeln auf die geschäftige Straße hinaus.

Das Ende vom Ende vom Ende[*]

Leider starb der arme J.Я.Я. Rasputin unter geheimnisvollen Umständen, bevor er sich an die Arbeit an meinem Manuskript machen konnte: Sein Bauch war voll mit vergiftetem Wein, sein Körper von unzähligen Minikanonenkugeln durchbohrt, und schließlich sorgte eine hartnäckige Ligatur dafür, dass er final dahingerafft wurde. (Außerdem hatte man ihm mit einem Kerzenständer den Schädel eingeschlagen, ihm ein Stück Bleirohr in den Rachen gestopft und mit einem winzig kleinen Dolch ins Ohr gestochen.) Unter diesen Umständen suchte sich der Verlag einen neuen Ghostwriter für meine Autobiografie – jawohl, genau jenes Buch, das Sie jetzt, in diesem Moment, in den Händen halten. Die Wahl fiel auf Heinrich.

Mein Geist und ich leben nun in einer mehrstöckigen Villa in der Großen Stadt, direkt am Flussufer. Hin und wieder besuchen wir natürlich Hoppler-Ahoi!, obwohl sich meine Heimat langsam zur Geisterstadt entwickelt. Die Pflanzen, die dort noch wachsen, erwachen mit schöner Regelmäßigkeit zum Leben und versuchen, ihre Gärtner zu meucheln. Eine Karriere in der Landwirtschaft ist heutzutage mit ungleich größeren Gefahren verbunden als früher.

---

[*] Und wer ist dafür verantwortlich, dass heutzutage *ein* Ende nicht mehr reicht? Richtig: DER MANN, DER FÜR ALL DAS VERANTWORTLICH IST.

Eines noch: Letzte Nacht, als ich mich bettfertig machte – ich putzte die Zähne und nahm die falschen Augenbrauen ab (meine echten habe ich zur Gänze bei der Explosion von Grabsch-End verloren) –, erhielt ich Besuch von Tante Marlen.

»Hallo Tante«, rief ich aus. Ich freute mich tatsächlich, sie zu sehen.

»Wu-hu«, machte sie, hob ihren ektoplasmatischen Schal und fuchtelte damit vor mir herum. »Hab Angst! HAB ANGST!«

»Tante«, sagte ich etwas herablassend. »Ich lebe seit Jahren mit einem Geist zusammen. Glaubst du wirklich, du könntest mir mit diesem Kindergeburtstagsspuk einen Schrecken einjagen?«

»Oooooh!«, jammerte sie, flog durch die Decke und verschwand kurzzeitig im ersten Stock. Ich musste nicht lange warten, da tauchte sie wieder auf und flatterte vor den Wänden herum. »Hui! Hui!«

»Also wirklich, Tante.«

Schließlich sank sie entmutigt auf einen Stuhl. Nun, in Wahrheit sank sie *durch* den Stuhl, aber nach kurzem gespenstischem Affentheater schaffte sie es, sich in eine einigermaßen annehmbare Sitzposition zu bringen.

»Tante«, wollte ich wissen, »wieso verabscheust du meinen Lebensstil so sehr?«

»Es ist widernatürlich«, antwortete sie automatisch. »Der Verkehr zwischen den Lebenden und den Broten.«

»Toten.«

»Jaja.«

»Aber *genau das* spielt sich doch jetzt auch zwischen uns ab«, wagte ich einzuwerfen.

Darüber musste sie nachdenken. »Wir reden doch nur.«

»Etwas anderes tun Heinrich und ich die meiste Zeit auch nicht«, sagte ich. Es war die Wahrheit – wenn man den Begriff »Wahrheit« etwas dehnte. »Tantchen, Tantchen, in deiner gegenwärtigen Situation kannst du doch nicht wirklich etwas dagegen haben, dass sich die Lebenden und die Toten etwas näherkommen, oder?«

»Wahrscheinlich nicht«, erwiderte sie etwas eingeschnappt. »Ich hatte seit Monaten keine Tasse Tee mehr«, sagte sie dann. »Das macht mich ganz porös.«

»Aber das ist doch gar kein Problem«, rief ich. Im N hatte ich etwas frisches Wasser vom Leben in den Tod befördert, indem ich es kochte, mehrere Teeblätter durch das Rösten in einer Pfanne gemordet und eine Zitrone durch eine schnelle Halbierung ihres Körpers gemeuchelt. Aus den sterblichen Überresten dieser Zutaten bereitete ich eine Tasse für mich und aus ihren dahingeschiedenen Seelen einen Spektraltee für Marlen.

»Tanke, Neffe«, sagte sie mit spürbarer Erleichterung. Das hatte ich sie zu Lebzeiten nie zu mir sagen hören, wie mir auffiel.

»Bitteschön, Tante«, sagte ich. »Abgesehen vom Tee – wie schmeckt dir der Tod? Ich muss sagen, er steht dir gut.«

»Er ist in verschiedener Hinsicht dem Leben vorzuziehen«, sagte sie. »Wenn es hier nur nicht so nass wäre.«

»Nass?«

»Ja, fürchterlich nass. Es regnet die ganze Zeit.«

»Das hat Heinrich nie erwähnt«, sagte ich. »Willst du damit sagen, dass es im Reich der Toten körperlosen Regen regnet?«

»Erst nicht«, sagte meine Tante. »Nicht, als ich gerade gestorben war. Aber dann hat dein Zaubererfreund Merlindgrün diesen Wetterspruch gewirkt. Das hat den Regen in ganz Aualand getötet.«

Plötzlich begriff ich. »Die Dürre, die er herbeigerufen hat, um die Pflanzen verdorren zu lassen – als die Regenwolken am Himmel des Aualands starben, sind ihre Geister in deinem Reich erschienen.«

»Helau. Äh, genau.«

»Nun«, sagte ich. »Das erklärt auch die Sache mit dem magischen Feuer. Der Geisterregen hat es gelöscht. Noch eine Tasse, Tante?«

»Ich bin nicht deine Tasse«, erwiderte Tante Marlen. »Aber du hast recht: Das Schicksal ist manchmal eine wirklich schräge Säge.«

JETZT IS ABER ENDLICH AUS, ODER?*

*NOCH NICHT GANZ!

Wir haben noch einige Leseempfehlungen für Sie. Na ja, Verlage haben es eben nicht leicht in diesen Tagen, und da würden wir uns echt freuen, wenn Sie sich noch das eine oder andere Buch aus unserem Programm kaufen würden. Wirklich, das wäre eine Pfundsgaudi!